À PROPOS DE L'AUTRICE

Sarah Rodi a toujours été une incorrigible romantique. Elle a grandi avec les vieux films d'amour de son grand-père et en dévorant toutes les romances de la bibliothèque de son quartier. Elle vit dans le village de Cookham dans le Berkshire, où elle aime se promener le long de la Tamise avec son mari, ses deux filles et leur chien.

Cœur de guerrière

SARAH RODI

Cœur de guerrière

Traduction française de
GÉRALDINE PART

Les Historiques

HARLEQUIN

Collection : LES HISTORIQUES

Titre original :
ESCAPING WITH HER SAXON ENEMY

HARPERCOLLINS FRANCE
83-85, boulevard Vincent-Auriol, 75646 PARIS CEDEX 13
Service Lectrices — Tél. : 01 45 82 47 47 - www.harlequin.fr
ISBN 978-2-2804-8344-5 — ISSN 1159-5981

Composé et édité par HarperCollins France.
Imprimé en février 2023 par CPI Black Print (Barcelone)
en utilisant 100% d'électricité renouvelable.
Dépôt légal : mars 2023.

MIXTE
Papier issu de
sources responsables
FSC® C159065

Pour limiter l'empreinte environnementale de ses livres, HarperCollins France s'engage à n'utiliser que du papier fabriqué à partir de bois provenant de forêts gérées durablement et de manière responsable.

Chapitre 1

Forteresse de Kald, automne 821

La mariée et ses proches se faisaient attendre.

Ashford Stanton prit une profonde inspiration pour calmer son impatience, tout en se répétant que cela n'avait aucune importance. Un long été s'était écoulé depuis qu'il l'avait rencontrée pour la première fois sur un champ de bataille, une épée à la main. Et même si cette journée l'avait affecté plus que de raison, rien ne justifiait à présent la contrariété que son retard lui occasionnait. Pas même la chaleur inhabituelle qui régnait cet après-midi-là.

Il parcourut la plage des yeux pour s'assurer une nouvelle fois que le roi Eallesborough était en sécurité et que tout était parfaitement en ordre. Rien d'anormal n'attira son attention. Ce n'était pas une journée ordinaire, il fallait bien le reconnaître. L'excitation presque palpable qui flottait dans l'air ne fit que confirmer son impression. L'événement qu'il s'apprêtait à vivre ferait sans doute date dans l'histoire. Si seulement son père avait pu se joindre à eux pour assister à la cérémonie ! Ses chroniques s'en seraient ensuite fait l'écho.

Le soleil dardait si fort ses rayons sur le sable doré qu'Ash sentit des gouttes de transpiration se former à la base de sa nuque. Il se passa la main dans les cheveux pour tenter d'en discipliner les pointes. Comme il aurait aimé aller se rafraîchir dans les vagues qui venaient mollement s'échouer sur le rivage… C'était ce qu'il aurait fait à Braewood. Malheureusement, il n'était ni dans la forteresse de son père, ni à Termarth dans le château du roi saxon qu'il servait. Il devait garder en tête qu'il était en territoire *ennemi*. Ce dont il se serait volontiers passé.

Ash s'était déjà rendu à Kald par deux fois pour effectuer une mission de reconnaissance. Il avait ressenti le besoin de se familiariser avec la configuration du terrain afin de ne rien laisser au hasard. Le paysage qui l'entourait était d'une beauté époustouflante. Il ne savait plus où poser les yeux, entre l'immensité bleue du ciel qui se confondait avec la mer, les marais salants qui longeaient les dunes de sable et les baies qui étaient d'une rare magnificence. Le merveilleux décor dans lequel il se trouvait n'apaisa malgré tout en rien l'extrême tension de son corps. Il tourna la tête en direction des falaises en surplomb où les Vikings avaient édifié d'impressionnantes fortifications qui assuraient la protection des habitants, puis il se concentra à nouveau sur le visage radieux des convives. Des Danois pour la plupart.

Combien de temps allaient-ils encore attendre la mariée ? Ash se passa nerveusement une main sur le visage. Il aurait donné cher pour se trouver loin de là. Il s'était d'abord cherché mille et une excuses pour tenter de justifier son impossibilité d'escorter le roi Eallesborough jusqu'à Kald pour le mariage de sa fille, mais Ash avait finalement passé sous silence ses réticences. Aucune raison n'aurait trouvé grâce aux yeux de son monarque. C'était donc à contrecœur qu'il avait accompagné son souverain en territoire viking, lui offrant la protection de son épée, comme à l'accoutumée. Il allait bien entendu se tenir sur ses gardes et accomplir son devoir. Mais il avait beau faire, il lui était impossible de se concentrer exclusivement sur sa tâche.

Allait-il enfin se débarrasser de l'attirance quelque

peu saugrenue qu'il éprouvait envers cette jeune guerrière danoise ? Cela expliquait sans doute la raison pour laquelle il trouvait l'attente des invités interminable. Il avait besoin de se prouver qu'il ne ressentirait absolument rien en revoyant la jeune femme qui l'avait si mystérieusement troublé lors de leur première rencontre. Il s'était posté à l'extrémité d'une rangée afin de pouvoir garder un œil sur les allées et venues de tout un chacun, mais, en vérité, une seule personne l'intéressait.

Tout à coup, une musique tonitruante se fit entendre, annonçant l'arrivée de celle que tout le monde attendait. Ash crut un instant se trouver mal. Il devait à tout prix reprendre ses esprits. Il roula les épaules vers l'arrière, arbora la mine impassible qu'il affichait en toutes circonstances et se tourna lentement vers la jeune mariée.

En la voyant se diriger vers l'autel d'un pas lent et majestueux, Ash sentit ses lèvres se tordre légèrement. Tout compte fait, c'était plutôt une bonne chose que son père ne puisse assister à cette cérémonie en raison de son état de santé. Cette scène l'aurait sans doute achevé. Qui aurait pu imaginer un jour qu'une princesse saxonne épouserait un Viking afin de garantir une paix durable entre leurs deux peuples ?

Il ne lui avait pas échappé que cette union improbable risquait de changer la donne. Peut-être même sa vision du monde. Ash bannit aussitôt cette idée de son esprit. Il valait mieux laisser certains secrets enterrés. Ainsi, personne ne risquait d'en être affecté.

Durant toute son enfance, ses parents lui avaient raconté quantité d'histoires au sujet des invasions vikings qui s'étaient régulièrement abattues sur le territoire qu'ils occupaient. Ces barbares s'étaient emparés de nombreux châteaux et monastères saxons, détruisant, violant et pillant tout sur leur passage. Originaires de contrées lointaines, ils sillonnaient de dangereux océans, débarquaient sans prévenir sur les plages et s'attaquaient à la population locale qui vivait paisiblement sur la côte au sein de petits campements, ne laissant que ruine et désolation derrière eux.

Ash avait lui-même été le témoin des conséquences tragiques de quelques attaques vikings. Mais il était encore loin du compte. En réalité, ces pillards avaient marqué son existence au fer rouge.

À cette pensée, un flot d'amertume vint lui brûler la gorge. Dès son plus jeune âge, on lui avait appris à se méfier des Danois. Voire à les exécrer. Cela n'avait néanmoins pas empêché son roi d'accepter une alliance avec le clan viking qui s'était établi depuis quelque temps déjà à Kald. Au fil des mois, Ash avait appris à respecter leur chef, Brand Ivarsson. De toute évidence, c'était un homme de bon sens et il semblait désireux lui aussi d'instaurer une paix durable. Pour autant, Ash ne comprenait pas comment lui-même, un Saxon, pouvait ressentir une telle attirance envers une jeune femme de ce clan. C'était tout bonnement inacceptable. Et indigne de sa part. D'autant plus que les paroles que son père lui avait adressées lors de son dernier passage à Braewood résonnaient encore dans sa tête.

« Choisis une femme de sang saxon, épouse-la et fais en sorte d'engendrer très rapidement un héritier afin de protéger mes terres et ma puissance. Fais exactement ce que je te dis de faire et je serai alors très fier de t'appeler mon fils. »

Ash laissa échapper un petit soupir. Il cherchait l'approbation du vieil homme depuis toujours et caressait l'espoir d'entendre enfin un mot gentil de la part de ce dernier depuis sa plus tendre enfance, tel un chien errant affamé qui attendrait avidement les restes qu'on voudrait bien lui jeter. Depuis quelques mois, Ash n'avait pourtant nulle envie de se trouver une maîtresse. Et encore moins une épouse.

La responsable de cet incroyable gâchis n'était autre que la jeune femme qui faisait battre son cœur bien malgré lui.

Il porta alors son attention sur les jeunes filles qui entouraient la mariée alors qu'elles remontaient l'allée centrale et se rapprochaient inexorablement de lui. L'une d'entre elles attira soudain son regard.

Svea Ivarsson. La sœur du marié.

Alors que son pouls s'intensifiait légèrement, un désir irrépressible s'empara de lui. Il lui était désormais impossible de détacher son regard de cette déesse. Ses yeux se fixèrent d'abord sur la magnifique chevelure d'un beau blond, peut-être un peu plus claire que dans ses souvenirs, qui lui retombait en cascade jusqu'en bas du dos dans un assemblage complexe de tresses, de boucles et de fleurs. Puis il porta son attention sur ses yeux. Ils avaient la teinte de l'océan. Profonds, bleus et sauvages. Il eut brusquement envie d'y plonger pour toujours. Quant à sa peau, elle lui parut aussi soyeuse et pâle que le sable fin qu'elle foulait d'ordinaire de ses pieds nus.

Ses courbes élancées drapées dans la jolie robe ajustée qu'elle avait revêtue pour l'occasion le firent frémir. Elle était vraiment d'une beauté étourdissante. Et d'une force peu commune. Il avait eu l'occasion de la voir manier l'épée et tenir un bouclier à bout de bras. Il n'était pas près d'oublier cette vision, même s'il s'était efforcé de l'effacer de sa mémoire ces derniers mois.

C'était la première fois qu'il voyait une femme manier la lame et cela l'avait littéralement envoûté. Il ne s'en était toujours pas remis, pour être tout à fait honnête. Il savait bien que cette Viking n'aurait pas dû susciter une telle fascination chez lui. Mais malgré tous ses efforts, il n'était pas parvenu à réduire à néant cette obsession ridicule.

Svea se trouvait à sa hauteur, à présent. Elle posa les yeux sur lui et soudain, elle sembla remplir tout l'espace.

Comment s'y prenait-elle pour le déstabiliser ainsi ? Mais à peine eut-elle croisé son regard que ses traits se durcirent brusquement. Puis elle détourna la tête avec un tel dédain qu'un frisson d'horreur le parcourut.

Ash serra les poings. Svea ne le portait manifestement pas dans son cœur. Elle ne s'en était jamais cachée, du reste. Cette aversion remontait à leur toute première rencontre, lorsqu'il l'avait instamment pressée de remettre son épée au fourreau alors qu'elle s'apprêtait à ôter la vie d'un homme à terre.

Il allait devoir trouver rapidement un moyen de tenir à distance cette attirance contre-nature. En attendant, il lui fallait reprendre le sang-froid dont il ne se départait jamais en temps normal.

Comment oublier le combat qui avait opposé le frère de Svea Ivarsson à Lord Crowe, un chef de mercenaires saxons ? Il avait été d'une telle brutalité ! Pour une raison indéterminée, Svea avait brusquement fait irruption alors que son frère avait nettement l'avantage sur son adversaire. Ash était intervenu alors qu'elle s'apprêtait à transpercer Lord Crowe de son épée et l'avait sommée de rester à l'écart.

À l'époque cependant, il ne disposait pas de toutes les informations nécessaires pour comprendre ce qui se tramait sous ses yeux. En effet, quelques années plus tôt, Crowe avait tué le père de Svea et de Brand Ivarsson. Ash imaginait sans peine la douleur que Svea devait éprouver. Après ce combat avec Brand, Crowe avait été mis en cellule à Termarth. Mais Svea ne voyait manifestement pas les choses ainsi. Pour elle, le châtiment que Crowe avait reçu n'était sans doute pas suffisant. Cela expliquait-il pour autant qu'elle lui montre à ce point que sa présence l'indisposait ? Le considérait-elle comme son ennemi ? Non seulement parce qu'il connaissait Crowe, mais parce qu'il s'était interposé lorsqu'elle avait cherché à prêter main-forte à son frère dans le combat qui l'opposait au chef des mercenaires. Depuis lors, Ash avait plus d'une fois eu l'occasion de s'apercevoir qu'elle faisait preuve d'une hostilité indéfectible envers lui.

Durant toute la cérémonie, il eut la désagréable impression qu'elle lui tournait ostensiblement le dos. À moins qu'il ne s'imagine des choses… Peut-être prenait-il simplement tout cela trop à cœur ?

Le banquet nuptial battait son plein. Ash explora les environs à plusieurs reprises pour s'assurer que tout allait bien, puis s'installa dans un coin de la grande salle, à l'écart des Danois qui vociféraient à tout va. Les soldats saxons n'étaient pas en reste… C'était à celui qui beuglerait le plus fort. Ash ne put réprimer une grimace. Il ne laissait jamais ses hommes participer à ce genre de festivités, en général. Mais le roi, qui était d'humeur particulièrement joyeuse et célébrait le bonheur tout neuf de sa fille, leur avait exceptionnellement accordé une nuit de relâche et leur avait enjoint de s'amuser autant qu'ils le désiraient.

Ash ne voyait pas ce laisser-aller d'un bon œil. Par expérience, il savait qu'il ne fallait jamais baisser la garde. Il n'imaginait pas, par ailleurs, comment il aurait pu se détendre en si mauvaise compagnie. Sans compter qu'il avait horreur des fêtes et préférait de loin rester seul. Cela s'expliquait aisément. Jamais il n'avait assisté aux réunions familiales régulièrement organisées à Braewood. Il avait de tout temps été tenu à l'écart. On lui avait toujours fait comprendre qu'il n'était pas le bienvenu.

Dos au mur, il parcourut la grande salle d'un œil attentif. Il repéra aussitôt Svea qui se faufilait parmi les invités, un pichet de bière à la main. Le sourire aux lèvres, elle semblait particulièrement à l'aise parmi les siens et prenait le temps d'échanger quelques mots avec chaque convive. Cela éveilla aussitôt sa curiosité. La situation ne manquait pas d'une certaine ironie. Son père venait de lui lancer un ultimatum en lui demandant d'épouser au plus vite une jeune femme saxonne afin d'assurer la descendance des Stanton, et lui, tout ce qu'il trouvait à faire, c'était de regarder cette Viking avec de grands yeux enamourés. Décidément, il avait faux sur toute la ligne. Non seulement elle était danoise, mais elle l'avait détesté au premier regard. S'il s'avançait vers elle, elle lui trancherait probablement la gorge avant même de lui laisser le temps d'ouvrir la bouche. Fort heureusement, il n'avait nullement l'intention de commettre une telle folie. Il fallait juste faire preuve d'un peu de patience. Cette soirée terriblement ennuyeuse finirait bien par s'achever et il pourrait alors quitter cet endroit le cœur léger. Rien ne laissait présager le fait qu'il croise à nouveau la route de cette Viking.

En la voyant servir de la bière aux soldats saxons qu'il avait sous ses ordres, Ash se redressa sur son siège. Elle se rapprochait dangereusement de lui, à présent. Mal à l'aise, il s'empressa d'arborer un visage dénué de la moindre expression.

Lorsqu'elle l'aperçut enfin, elle s'immobilisa brusquement. Elle parut hésiter un instant à changer de direction. Peut-être même envisageait-elle de lui passer devant en faisant mine de ne pas l'avoir vu ? Cela ne l'aurait guère étonné. Les gens gardaient généralement leurs distances avec lui. Sa réputation en impressionnait plus d'un, sans parler de son allure de colosse qui inspirait d'ordinaire la frayeur. Il avait fini par s'en accommoder. Il lui arrivait même de s'en féliciter. Pas cette fois, pourtant. Il ne tenait pas à la voir s'enfuir à toutes jambes.

— Svea…

Ses lèvres s'étaient entrouvertes d'elles-mêmes.

Un instant, elle parut envisager d'ignorer sa requête, puis elle se ravisa. Sans doute parce qu'une telle conduite aurait paru terriblement grossière aux yeux des autres invités. N'ayant d'autre choix, elle finit par se tourner dans sa direction. Lorsque ses beaux yeux bleus se posèrent sur lui, l'estomac d'Ash se contracta douloureusement.

— Ah, Lord Stanton ! Désirez-vous boire quelque chose ? demanda-t-elle en brandissant son pichet. Je ne pense pas vous avoir vu avaler la moindre goutte d'alcool de toute la soirée, ajouta-t-elle d'un ton sec.

Ash ne put empêcher ses yeux de s'attarder sur les lèvres pulpeuses d'un joli rose vif, même si le sourire de Svea s'était manifestement crispé en le voyant.

Il lui adressa alors un bref sourire.

— Non, je vous remercie. Je suis ici par devoir et non par plaisir.

Ses yeux devinrent glacials et ses traits se tendirent aussitôt. De toute évidence, elle appréciait aussi peu les Saxons que lui les Danois. Sans doute donnait-elle simplement le change par respect pour son frère, tout comme lui se conformait aux attentes du roi qu'il servait avec dévouement en toutes circonstances ?

— La bière ne sert qu'à obscurcir le jugement, ne croyez-vous pas ?

— Ce qui ne serait guère tolérable, répliqua-t-elle d'un ton moqueur. Mais nous savons tous que c'est votre précieux discernement qui nous tient tous en bride.

Décontenancé par ce manque de respect manifeste, il se contenta de froncer les sourcils. Où voulait-elle en venir avec ses propos insidieux ? Les habitants de Termarth le tenaient tous en haute estime et il n'avait guère l'habitude de voir son autorité contestée.

— Je suppose que vous faites référence à la façon dont j'ai appréhendé le combat qui opposait votre frère à Lord Crowe, dit-il d'un ton neutre. Il me semble pourtant qu'il était sage de vous exhorter à faire preuve de clémence envers un homme déjà à genoux.

Elle cherchait sans doute à rejeter la faute sur quelqu'un. Manifestement, il faisait l'affaire.

— Sage, dites-vous ? Voilà donc ce dont il s'agissait ? C'est étrange, mais pour ma part, j'aurais volontiers qualifié votre intervention d'ingérence... Crowe a assassiné mon père, Lord Stanton. Vous avez donc pris parti pour mon ennemi et m'avez privée de la vengeance à laquelle j'avais droit.

Il décela sans peine la colère sous-jacente qui bouillait en elle. Cette personnalité explosive aurait dû lui faire prendre ses jambes à son cou, mais, bien malgré lui, cela éveilla au contraire sa curiosité.

Il inclina donc légèrement la tête, comme s'il acquiesçait et partageait son analyse de la situation.

— Je ne le savais pas, à l'époque.

— Cela change-t-il quoi que ce soit ? Vous seriez-vous comporté différemment si vous aviez su que Crowe était un assassin ?

— Probablement pas. Je ne pense pas qu'il soit bon de se faire justice soi-même. Vous avez fait preuve d'une telle imprudence...

À la lueur du feu, les yeux de Svea semblèrent lancer des éclairs. Décidément, quelle femme têtue et terriblement impulsive ! Elle était exactement le genre de personnes dont on lui avait toujours appris à se méfier. Et à en juger par la façon dont son bas-ventre réagissait en sa présence, elle représentait assurément un grand danger.

— J'ai attendu des années avant de prendre ma revanche. J'ai l'impression d'avoir eu tout le temps nécessaire pour considérer la question, répliqua-t-elle sèchement.

Il laissa échapper un petit soupir mais s'efforça de garder un ton égal.

— J'ai immédiatement fait enfermer cet homme et il

dort en prison depuis lors. J'estime que cette issue devrait tous deux nous satisfaire. Il me semble pourtant que vous prenez soin de m'éviter chaque fois que nos chemins se croisent. Cette impression est-elle erronée ?

Elle se contenta de hausser légèrement ses fines épaules bien dessinées. Ash ne put s'empêcher de poser les yeux sur le tissu de sa robe qui galbait les courbes généreuses de sa poitrine et il eut toutes les peines du monde à détourner le regard.

— Vous avez une bien haute opinion de vous-même, Lord Stanton. Pour vous ignorer, il faudrait déjà que j'aie remarqué votre présence.

Il serra la mâchoire. Le mépris dont elle faisait généralement preuve à son égard l'irritait, mais ce n'était rien à côté de l'indifférence dont elle venait de le gratifier. Cela lui était intolérable. Une main posée sur la hanche, elle lui jeta alors un regard plein de défiance. Ash baissa aussitôt les yeux et remarqua tout à coup un motif sombre finement ouvragé qui se déployait de la clavicule de Svea jusqu'à la base de sa chevelure. Cela ressemblait aux branches entrelacées d'un arbre. Il aperçut alors un autre symbole sur son poignet, dont il ne comprit pas la signification. Une envie irrépressible de l'examiner de plus près le saisit, mais il n'osa pas la toucher. Tout semblait indiquer qu'elle préférait qu'il se tienne à bonne distance.

— Certains vous acclament parce que vous êtes le plus proche conseiller du roi, mais d'autres pensent au contraire qu'avec un père haut placé comme le vôtre, il est plutôt facile de réussir dans la vie, ajouta-t-elle.

Il partit alors d'un petit rire dédaigneux pour lui signifier que ses remarques acerbes ne l'atteignaient pas, mais en vérité cette attaque frontale sur la position qu'il occupait le désarçonna. Il comprenait néanmoins ce qui était en jeu. Elle était toujours habitée par la colère. Elle s'en prenait à lui et cherchait à le blesser, tout comme il l'avait blessée en l'empêchant de venger la mort de son père. Si seulement elle connaissait la vérité au sujet de sa « situation privilégiée »... Elle n'imaginait sans doute pas un instant qu'il avait dû se battre comme un beau diable pour se faire une place dans ce monde, tout comme elle ne pouvait deviner qu'il avait été banni de la demeure de ses parents alors qu'il n'était encore qu'un petit garçon. Un petit garçon *non désiré*. Et il avait à présent une autre bataille à mener s'il voulait conserver son titre et son héritage. Sans parler de sa fierté.

— Peu importe, au fond. Nous sommes ici pour célébrer les noces de mon frère et, malheureusement, il est de mon devoir de faire preuve de courtoisie envers tous ses invités, vous y compris. Comme vous n'avez visiblement pas envie de boire, je vais le faire pour vous. J'en ai tout à coup grand besoin.

Elle s'empara alors d'une chope posée sur la table voisine et se versa une bonne rasade de bière. Puis elle leva son verre, comme pour porter un toast.

— Aux mariés ! s'écria-t-elle. J'espère que vous passerez une agréable fin de soirée, ajouta-t-elle ensuite, sur un ton de connivence.

— J'en doute fort. Les mariages ne présentent pas le moindre intérêt à mes yeux.

— Nous sommes au moins d'accord sur ce point, Lord Stanton. *Skol !* lança-t-elle avant de boire sa chope de bière d'un seul trait.

Elle s'essuya la bouche du revers de la manche, comme si elle tenait à se montrer un peu plus irrévérencieuse encore.

Incrédule, il la dévisagea sans mot dire. C'était bien la première fois qu'il voyait une belle femme redoubler d'efforts pour altérer l'attrait que son physique ne manquait pas de susciter. Cela l'intrigua.

— Vous avez remarquablement tenu votre rôle aujourd'hui, dit-il d'un air entendu.

Il eut soudain terriblement envie de laisser ses yeux vagabonder sur les courbes féminines du corps de Svea, mais il s'efforça de les garder fixés sur le visage de celle-ci. Il savait à quel point il était important de se montrer respectueux envers les femmes.

— Je vous trouvais ravissante il y a quelques instants encore.

C'était sorti tout seul. Le visage de Svea s'assombrit aussitôt et elle émit un grognement dédaigneux dépourvu de la moindre élégance. Ash regretta sur-le-champ ses propos déplacés. De toute évidence, il venait de commettre une erreur qu'il regretterait tôt ou tard.

Elle reposa brusquement la chope vide sur la table.

— Décidément, vous avez le chic pour donner votre opinion à des gens qui ne tiennent pas particulièrement à l'entendre, Lord Stanton. Sachez que j'ai transpiré toute la journée comme un cochon sur le point d'être saigné. Alors vous feriez mieux de garder vos compliments pour la jeune mariée.

Svea pivota sur ses talons sans attendre et s'éloigna d'un pas décidé, sa robe bruissant sur ses chevilles nues. Il était une nouvelle fois complètement décontenancé. Cette femme était si différente de toutes les autres... Aucune ne se serait ouvertement moquée des compliments qui lui étaient adressés. Aucune femme de sa connaissance ne vidait une chope de bière d'un seul trait non plus, ni ne maniait l'épée comme un véritable guerrier. Sans parler des motifs qui étaient dessinés sur sa peau. Et aucune femme ne lui avait jamais parlé d'un ton aussi méprisant. Sa mère exceptée, peut-être.

Svea ne semblait pas se préoccuper de ce que les gens pensaient d'elle. Elle était totalement en accord avec elle-même. Comme il l'enviait ! Lui dont l'existence était régie depuis toujours par l'honneur, la réputation de sa famille et l'opinion des autres…

Pour quelle raison Svea l'avait-elle fui tout à coup ? N'avait-elle pas supporté les reproches qu'il lui avait adressés ? À moins qu'elle n'ait pas apprécié le compliment qu'il lui avait fait ? La colère qu'elle éprouvait à son égard n'avait aucun fondement. Après tout, l'homme qui avait tué son père avait été jeté en prison et privé de ses titres et de sa fortune. Ash s'en était assuré en personne. Alors pourquoi manifestait-elle une telle hargne envers lui ? Il aurait tant aimé qu'elle se comporte différemment. Cette simple pensée raviva brusquement le désir qu'elle lui inspirait.

Terriblement mal à l'aise, il se tortilla sur son siège tout en l'observant à la dérobée alors qu'elle servait à boire aux invités. Pourquoi donnait-elle l'impression de se moquer ouvertement des conventions ? Et pourquoi s'efforçait-elle de paraître la moins séduisante possible ? Curieusement, cela avait l'effet inverse sur lui. Svea était de loin la femme la plus désirable qu'il ait jamais rencontrée. Il prit une profonde inspiration, posa les mains à plat sur la table et étendit les doigts au maximum avant de planter ses bottes dans le sol. Il devait bien être capable de réduire ce désir à néant, que diable ! Il suffisait d'avoir le contrôle sur ses émotions. Un domaine qu'il ne connaissait que trop bien. Il était même devenu expert en la matière au fil du temps.

Peu d'hommes l'intimidaient désormais. Mais *lui*, en revanche, y parvenait aisément.

Tout ce que Svea savait, c'était que de tous les hommes autoritaires et arrogants qu'elle avait rencontrés au cours de son existence, Lord Stanton pouvait se targuer d'être le pire de tous !

Était-ce parce qu'il dominait tout le monde en raison de sa taille ? Ou parce qu'il restait à l'écart des autres, l'air préoccupé, scrutant l'horizon sans relâche et épiant les faits et gestes de tout un chacun ? Rien ne semblait lui échapper. C'était du moins l'impression qu'il donnait. Il lui faisait penser aux corbeaux du dieu Odin. Il voyait tout. Il savait tout. Il cherchait également à passer inaperçu. Sur ce point cependant, son échec était patent.

Comment aurait-il pu se fondre dans la masse, avec ses épaules incroyablement larges et son corps à la fois robuste et puissant qui incarnait la force à l'état pur ? Du reste, la façon dont il attachait ses cheveux noirs plaqués en arrière et sa barbe soigneusement taillée qui accentuait les angles vifs de son visage ne manquaient pas d'attirer l'attention. Il ne semblait pas faire partie du même monde qu'eux. Elle se tenait toujours sur ses gardes en sa présence et elle n'était manifestement pas la seule. Les hommes de Lord Stanton se méfiaient également de lui. Ils le respectaient mais semblaient comprendre qu'il valait mieux le laisser tranquille. Ils avaient sans doute raison.

Svea préférait ne pas s'approcher de lui et avait même songé à faire la sourde oreille lorsqu'il l'avait interpellée. Elle redoutait tellement de se retrouver face à cet homme, de croiser son regard et d'entendre ses paroles condescendantes. Elle était sur les nerfs en sa présence. Il donnait l'impression de passer son temps à la juger. Dès leur première rencontre, il avait fermement condamné la façon dont elle se comportait et depuis lors, chaque fois qu'il posait ses yeux sombres sur elle, elle sentait qu'il réprouvait absolument tout en elle.

Depuis la mort de ses parents, personne, hormis son frère, ne lui avait adressé le moindre reproche. Comment Lord Stanton osait-il s'en prendre à elle ? Même si elle savait que c'était ridicule, cela lui donnait envie de se rebeller et de le provoquer afin de le faire réagir. Elle aurait donné cher pour lui faire perdre le sang-froid dont il ne semblait jamais se départir.

Elle avait continué à servir de la bière aux invités jusqu'au beau milieu de la nuit et s'était bien gardée de s'approcher une nouvelle fois de lui. Elle n'avait néanmoins pas pu s'empêcher de penser à son regard réprobateur qui la suivait partout où elle allait.

Lorsqu'il lui avait adressé un compliment sur son apparence, elle avait ressenti un véritable choc. Cela avait également provoqué une étrange onde de chaleur dans son ventre. Elle ne cherchait pourtant à susciter l'admiration d'aucun homme, et la sienne encore moins que celle des autres ! À Kald, les hommes évitaient de faire le moindre commentaire sur son physique. Ils la considéraient comme l'une des leurs. Une fermière. Une guerrière. Cela avait pris des années et lui avait demandé un travail acharné pour parvenir à ce statut, mais à présent, elle imposait le respect et ils la voyaient tous comme une simple camarade. Et c'était exactement ce qu'elle désirait.

Quand l'aube arriva enfin, elle put se faufiler dehors et se soustraire à la foule qui s'était entassée dans la grande salle surchauffée. Elle s'empressa d'ôter sa tenue de mariage trop ajustée et pria intérieurement pour ne jamais être amenée à porter cette robe à nouveau. Brand avait une dette envers elle à présent. Elle enfila aussitôt une tunique brodée ainsi qu'un tabard en cuir au-dessus de ses chausses en laine. Une tenue idéale pour monter à cheval, et bien plus à son goût.

Alors qu'elle passait la ceinture autour de sa taille, elle se remémora les commentaires désobligeants de Lord Stanton et ferma ses brassards et ses bottes d'un geste vif et plein de colère. Elle n'en revenait toujours pas. De quel droit lui avait-il reproché de s'être montrée imprudente en attaquant Crowe lorsque celui-ci se mesurait à son frère ? Elle ajouta un peu de peinture de guerre noire autour de ses yeux, espérant que son apparence féroce suffirait à conjurer le regard critique du lord saxon.

Le soleil commençait à se lever, striant le ciel de ses rayons dorés, alors que Svea galopait le long des falaises, suivant le drakkar qui appareillait dans la rivière et n'allait pas tarder à rejoindre la pleine mer. Assise à califourchon sur son cheval bien-aimé, le vent soufflant dans ses longs cheveux, elle adressa un signe de la main à son frère et à sa jeune épouse qui partaient en lune de miel. Elle avait chevauché à leurs côtés aussi longtemps que cela avait été possible, et à présent, elle ne parvenait pas à quitter du regard le navire qui rapetissait à l'horizon et allait bientôt disparaître tout à fait.

Svea déglutit avec peine. Elle se réjouissait que Brand ait trouvé l'amour et soit heureux, mais il lui manquerait terriblement. Et même si les noces de son frère la réjouissaient, cela lui rappelait immanquablement qu'elle ne pourrait jamais connaître un tel bonheur. Le destin en avait décidé ainsi. Jamais elle ne se marierait. Lorsqu'elle avait vu les mains de Brand se joindre à celles de la princesse durant la cérémonie nuptiale, elle s'était répété une fois encore qu'elle ne pourrait jamais appartenir à un homme. Elle resterait une guerrière et consacrerait son existence à assurer la sécurité de Kald.

En épousant une princesse saxonne, Brand formait une alliance entre Kald et Termarth, et assurait ainsi la protection de leurs terres et de leur peuple. Svea s'interrogeait néanmoins régulièrement à ce sujet. Comment pouvait-il aimer une femme issue de ce peuple ? Particulièrement après ce qui était arrivé à leur père… Sans parler de ce qu'elle-même avait subi. Jamais elle ne se sentirait à l'aise en présence de Saxons.

Même si les hommes du roi qui avaient assisté aux noces l'avaient beaucoup inquiétée, elle n'en avait rien montré.

Elle ne tenait pas à leur faire ce plaisir. Elle avait peu à peu appris à masquer sa peur en arborant un air nonchalant et méprisant, et jusqu'alors cela lui avait été très utile.

Alors que Svea indiquait à son cheval d'entamer la descente de la falaise en direction de la forteresse, elle vit avec un certain soulagement que la garde royale préparait les chevaux et s'apprêtait à quitter Kald. Bientôt elle allait pouvoir respirer plus facilement.

Tandis qu'elle rentrait au petit galop dans la cour centrale, elle aperçut une foule d'hommes en tenue de combat, ce qui l'obligea à ralentir l'allure de sa monture, Max. Les soldats avaient tous les yeux vitreux et paraissaient exténués. De toute évidence, ils avaient abusé de la délicieuse bière fruitée qu'elle leur avait servie. Ils semblaient tous au ralenti.

L'impressionnant Lord Stanton était le seul à s'être abstenu de boire la moindre goutte d'alcool. Lors des rares occasions où elle l'avait rencontré, il s'était chaque fois montré maître de lui-même et n'avait, cette fois encore, pas dérogé à cette règle. Il arborait comme toujours cet air supérieur et détaché qu'elle exécrait plus que tout, mais comme son frère le respectait, elle avait promis de refréner l'animosité qu'il lui inspirait et s'était engagée à bien se conduire.

Alors qu'elle s'approchait du convoi, elle darda sur le lord saxon un regard noir, prête à en découdre. Elle savait qu'il n'apprécierait pas ce qu'elle s'apprêtait à dire.

— Votre Majesté, Lord Stanton, bonjour à vous deux. Mon frère m'a demandé de vous escorter jusqu'à la lisière de la forêt afin de nous assurer que vous prendrez le bon chemin. Nous avons eu une saison particulièrement pluvieuse et les marécages sont encore plus dangereux qu'à l'accoutumée. Nous avons même perdu quelques têtes de bétail. Je vous montrerai comment les contourner.

Les sourcils froncés, Lord Stanton pressa ses genoux dans les flancs de son cheval pour le faire légèrement avancer.

— Ne vous donnez pas cette peine, Svea. Je suis tout à fait capable de retrouver le chemin qui nous ramènera chez nous sains et saufs.

— Je n'en doute pas, rétorqua-t-elle en haussant les épaules, mais j'en ai fait la promesse à mon frère. Par ailleurs, je ne manquerai pas d'apprécier cette sortie à cheval de bon matin.

Lord Stanton avait la même stature que les guerriers danois de son clan. Malgré ce qu'elle lui avait lancé à la figure la veille au soir, sur la façon dont il avait obtenu son poste de plus proche conseiller du roi, elle comprenait sans mal que ses hommes lui accordent toute leur confiance. Lorsqu'il était intervenu pour sauver la vie de Crowe, elle avait d'abord eu envie de riposter et de le combattre, mais elle s'était souvenue qu'il avait la réputation de gagner toutes les batailles qu'il menait, sans exception. Son visage arborait une collection de cicatrices qui rivalisaient sans peine avec celles des guerriers de Kald. Étaient-elles dues à des combats contre les siens ? Mais, à la différence de son frère et des autres Vikings qu'elle côtoyait, Lord Stanton était impeccablement vêtu et portait une cotte de mailles étincelante, professant ainsi sa loyauté à la Couronne.

— Et qui assurera votre sécurité lorsque vous rebrousserez chemin ? répliqua-t-il alors d'un ton brusque. Je ne peux pas vous laisser seule.

— Ne vous inquiétez pas, Lord Stanton. Deux de mes hommes vont se joindre à nous et seront très heureux de me tenir compagnie au retour.

Un muscle tressauta presque imperceptiblement sur la joue de Lord Stanton. Sans doute était-il irrité. Il avait l'habitude qu'on lui obéisse aveuglément. Eh bien, ce ne serait pas le cas cette fois, il devrait s'y faire.

— Entendu. Si vous insistez, dit-il en lui jetant un regard noir.

— J'insiste.

Elle invita son cheval à faire demi-tour pour aller chercher ses hommes, Kar et Sten. Elle se réjouit que ses frères d'armes l'accompagnent. Cela renforçait sa confiance. Même si au cours des années, elle avait fait en sorte de s'endurcir pour affronter des situations de ce genre, jamais elle ne choisirait d'elle-même de s'entourer de tant d'hommes saxons. Cela la remplit d'effroi rien que d'y penser.

— Fermez la marche, leur ordonna-t-elle.

Elle éperonna alors son cheval et prit la tête du convoi, tandis que les soldats saxons quittaient la forteresse. Le soleil se leva rapidement dans le ciel gris, dissipant les nuages au passage. Un frisson d'excitation parcourut le dos de Svea. Ils feraient bientôt leurs adieux à leurs nouveaux alliés et elle pourrait alors rentrer chez elle, le cœur léger, en empruntant le magnifique chemin qui longeait le littoral.

Hormis quelques parties de chasse et de pêche, ainsi qu'un voyage à Termarth qui avait définitivement changé le cours de sa vie alors qu'elle n'était encore qu'une jeune fille, elle ne s'éloignait jamais de Kald. Ces dernières années, le mur d'enceinte en bois avait été son sanctuaire. Un lieu pour guérir. Un lieu où elle se sentait en sécurité. Et à présent qu'elle savait de source sûre que son ennemi se trouvait derrière les barreaux, elle se sentait enfin prête pour un peu d'aventure. Un peu de liberté. Elle en aurait certainement grand besoin après une matinée en compagnie de Lord Raisonnable !

Il chevauchait à ses côtés à l'avant du convoi, ce qui l'agaçait prodigieusement. Comment aurait-elle pu se réjouir d'avoir une ombre qui planait constamment sur elle ? Elle se sentait observée et cela la perturbait plus qu'elle ne l'aurait souhaité. Elle fit de son mieux pour apprécier le paysage, mais la présence de Lord Stanton détournait chaque fois son attention. Elle étouffait littéralement.

Elle jeta un regard à la dérobée dans sa direction et aperçut ses larges mains tannées qui tenaient les rênes de sa monture, puis ses cuisses puissantes qui contrôlaient parfaitement son cheval. Elle n'avait jamais vu d'homme à l'apparence aussi soignée. Immaculée, même. Le soleil faisait étinceler son armure aux reflets dorés, lui conférant l'apparence d'une sorte de dieu. Cela avait quelque chose de fascinant. Elle eut soudain envie de lui ébouriffer un peu les cheveux pour le décoiffer et voir comment il réagirait. Pour tout dire, elle était troublée.

Elle se redressa un peu sur sa monture et tenta d'ignorer la présence envahissante de Lord Stanton. Elle refusait de se laisser intimider par son maintien impeccable.

— Vous montez bien à cheval, Svea, dit-il d'une voix profonde et autoritaire. Je n'avais encore jamais vu une femme monter à califourchon. Les femmes montent généralement en amazone.

— Dans ce cas, vous n'avez encore jamais rencontré de vraies femmes, Lord Stanton.

— Je me rends compte à présent que vous avez de multiples talents. Vous montez à cheval, vous buvez, vous savez vous battre. Vous donnez même des ordres à vos hommes. Je suis impressionné.

— Je n'ai jamais eu l'intention de vous impressionner, répliqua-t-elle, les yeux écarquillés.

Avec lui, elle ne savait jamais sur quel pied danser. Lui adressait-il simplement des compliments ou se moquait-il ouvertement d'elle ? L'un comme l'autre l'horripilait tout autant.

— Je me demandais juste ce que vous alliez faire après nous avoir accompagnés, ajouta-t-il, ignorant sa remarque sarcastique.

Elle releva fièrement le menton.

— Mon frère m'a confié la forteresse de Kald pendant son absence et je n'ai nullement l'intention de le décevoir.

En voyant sa surprise et sa mine effarée, elle fut ravie. C'était une bonne chose. Elle avait tellement envie de le déconcerter.

— C'est une *femme* qui va diriger la forteresse ? Et les hommes n'y voient rien à redire ?

— Je prendrai soin des habitants de Kald et assurerai leur sécurité. Nul besoin d'un appendice supplémentaire pour accomplir cette tâche, ne croyez-vous pas ?

Il plissa les yeux et la fixa durement. Il n'appréciait sans doute pas ses paroles quelque peu abruptes.

— Ne dirigez-vous pas également votre propre forteresse ? poursuivit-elle.

Il acquiesça d'un signe de tête.

— Il s'agit du bastion de mon père, pour être tout à fait précis.

Elle avait entendu parler de la garnison impressionnante de Braewood ainsi que de la santé déclinante du vieux chef. Pourquoi diable Lord Stanton passait-il son temps au service du roi au lieu de diriger son propre peuple ? Elle avait entendu dire qu'il avait été banni, mais elle n'en avait pas l'absolue certitude. Il s'agissait peut-être de simples rumeurs. Mais si sa propre famille le voyait d'un mauvais œil, alors peut-être n'était-il pas celui qu'il prétendait être.

— Je ne crains pas de me salir les mains, Lord Stanton. Et vous ?

Il ne répondit pas immédiatement, comme s'il choisissait avec soin les mots qu'il allait prononcer.

— Moi non plus. Mais je ne suis pas pour autant du genre à jouer au châtelain, répliqua-t-il. Le roi Eallesborough a besoin de mes services et je me sens davantage à ma place sur le champ de bataille.

Elle comprit parfaitement son point de vue. Devoir se dépenser physiquement pour pouvoir dormir la nuit, elle ne savait que trop bien ce que cela signifiait. Malgré tout, elle ne pouvait s'empêcher de penser que le sérieux et la pondération dont il faisait preuve dans la façon dont il appréhendait les choses étaient en totale contradiction avec sa réputation de fils prodigue et de guerrier impitoyable. Cet homme était une véritable énigme.

Svea accentua la pression sur les rênes de son cheval alors qu'elle se concentrait sur la traversée délicate des marécages. Lorsqu'elle aperçut enfin au loin la lisière de la forêt, cela lui donna du courage. Leurs chemins allaient bientôt se séparer. Après avoir franchi un passage où l'eau était particulièrement profonde, elle planta vigoureusement les éperons dans les flancs de sa monture pour l'encourager à accélérer son allure. Tandis qu'elle sortait au galop de la boue épaisse où il était si facile de s'enliser, elle laissa échapper un soupir de soulagement. Mais, alors qu'elle ne s'y attendait nullement, son cheval se cabra et elle retomba lourdement sur sa selle.

— Doucement, dit-elle en caressant sa crinière pour l'apaiser. Qu'as-tu entendu ? Un chevreuil ? Ou peut-être un renard ?

— À cette heure de la journée ? J'en doute, objecta Lord Stanton, immobilisant son cheval à ses côtés. Vous devriez être davantage sur vos gardes, Svea.

Il leva la main pour enjoindre à ses hommes de s'arrêter derrière eux, tout en la regardant de biais. Svea prit sur elle pour ne pas laisser paraître son agacement. Quelle condescendance ! Pour qui se prenait-il ?

Il redressa la tête, à l'écoute.

Les oreilles de Max se dressèrent à nouveau et ses naseaux se dilatèrent. Son cheval venait de détecter un danger. Un sentiment de malaise l'envahit alors. La main en visière sur le front pour se protéger du soleil, elle parcourut l'horizon en plissant les yeux pour comprendre ce qui se passait.

— Max a senti quelque chose. Et il n'est pas du genre à s'effrayer facilement… Il a un très bon instinct.

— Moi aussi. Je vais aller voir.

Lord Stanton descendit de cheval, fit quelques pas puis se tourna vers elle.

— Attendez-moi ici, ordonna-t-il d'une voix grave, comme pour mieux se faire comprendre.

Svea frissonna. Un trouble inhabituel s'empara d'elle. Elle se sentait observée et eut tout à coup l'étrange impression d'attendre quelque chose. Mais quoi au juste ? Elle inspecta une nouvelle fois les alentours. Hormis les chevaux qui poussaient de petits hennissements et les hommes qui murmuraient derrière eux, tout était calme. *Trop* calme.

Elle ne pouvait tout de même pas rester là à ne rien faire ! Elle sauta aussitôt à terre afin de rejoindre Lord Stanton, le suivant alors qu'il pataugeait dans le marécage.

Il se retourna brusquement et la fixa d'un regard sévère.

— Je vous ai dit de m'attendre.

— Je n'ai pas d'ordres à recevoir de vous.

Il pinça aussitôt les lèvres, comme pour s'empêcher de lui rétorquer quelque chose, puis reprit sa progression d'un air déterminé, l'eau jusqu'aux genoux. Quels mots avait-il ravalés ? Peut-être aurait-elle encore préféré qu'il perde toute retenue et riposte sans refréner sa colère.

Il avançait d'un pas décidé. Elle le suivit en silence. Lorsqu'ils sortirent enfin de l'autre côté du marécage, s'approchant doucement de l'orée du bois, des nuées d'oiseaux s'envolèrent en piaillant des fougères au feuillage vert foncé. Une sourde appréhension au creux de l'estomac, Svea posa la main sur la poignée de son épée. Quelque chose n'allait pas.

Lord Stanton s'accroupit pour inspecter le sol.

— Regardez ! Il y a des empreintes de pas. En très grand nombre. Quelqu'un est passé ici avant nous.

Les arbres s'agitèrent tout à coup et une multitude d'hommes jaillirent de la forêt en poussant des hurlements, les prenant par surprise. Max se cabra aussitôt en poussant un hennissement strident avant de partir au galop en direction des plaines aux côtés du cheval apeuré de Lord Stanton.

— C'est une embuscade ! cria-t-il.

Une volée de flèches s'abattit sur eux. Il fallut quelques secondes à Svea pour comprendre ce qui se passait. Ils étaient sous le feu d'une attaque. Puis tout sombra dans le chaos.

Svea brandit son épée et son bouclier. Elle n'eut pas le temps de réfléchir que déjà elle combattait un ennemi inconnu. De petits fragments de bois se détachèrent de son bouclier alors que les coups pleuvaient de toutes parts. Des vagues d'hommes à la carrure impressionnante se précipitaient dans leur direction à travers les marécages.

Elle s'était retrouvée bien des fois au cœur d'une bataille et savait parfaitement se défendre. Cela n'empêchait pas pour autant les douloureux souvenirs de son passé de s'immiscer dans son esprit chaque fois qu'elle devait se confronter à un ennemi de sexe masculin. Un réflexe d'autodéfense l'incita à trouver la force dont elle avait besoin dans ses émotions les plus sombres afin de surmonter la peur qui menaçait de l'envahir. Elle allait montrer à ces crapules de quel bois elle se chauffait ! Ils regretteraient bientôt de les avoir attaqués.

Lord Stanton se battait à ses côtés, et, malgré l'urgence de la situation, elle ne put s'empêcher de remarquer sa puissance et sa force. Il faisait preuve d'une férocité sans pareille. Aucun guerrier ne faisait le poids face à lui. Elle n'avait encore jamais vu un homme se battre avec une telle précision et se réjouit tout à coup de sa présence à ses côtés.

La confusion était telle que seules des images fragmentées d'épées qui s'entrechoquaient et de formidables gerbes d'eau qui les éclaboussaient lui parvenaient. Elle repoussa un homme, puis un autre. Sa silhouette menue lui conférait un avantage indéniable : elle était plus rapide que la plupart de ses adversaires et se mouvait avec davantage d'agilité. Les hommes écarquillaient souvent les yeux en s'apercevant qu'ils combattaient une femme et Svea n'hésitait jamais à tirer profit de leur surprise et de leur hésitation.

Que voulaient donc ces hommes ? Profitaient-ils de la situation qui s'était présentée à eux ou s'agissait-il au contraire d'une attaque minutieusement préparée parce qu'ils savaient que le convoi royal passait par là ?

Dos à dos, Lord Stanton et elle progressaient peu à peu, repoussant bon nombre de leurs assaillants. Puis, sans crier gare, un vrai colosse se rua vers elle et lui assena au visage un coup de bouclier d'une telle violence qu'elle en lâcha son épée et tomba à la renverse dans la boue. La surplombant, il l'empêcha de se relever du sol détrempé.

— Hé, les gars, c'est une femme que j'ai fait tomber, dit-il en la reluquant. Nous pourrions nous amuser un peu avec elle.

Non ! Ça n'allait pas recommencer !

Son cœur se mit à battre frénétiquement alors qu'une vague de terreur s'emparait d'elle. De terribles souvenirs l'envahirent. Elle ne savait que trop ce que cela signifiait d'être un jouet entre les mains des hommes. Jamais elle ne permettrait qu'une telle situation se reproduise. *Jamais.*

Les yeux emplis d'effroi, elle croisa alors le regard inquiet de Lord Stanton, qui se précipita aussitôt à son secours avec une souplesse et une rapidité stupéfiantes. Clouée au sol sous le poids du colosse qui l'avait assaillie, elle vit tout à coup l'homme chanceler sous la puissance du coup que Lord Stanton venait de lui porter. C'était le moment ou jamais d'intervenir. Sa force décuplée par la colère, elle se débattit comme un beau diable et parvint enfin à se dégager alors que Lord Stanton tirait son assaillant en arrière de toutes ses forces avant de lui régler définitivement son compte.

Il l'aida aussitôt à se relever en la saisissant fermement par le coude tout en prenant garde de ne pas la blesser.

— Vous allez bien ?

Elle n'en savait rien. Ce n'était pas tant cette embuscade qui la bouleversait, car elle avait l'habitude de se battre, que les souvenirs qui venaient de remonter tout à coup à la surface. En temps normal, elle tenait ses peurs à distance. Mais à cet instant précis, elle avait les jambes qui tremblaient et le souffle court. Et la main chaude que Lord Stanton avait enroulée autour de son coude pour lui venir en aide ne fit qu'accroître son trouble.

— Je vais bien, répondit-elle en mentant. Je suis prête à reprendre le combat, ajouta-t-elle en se dégageant violemment de son emprise.

Puis elle se baissa pour ramasser son épée qui se trouvait à ses pieds.

— Non ! s'écria-t-il.

Il l'empoigna une nouvelle fois par le bras, sans ménagement cette fois, et la tira en arrière.

— Svea, regardez.

Elle se retourna et s'aperçut qu'une étendue d'eau peu profonde s'étirait désormais entre eux et leur convoi. Celui-ci était à présent assailli de toutes parts par les brigands qui avaient surgi de la forêt pour les attaquer. En voyant qu'ils étaient en train de rassembler des prisonniers parmi lesquels figurait le roi en personne, elle prit peur. Sa consternation augmenta encore d'un cran en voyant ses hommes – des amis loyaux qui faisaient d'ordinaire preuve d'une force incomparable – déposer les armes.

— Dépêchez-vous. Suivez-moi. Par ici, indiqua Lord Stanton en l'entraînant vers la lisière du bois afin de ne pas se faire repérer.

Elle se débattit aussitôt, incapable d'accepter la défaite. Chaque muscle de son corps refusait de se replier alors que ses hommes avaient besoin d'aide. Mais Lord Stanton était trop fort pour elle.

— Que faites-vous ? Nous devons aider le roi et nos hommes…

Elle tenta en vain de lui résister alors qu'il l'entraînait plus loin dans la forêt dense. Elle fut subitement prise d'une rage incommensurable. Comment ces soudards avaient-ils pu oser l'attaquer, la menacer ? Elle n'allait pas se laisser faire ! Que mijotait Lord Stanton ? Pourquoi n'allait-il pas les combattre ? Pourquoi remettait-il son épée dans son fourreau ?

Et pourquoi le simple contact de la main de cet homme sur son bras lui brûlait-il la peau ?

— Arrêtez cela immédiatement ! grogna-t-il.

— Nous ne pouvons tout de même pas les abandonner ! dit-elle, tout en faisant des efforts désespérés pour se dégager de son étreinte.

Ce n'était pas l'homme qui venait de combattre avec un courage sans égal. Ce n'était pas l'homme dont son frère lui avait parlé. Un homme qui n'avait peur de rien ni de personne.

— Nous ne pouvons pas abandonner comme cela. Il faut nous battre !

— C'est ce que nous ferons bientôt.

Svea lui jeta un regard interrogateur. Il desserra enfin la pression qu'il exerçait sur son bras mais lui saisit alors fermement les deux épaules.

— J'ai bien l'intention de faire regretter à ces hommes leur attaque, croyez-moi. Mais nous devons d'abord réfléchir à la stratégie que nous aurons à adopter. Nos hommes sont encerclés. Si nous continuons à nous battre, nous allons bientôt nous retrouver seuls face à une petite armée.

Elle ne savait pas précisément ce qui allégea peu à peu l'état de tension extrême auquel elle était en proie, mais finit par s'en réjouir. Était-ce les paroles que Lord Stanton venait de prononcer ? À moins que ce ne soit ses mains chaudes qui la maintenaient fermement là où elle se trouvait ? L'envie de se débattre pour aller en découdre se dissipa. Elle se dégagea en douceur puis croisa les bras sous sa poitrine.

— Bon sang, vous avez bien failli vous faire tuer ! reprit-il d'une voix sourde.

Il se passa la main dans les cheveux et replaça les mèches qui s'étaient échappées du ruban qui les maintenait en place.

C'était bien le dernier de leurs soucis. N'avait-elle pas survécu ? Elle s'était débarrassée de cinq ou six hommes avant d'être projetée au sol. C'était du roi qu'ils auraient dû s'inquiéter à l'heure qu'il était ! Même si elle devait bien reconnaître qu'elle ne se sentait plus au meilleur de sa forme, à présent que la montée d'adrénaline s'était dissipée. Elle avait perdu son cheval. Ses amis avaient été faits prisonniers. Elle avait été attaquée ! Et c'était un *Saxon* qui lui avait sauvé la vie !

Elle tituba légèrement tout à coup et il l'empoigna une nouvelle fois par le coude.

— Ne me touchez pas ! aboya-t-elle.

— Une femme telle que vous ne devrait pas combattre, Svea. Pour ces hommes, vous serez toujours perçue comme une proie potentielle. Je vous avais dit de ne pas venir !

Une colère noire s'empara aussitôt d'elle. Comment pouvait-il proférer de telles inepties ?

— Je me bats aussi bien que tous les hommes qui sont sous vos ordres ! lança-t-elle en se dégageant d'un mouvement brusque.

« Une femme telle que vous ». Elle n'aimait guère les mots qu'il avait employés. Que voulait-il dire exactement ? Remettait-il en cause sa réputation ?

L'accès de fureur qui l'avait saisie se mua en un sentiment d'effroi. D'instinct, elle passa le bout des doigts sur le *kransen* en métal qui lui ceignait le front. Le symbole de sa virginité. Elle se sentait coupable d'imposture en le portant. Mais elle était certaine que ni son frère ni sa jeune épouse n'auraient jamais divulgué la moindre information à son sujet… Pas à cet homme, tout au moins. Il avait certes été le garde personnel de la princesse Anne avant qu'elle épouse Brand, mais à l'époque, il était encore un étranger, pour ainsi dire.

Sentant qu'elle était sur le point de vaciller, elle s'adossa à un arbre. Elle ne voulait surtout pas être perçue comme une *proie*. Jamais. Cette description qu'il venait de faire d'elle résonna comme un avertissement. Elle devait à tout prix s'éloigner de cet homme.

Mais Lord Stanton n'était visiblement pas de cet avis. Il se passa tout à coup la main sur le visage, comme pour reprendre ses esprits, puis plia légèrement les jambes pour se mettre à sa hauteur et la regarder droit dans les yeux.

— Je suis désolé, dit-il calmement. Vous avez raison. Vous vous êtes très bien battue, Svea. Je ne savais pas que les femmes pouvaient combattre ainsi. Vous vous êtes aussi bien battue que chacun de mes hommes.

Elle acquiesça sans mot dire. Elle ne savait pas exactement quels propos elle s'attendait à l'entendre émettre à son sujet, mais elle n'aurait jamais imaginé qu'il puisse revenir sur ses paroles. Son corps tout entier se mit à frissonner. Tout compte fait, elle préférait le Lord Stanton glacial et désapprobateur plutôt que cet homme qui la regardait d'un air préoccupé et venait de lui présenter des excuses d'une voix rauque et chaude. Cela la troublait bien plus que les remarques désobligeantes qu'il lui adressait à l'accoutumée.

— Où avez-vous appris à vous battre ainsi ? demanda-t-il tout à coup.

Svea fronça les sourcils. Désirait-il réellement faire la conversation en un moment pareil ? Alors qu'ils auraient dû se battre ou échafauder un plan pour aller délivrer leurs hommes ?

— C'est mon frère qui m'a appris à me battre, si vous voulez vraiment le savoir.

Depuis le jour où son peuple avait débarqué sur cette île, les Saxons leur avaient sans relâche livré bataille. Son clan était venu chercher une vie meilleure et s'était rapidement enraciné. Malheureusement, ils avaient dû se battre au péril de leur vie à bien des occasions pour pouvoir garder leurs terres.

Depuis toute petite, elle s'était donné pour mission d'apprendre à se servir de l'épée et du bouclier de sa mère. Elle avait juré de ne plus jamais se retrouver sans défense ni dans une situation de grande vulnérabilité. Elle avait alors demandé à Brand de l'entraîner pendant des heures, tous les jours. Au départ, il la dominait complètement, mais peu à peu, elle avait appris à être plus agile et plus incisive. Il lui avait enseigné l'art d'utiliser son environnement à son avantage et montré comment accroître sa force physique en nageant et en soulevant des objets suffisamment lourds.

Elle avait fini par vaincre certains hommes de Kald qui faisaient deux fois son poids et étaient bien plus forts qu'elle, lors de combats d'entraînement. Le jour où elle avait battu Brand, ce dernier l'avait prise dans ses bras et l'avait fait tournoyer dans les airs, un sourire radieux aux lèvres. Il était heureux qu'elle soit enfin prête.

— Il vous a bien formée. Mais vous vous mettez en danger en vous battant ici contre tous ces hommes. Vous ne pouvez pas nier ce constat.

Il tendit la main vers elle et tenta de lui glisser une mèche de cheveux derrière l'oreille. Elle se raidit aussitôt à son contact et eut un mouvement de recul.

— Vous êtes blessée, murmura-t-il en désignant son front d'un signe de tête.

Les sourcils froncés, elle porta la main à la tempe. Elle ne s'était pas rendu compte qu'elle saignait. Décidément, elle ne comprenait pas cet homme. Quelques secondes à peine s'étaient écoulées entre le moment où il l'avait réprimandée et celui où il semblait s'inquiéter de son sort.

— Je vais bien. Ce sont les autres qui m'inquiètent. Lord Stanton…

— *Ashford*, dit-il. C'est ainsi que je me prénomme. Vous pouvez m'appeler Ash.

Ash. Cela lui allait bien. Elle déglutit avant de reprendre ses esprits.

— Nous ne pouvons pas les laisser…

— Bien sûr que non. Il n'en a jamais été question.

Il traversa la petite clairière devant eux et scruta les environs. Svea laissa alors échapper un long soupir. Elle n'avait même pas eu conscience d'avoir retenu son souffle tout du long.

— Qui sont ces hommes ? demanda-t-elle en secouant la tête. Que veulent-ils ?

— Je ne sais pas. Je ne les avais jamais vus.

Il s'accroupit en silence, à l'affût, tel Fenrir, le loup géant au pelage noir des dieux qu'elle vénérait, traquant ses proies tapi derrière un buisson. Craignant sa force, les autres dieux l'avaient enchaîné. Peut-être aurait-elle dû faire de même avec Ash…

— Ce sont des Saxons, n'est-ce pas ? Ils sont des *vôtres*.

Il choisit d'ignorer sa remarque acerbe.

— Peut-être pensaient-ils que nous transportions des trésors ? À moins qu'ils ne veuillent s'en prendre au roi pour une raison ou pour une autre.

— Je pensais que vous étiez considéré comme le meilleur

soldat d'Eallesborough. Comment en sommes-nous arrivés à une telle situation ?

Il braqua aussitôt son regard sur elle, les yeux plissés.

— Je suis effectivement son meilleur soldat. La preuve en est que je suis toujours en vie pour aller le secourir, tout comme je vous ai secourue.

Elle détourna le regard. Elle n'avait aucun argument à lui opposer. L'absurdité de la situation lui sauta au visage tout à coup. Comment en était-elle arrivée à combattre aux côtés d'un soldat saxon, un soi-disant allié, alors qu'il suffisait de le regarder pour comprendre le danger qu'il représentait pour elle ? Mais il était doté d'une force physique incroyable, et même si elle maniait extrêmement bien l'épée, elle savait qu'il la vaincrait sans nul doute si elle le combattait. Comme Fenrir qui dévorait le soleil…

— Alors, qu'allons-nous faire maintenant ?

Elle détourna le regard et arracha un morceau d'écorce sur un arbre mort, comme si elle devait absolument s'occuper les mains et se concentrer sur autre chose que cet homme qui envahissait tout l'espace.

— Je vais les suivre. Comprendre qui ils sont, ce qu'ils veulent. Je vais m'assurer que rien de fâcheux n'arrive au roi.

Il parla d'une voix ferme et autoritaire. Puis il se dirigea dans sa direction et s'agenouilla devant elle.

— Svea, je veux que vous retourniez chez vous. Kald est suffisamment proche pour que vous vous y rendiez à pied. Vous pourrez sonner l'alarme et attendre en sécurité que je règle cette affaire.

— Attendre ? Jamais ! Ce sont également mes hommes. Je viens avec vous.

Avait-elle complètement perdu la tête ? Elle ne voulait pas se retrouver seule avec cet homme. Elle avait juré de le détester. Elle ne le connaissait pas et ne savait pas de quoi il était capable. Peut-être l'avait-il attirée au beau milieu de la forêt dans le seul but de s'attaquer à elle ?

Le cœur battant, elle parcourut les alentours des yeux, cherchant un lieu où elle pourrait s'enfuir en courant en cas de besoin. Elle n'avait jamais eu peur de prendre des risques. Elle n'allait tout de même pas rester sagement à attendre alors que ses hommes étaient en danger ! Que cela lui plaise ou non, Lord Stanton – Ash – allait découvrir qu'elle était de la même trempe que lui.

— C'est bien trop risqué, protesta-t-il en secouant énergiquement la tête. Sans compter que je me déplacerai plus vite sans vous. Et puis, je ne peux pas me porter garant de votre sécurité et…

Cela lui importait-il donc ?

— Je ne vous ai jamais demandé de me protéger ! l'interrompit-elle d'une voix dure.

— Votre frère souhaiterait certainement que je fasse de mon mieux pour assurer votre sécurité.

— Je suis capable de me défendre toute seule et Brand en est parfaitement conscient. C'est lui-même qui me l'a appris. Du reste, comment savoir ce qui se passe à Kald ? La forteresse a peut-être été également attaquée.

Il la dévisagea alors de ses yeux sombres qui semblaient lancer des éclairs. Sa dernière remarque parut néanmoins le faire hésiter. Il s'était sans doute rendu compte de son erreur. Comment être certains qu'il ne s'agissait pas d'une attaque sur deux fronts distincts ? Et si d'autres hommes les avaient observés ce matin même à Kald lors de leur départ et avaient profité de l'occasion pour s'emparer de la forteresse ?

Cette terrible éventualité la fit frissonner. Pourvu qu'il ne soit rien arrivé depuis leur départ ! D'autant qu'elle était censée assurer la sécurité des habitants de Kald pendant l'absence de son frère. Elle en avait la responsabilité exclusive.

— D'accord, finit-il par concéder. Mais à une condition. À partir de maintenant, vous ferez exactement ce que je vous dis…

— Et si ce n'est pas le cas ? demanda-t-elle en le défiant du regard, le menton fièrement relevé.

Il fit un pas dans sa direction et se planta à quelques centimètres d'elle. Son corps massif était terriblement intimidant. Elle retint son souffle. Un vent de panique s'empara d'elle. Elle ressentit également cette chaleur très particulière qui lui inondait le ventre en sa présence. Pourvu qu'il n'essaye pas une nouvelle fois de la toucher !

— Ne me provoquez pas, Svea.

Elle l'avait vu se battre quelques minutes plus tôt et avait constaté de ses yeux de quoi il était capable. Des coups violents. Mortels. Sous le vernis civilisé qu'il offrait en société se cachait un guerrier impitoyable.

— Vous ne me faites pas peur, Ashford Stanton, vous savez.

Il lui adressa alors un petit sourire charmeur qui la désarçonna. Son cœur se mit aussitôt à faire des ricochets dans sa poitrine. Peut-être parce que c'était la première fois qu'elle le voyait sourire. Et quel sourire… Ses jambes se mirent à trembler une nouvelle fois.

La vérité lui éclata en plein visage tout à coup. Elle lui mentait. Elle se mentait à elle-même. C'était de loin l'homme le plus séduisant qu'elle ait jamais rencontré et elle prit alors conscience de cette situation dramatique.

Personne ne savait où ils se trouvaient.

Ils étaient seuls dans la forêt.

Et tout à coup, cette réalité lui fit atrocement peur.

[illegible] Mais à une condition [illegible]

[illegible]

[illegible]

[illegible]

[illegible]

[illegible]

Chapitre 2

Alors qu'ils progressaient lentement dans les sous-bois, le dos courbé et les jambes fléchies afin de ne pas attirer l'attention, Ash se maudit de ne pas avoir davantage anticipé les choses. Ils suivaient le convoi de prisonniers depuis un long moment et entendaient les insultes pleuvoir à l'encontre du roi, des soldats, mais surtout des Danois.

Cela n'augurait rien de bon, Ash le savait bien. Au départ, il avait cru qu'il s'agissait peut-être de voleurs de grand chemin qui avaient profité de l'occasion qui leur était offerte, mais plus ils avançaient, plus il était clair que ces malfrats avaient quelque chose en tête et savaient pertinemment où ils allaient.

Comment avait-il pu laisser ses hommes boire autant la nuit précédente ? Ils se seraient sans doute mieux battus s'ils avaient été en pleine possession de leurs moyens. Mais il y avait pire encore. Pourquoi avait-il accepté que Svea les escorte jusqu'à la lisière de la forêt ? S'il avait fait preuve d'un peu plus de fermeté, à l'heure qu'il était, elle serait en sécurité parmi les siens. En partant du principe que Kald n'avait pas subi d'attaque de son côté, bien sûr… Mais en voyant Svea lui tenir tête le matin même, dans son armure ajustée, avec ce regard déterminé qui semblait jeter des éclairs, il avait fini par céder. C'était cet accès de faiblesse qui avait conduit à ce désastre.

Cela faisait des heures qu'ils progressaient péniblement au milieu de fougères de la taille d'un homme et pataugeaient dans la boue. Les vêtements que Svea portait étaient trempés. C'était une rude épreuve qu'elle endurait et il s'inquiétait pour elle. Il voyait bien qu'elle commençait à faiblir. Jamais elle ne le reconnaîtrait, bien entendu. Elle était trop fière et trop têtue. Chaque fois qu'il ralentissait pour l'attendre, elle repoussait ses limites et le rattrapait, prenant mille précautions pour éviter de le frôler tout en poursuivant sa route sans faire la moindre pause.

Cela l'exaspérait au plus haut point. Malgré ses jolies formes féminines, qu'elle essayait en vain de dissimuler sous une épaisse cotte de mailles, elle était plus forte que la plupart des femmes. Malgré tout, sa vulnérabilité l'émouvait, lui perçant le cœur plus sûrement que l'épée la plus tranchante.

Svea était extrêmement tendue en sa présence. Il aurait fallu être aveugle pour ne pas le remarquer. Les quelques fois où il avait voulu l'aider à passer par-dessus des troncs d'arbres qui leur barraient le chemin, lui attrapant le coude pour lui faciliter la tâche, elle s'était immédiatement crispée à son contact et littéralement recroquevillée, comme un escargot rentrant dans sa coquille. Elle évitait son regard et se tenait toujours à bonne distance de lui, croisant régulièrement les bras sous sa poitrine comme pour mettre une barrière entre eux. Sans parler de sa main constamment posée sur la poignée de son épée.

Était-ce en prévision d'une nouvelle attaque ou lui faisait-il simplement peur ? Cela ne l'aurait pas vraiment étonné. Sa carrure imposante inspirait souvent la terreur.

L'adresse avec laquelle elle maniait l'épée l'avait momentanément impressionné, tout comme la bravoure dont elle faisait preuve – jusqu'à ce qu'elle manque de se faire tuer. Lorsqu'il avait vu cet homme la faire tomber à la renverse en lui assenant un coup violent, puis peser de tout son poids sur elle et faire des commentaires obscènes, son sang s'était glacé. Cela n'avait fait que confirmer ce qu'il avait pressenti : une femme n'avait rien à faire sur un champ de bataille. Encore moins une femme aussi belle. Il ne voyait que trop la réaction qu'elle provoquait chez les hommes. Ces derniers se comportaient parfois comme de véritables bêtes sauvages. Il avait lui-même subi les conséquences de ce genre de comportement toute sa vie.

Un besoin pressant de la protéger l'avait rendu malgré lui ivre de fureur. Il avait perdu tout contrôle et, aveuglé par la rage, il avait définitivement réglé leur compte à ces hommes. Il n'en éprouvait pas le moindre regret. Mais il ne tenait pas spécialement à explorer plus avant cette part en lui. Quel sang coulait donc dans ses veines pour qu'il réagisse ainsi ? La détermination sans faille qu'il avait ressentie en voulant protéger Svea avait tout balayé sur son passage. Il aurait peut-être sacrifié la sécurité du roi lui-même pour la sauver. Pourtant, même s'il avait conscience d'avoir manqué à ses devoirs, il ne se reprochait rien. Si la situation se présentait une nouvelle fois, il ferait sans doute les mêmes choix.

Mais pourquoi tenait-il tant à la protéger ? Il ne voulait surtout pas ressentir les émotions qui l'ébranlaient depuis quelque temps, pourtant. Un homme de son rang ne pouvait appréciait une *Danoise* ! Cela ne ferait que ruiner sa réputation. Seulement, il ne pouvait s'empêcher d'admirer la façon dont elle avait réagi lors de l'attaque, le courage dont elle avait fait preuve, se souciant davantage de la sécurité de ses hommes et celle des habitants de Kald que des risques qu'elle courait elle-même.

C'était tout à son honneur, bien sûr. Mais totalement insensé ! Ils étaient du même côté à présent. Elle devait apprendre à davantage se préoccuper de sa propre sécurité.

Tout cela était un peu curieux, à bien y réfléchir, mais ils étaient désormais alliés et combattaient un ennemi commun.

Après ce qui sembla durer une éternité, les assaillants et leurs prisonniers exténués finirent par ralentir aux abords d'une clairière située au beau milieu de la forêt. Ash plissa les yeux et comprit qu'il s'agissait en réalité d'un campement provisoire où une trentaine d'hommes les attendaient. Son cœur se serra. Jusque-là, il s'était efforcé de faire bonne figure pour ne pas décourager Svea. Relativement confiant, il se disait qu'ils pouvaient peut-être suivre le groupe et attendre qu'ils se reposent à la nuit tombée avant de lancer une attaque. Mais le nombre de leurs ennemis avait considérablement augmenté à présent. Alors que ces brutes ligotaient tous les prisonniers, il devint clair qu'il était désormais quasiment impossible de voler au secours du roi.

Par chance, Ash dénicha un endroit sous une voûte d'arbres au feuillage roux où il pourrait s'abriter en compagnie de Svea. Ils avaient besoin de se reposer à une distance respectable du campement tout en gardant un œil vigilant sur ce qui s'y passait. Ce moment de répit tombait à point nommé. Tremblante de froid, mais faisant de son mieux pour ne pas le montrer, Svea s'assit avec précaution par terre et s'adossa à un arbre en prenant garde de ne pas faire craquer les feuilles sous ses pieds. Il lui aurait volontiers proposé de s'asseoir près de lui et de la réchauffer un peu, mais elle ne l'aurait sans doute pas entendu ainsi. Il se contenta donc d'ôter son manteau pour le lui poser sur les épaules.

— Tenez, dit-il à voix basse, vous en avez davantage besoin que moi.

Elle accepta non sans mauvaise grâce. Quand ses doigts frôlèrent les siens, son cœur s'emballa. Cela devenait grotesque, à la fin. Qu'avait-elle donc de particulier ? L'aurait-elle ensorcelé ?

Svea tendit la main en direction de la petite gourde en

cuir enfouie sous son armure et lorsqu'elle en prit une grosse lampée pour étancher sa soif, Ash ne put s'empêcher de se passer la langue sur les lèvres. Elle parut hésiter un instant, puis lui proposa sa gourde en prenant garde d'éviter tout contact physique avec lui.

— Merci.

Elle n'avait plus rien en commun avec la jeune femme d'une beauté à couper le souffle qui s'était dirigée vers lui avec nonchalance, la veille dans la salle de réception, ses cheveux tressés rassemblés sur le sommet de son crâne, avec quelques boucles qui lui retombaient en cascade dans le dos. Son visage était à présent maculé de boue, sa tunique déchirée par endroits à cause des ronces, et elle avait une méchante entaille à la tempe droite. Elle n'en demeurait pas moins très attirante…

Elle ne se conformait jamais à ce qu'on attendait d'elle et cela lui plaisait beaucoup. Et l'intriguait. Elle était vraiment unique en son genre. Que ce soit par son allure ou son comportement. À l'avenir, il lui faudrait combattre avec plus de force encore le trouble qu'elle instillait en lui.

Malgré la réticence que cela lui inspirait, il arracha l'écusson à l'effigie de la Couronne qu'il portait sur son tabard. Il valait mieux dissimuler les couleurs royales et ne pas se faire remarquer inutilement. Puis il déchira un carré de l'étoffe qu'il fit tremper dans un ruisseau qui bouillonnait non loin de là, le tordit, avant de s'agenouiller près de Svea et de le lui presser doucement sur le front.

— Vous saignez toujours.

— Je vous ai déjà dit de ne pas me toucher ! s'exclama-t-elle en se reculant brusquement. Je peux le faire moi-même, ajouta-t-elle en lui arrachant le bout de tissu des mains, le nez froncé.

Ash poussa un soupir. Ils n'étaient pas si différents l'un de l'autre, tout compte fait. Lui aussi s'arrangeait pour tenir les gens à distance. Mais c'était pour leur bien qu'il agissait ainsi. Alors que Svea donnait plutôt l'impression de chercher à se protéger. Les années passant, il s'était habitué à rester à l'écart des autres, mais avec Svea, il trouvait cette distance physique horripilante. Cela était sans doute insensé, mais il eut soudain envie de la prendre dans ses bras pour la rassurer, la réconforter ; or elle n'en avait manifestement aucune envie. Était-ce simplement son contact physique qui la répugnait ou d'autres raisons expliquaient-elles son dégoût ?

Puisqu'elle le repoussait, il alla remplir la gourde dans le ruisseau. À quoi s'attendait-il donc ? Son visage peu commun et son immense carcasse avaient toujours déstabilisé ceux qui le croisaient. En général, on commençait par le dévisager avant de détourner rapidement le regard. Dès son plus jeune âge, les habitants de Braewood lui avaient fait comprendre qu'il n'était pas des leurs. On le couvrait d'insultes parce qu'il était plus fort, plus rapide, plus grand… Il n'était jamais parvenu à s'intégrer. Même s'ils n'en connaissaient pas les raisons, les autres sentaient qu'il était différent et le traitaient comme un véritable étranger.

Combien de fois avait-il rêvé de se joindre aux enfants qui jouaient joyeusement dans la cour de la forteresse ? Ces derniers semblaient si bien dans leur peau ! Mais il avait toujours eu le sentiment d'avoir quelque chose à cacher, aussi avait-il choisi de se tenir à l'écart. Rien n'avait changé depuis lors. Il éprouvait toujours une grande culpabilité à être qui il était. Mais il avait fini par accepter l'existence solitaire qu'il menait. Il était libre et c'était tout ce qui comptait.

Il s'assit face à elle et étendit ses longues jambes le long des siennes, prenant garde de ne pas la toucher.

— Ce ne sont clairement pas des voleurs. Mais pourquoi des Saxons s'en prendraient-ils à leur propre roi ? demanda-t-elle dans un souffle.

— Je n'en sais rien. Toutefois, je me demande si Eallesborough n'avait pas pressenti l'éventualité d'une attaque de ce genre. Il a particulièrement insisté pour que je l'accompagne. Dans notre royaume, beaucoup de gens désapprouvent les noces de votre frère avec la princesse. Ils ne soutiennent pas davantage l'alliance entre Termarth et Kald. Je ne vous cache pas que cela a créé de profondes divisions parmi les Saxons.

— Et vous ?

— Moi ? Est-ce que j'approuve l'union entre les Danois et les Saxons ?

Il haussa les épaules puis fit un geste dédaigneux de la main.

— Ce que je pense n'a que peu d'importance.

— Voilà qui est nouveau. Vous semblez pourtant avoir une opinion sur tout…

Il pinça les lèvres. Il se targuait généralement de dire ce qu'il pensait sans détour, excepté s'il s'agissait de son histoire familiale.

— J'aime beaucoup l'idée que Termarth devienne un lieu où tout le monde serait le bienvenu, dit-il quelques instants plus tard.

Quant à savoir si les habitants l'accepteraient tel qu'il était si cette utopie voyait le jour, c'était encore une autre histoire. Il fallait déjà qu'il commence par s'accepter lui-même. Il admirait Brand et Anne pour avoir osé révéler au grand jour les sentiments qu'ils éprouvaient l'un envers l'autre sans se préoccuper du qu'en-dira-t-on. Pour sa part, il n'était pas certain d'en être capable un jour. Se retrouver au centre de l'attention lui semblait tout bonnement impossible. Les blessures que les autres pouvaient infliger à ceux qui ne leur ressemblaient pas ne cicatrisaient parfois jamais.

— J'ai assisté à tellement d'horreurs au cours de mon existence que je peine maintenant à accorder ma confiance.

Pour tout dire, j'ai un peu de mal à croire que nos deux peuples puissent vivre en harmonie.

Ces derniers temps, on lui avait raconté la même histoire un nombre incalculable de fois : des Vikings s'emparaient de terres saxonnes par la force, s'y installaient et fondaient des colonies permanentes. Il savait que le roi espérait que l'union entre Brand et la princesse apporterait davantage de sécurité à son peuple et le prémunirait contre d'autres attaques. Mais certains de ses sujets ne voyaient pas cela d'un bon œil. Ceux qui avaient enduré des attaques éprouvaient encore une grande colère envers les Danois. Quand ce n'était pas de la haine.

— Il nous est également difficile de vous faire confiance, répliqua Svea d'un ton vif. Nous ne comptons plus les atrocités que votre peuple a commises contre le mien.

— C'est une drôle de manière d'envisager les choses, ne trouvez-vous pas ? C'est bien vous qui avez choisi de venir ici, grogna-t-il en soutenant son regard. Sur *nos* terres.

— Quel autre choix avions-nous ? rétorqua-t-elle, furieuse tout à coup. Nous n'avons pas suffisamment de terres cultivables dans les contrées dont nous sommes originaires. C'était partir ou mourir de faim. Mon frère et moi étions de très jeunes enfants lorsque mon père nous a fait embarquer sur un bateau qui a traversé tout un océan afin de trouver un nouveau foyer. Comprenez-vous le désespoir qui l'animait pour en arriver à une telle extrémité ? Nous avons perdu ma mère au cours de la traversée. Ce n'était certainement pas une décision prise à la légère…

Bouleversé par ce qu'elle venait de lui révéler, Ash éprouva soudain un grand élan de compassion à son égard. Cela lui prit par ailleurs quelques instants pour véritablement assimiler ce qu'elle venait de lui raconter.

— Je ne le savais pas, dit-il simplement.

Perdre sa mère aussi jeune l'avait sûrement beaucoup

affectée. Comme il la comprenait ! Le sentiment d'abandon le tenaillait depuis toujours. Mais il y avait une différence de taille. Ses parents avaient délibérément *choisi* de le délaisser. Ce n'était pas le cas de la mère de Svea. Elle s'était noyée. Quelle tragédie !

— Il y a bien des choses que vous ne savez pas, reprit-elle alors. À mon sujet ou à celui de mon peuple.

L'imaginer en train de mourir de faim alors qu'elle n'était qu'une petite fille lui retourna l'estomac. Il avait lui-même connu la faim à plusieurs reprises, et même si Svea semblait penser qu'il avait eu une enfance privilégiée, c'était une expérience qu'il ne souhaitait à personne.

— Vous avez raison, concéda-t-il, la tête penchée sur le côté pour montrer qu'il comprenait.

Il ne savait rien d'elle, en définitive. Et même s'il aurait dû s'en défendre, il mourait d'envie qu'elle lui en dise plus sur elle et son peuple.

— Mais je suis disposé à en apprendre davantage, si vous le voulez. Vos parents ont été confrontés à un choix difficile. Cela a dû être terrible pour vous. Votre mère doit beaucoup vous manquer.

Il tendit alors le bras pour cueillir quelques mûres sur le roncier qui s'élevait au-dessus de lui et lui en proposa.

— Vous avez faim à présent ?

Elle se pencha lentement vers lui et il lui en versa quelques-unes dans la paume de la main, la frôlant au passage, et ce simple effleurement lui déclencha aussitôt une myriade de frissons.

— Vous admettrez néanmoins que votre clan est minoritaire et que ses motivations ne sont guère partagées. Beaucoup de Danois viennent ici en quête de butins ou de trésors.

— Nous, nous sommes venus ici pour survivre. Nous avons risqué notre vie pour nous établir ailleurs. Nous ne sommes pas ce que vous croyez. Nous ne sommes pas comme ceux que vous décrivez. Kald n'était pas habité lorsque nous avons débarqué sur ce rivage. Nous n'avons rien volé et avons dû défendre notre forteresse à maintes reprises depuis notre installation.

En son for intérieur, il savait déjà que ce qu'elle lui racontait était l'exacte vérité. Le clan de Svea n'avait rien à voir avec les Vikings qui avaient attaqué Braewood des années plus tôt et avaient provoqué des dommages durables à la forteresse et à sa famille.

Malgré la haine qu'il éprouvait naturellement à l'encontre de ce peuple, il n'était pas parvenu à éradiquer l'obsession qu'il avait pour les Vikings. Lorsqu'il n'était encore qu'un enfant, il s'était plus d'une fois immiscé dans la pièce où son père écrivait ses chroniques, pour étudier ses écrits et ses dessins à la lueur de la bougie, essayant de comprendre ce qui motivait ces guerriers et de recueillir autant d'informations que possible sur son héritage. Une fois, son père l'avait surpris, mais au lieu de lui passer un bras chaleureux autour des épaules et de donner des explications à ses interrogations, celui-ci lui avait donné dix coups de fouet avant de l'enfermer à double tour dans sa chambre, plus seul et apeuré que jamais.

Il se posait tant de questions. Au sujet de Svea, de son peuple, sur le lieu d'où ils venaient, sur leurs croyances… Cela le fascinait. Si elle lui racontait davantage de choses, peut-être apprendrait-il une chose ou deux sur lui-même. Et cela l'aiderait peut-être alors à accepter qui il était…

Il cueillit d'autres baies gorgées de jus et les enfonça dans sa bouche. Leur goût sucré sur sa langue l'aida un peu à calmer son estomac qui criait famine.

— Je suis d'accord avec le roi et votre frère. Nous devrions essayer de faire la trêve, Danois et Saxons, essayer de devenir amis. Peut-être devrions-nous commencer tous les deux ? proposa-t-il en lui adressant un sourire rempli d'espoir.

Svea lui décocha un regard méprisant.

— Je ne suis pas sûre d'avoir envie de figurer sur la liste de vos amis. On ne peut pas dire que vos connaissances soient très sympathiques.

Ash sentit son visage se décomposer. Elle revenait une nouvelle fois à la charge. Son attitude hostile et son regard accusateur parlaient d'eux-mêmes. Elle lui faisait penser aux cygnes au long cou qui glissaient majestueusement sur la rivière à Termarth. Ils étaient à la fois gracieux et très agiles, mais dès qu'on tentait de s'en approcher, ils se mettaient à siffler et à battre des ailes. Svea était ainsi. Tout en agressivité. Elle ne semblait pas disposée à laisser de côté leurs divergences.

Ash pencha la tête.

— Vous parlez une nouvelle fois de Lord Crowe.

Manifestement, elle ne pouvait s'empêcher de remettre le sujet sur le tapis chaque fois que cela était possible.

— Dites-moi, lorsque vous chevauchiez à ses côtés, saviez-vous quel genre d'homme il était ? Ce dont il était capable ?

Il soupira.

— Je ne savais pas qu'il avait tué votre père, si c'est à cela que vous pensez. Et je n'en connais toujours pas la raison. D'après votre frère, il vous aurait attaqués simplement parce que vous étiez danois ?

Elle acquiesça en se mordant la lèvre inférieure.

Lui avait-elle tout dit ? Lui dissimulait-elle quelque chose ? Il n'allait pas prétendre qu'il appréciait son peuple. Pour autant, jamais il n'aurait agressé qui que ce soit au simple motif que cette personne était danoise. Si Crowe avait agi ainsi, ce qu'il avait fait était absolument abject.

— Je suis désolé. Pour votre père.

Il n'y avait pas songé jusqu'alors. La mort de ce dernier

devait l'avoir d'autant plus meurtrie qu'elle avait perdu sa mère très jeune.

— C'était un homme d'une grande bonté.

Il hocha la tête, puis, ressentant tout à coup le besoin de partager quelque chose d'intime et de poursuivre la conversation qu'il avait engagée avec elle, il ajouta :

— Ma mère est également décédée lorsque j'étais enfant, mais de causes naturelles.

Le jour où il avait appris sa disparition avait été très étrange. Il n'avait pas le souvenir d'avoir été bouleversé. Tout ce dont il se souvenait, c'était la colère de son père à son encontre. Comme s'il avait été responsable de la mort de sa mère, en quelque sorte. Il s'était donc tenu à l'écart. Ash aurait aimé pouvoir la faire revenir. Mais il ne l'avait jamais vraiment connue. Elle n'avait pas souhaité qu'ils soient proches. Le voir lui était insupportable. Il en avait toujours été ainsi.

Il n'avait plus mis les pieds dans la demeure jusqu'à l'heure du dîner. Puis la culpabilité avait commencé à le ronger et il s'était alors reproché de ne pas éprouver la moindre émotion et de ne pas être affecté comme il aurait dû l'être. Il s'était même demandé quel genre de personne il était. Comment se faisait-il qu'il ne parvienne pas à verser une larme pour sa mère qui venait de passer de vie à trépas ?

Il s'éclaircit la gorge.

— Mon père est en bien mauvaise santé, dit-il dans un souffle.

— Pourquoi ne vous trouvez-vous pas à son chevet ? Vous ne devez pas être très proches…

— Nous ne l'avons jamais été, répondit-il en secouant la tête.

La relation qu'il entretenait avec son père était tout aussi tendue. Lorsqu'il était rentré chez lui ce soir-là, on l'avait envoyé au lit sans manger pour le punir de ne pas avoir témoigné de marques de respect envers sa défunte mère. Et pour ne pas être resté aux côtés de son père qui avait bien besoin de soutien dans cette épreuve. Ash l'aurait sans doute incommodé par sa simple présence, mais à quoi bon remuer ainsi le passé ?

Ses parents ne l'avaient jamais aimé. Il comprenait leur point de vue. Dès son plus jeune âge, son père lui avait raconté l'histoire qui avait précédé sa naissance. Il ne les blâmait pas de l'avoir rejeté. C'était lui le fautif. Il se sentit tout à coup coupable de ne pas être aux côtés de son père. C'était là qu'il aurait dû se trouver. C'était du moins ce que pensait Svea.

Il haussa les épaules.

— Il ne voudrait pas de moi à son chevet, je peux vous le garantir.

— Avez-vous des frères et sœurs ?

— Non. J'aurais bien aimé.

Il aurait tellement aimé faire l'expérience des liens fraternels, comme ceux que Svea entretenait avec Brand par exemple. Lui, tout ce qu'il avait construit, c'était sa relation de confiance avec le roi et ses hommes, ce qui signifiait qu'il ferait tout ce qui était en son pouvoir pour les secourir. S'il avait eu un frère ou une sœur, ses parents n'auraient peut-être pas passé leurs journées à scruter ses moindres faits et gestes. Et ce frère ou cette sœur aurait pu poursuivre la lignée des Stanton. Mais tel n'était pas le cas. Son père lui en avait confié la responsabilité et avait menacé de lui refuser son héritage, de lui retirer son titre et ses terres, s'il ne se conformait pas à ses exigences.

— Marié ?

Il lui décocha alors un regard surpris, comme si elle lisait dans ses pensées.

— Non, répondit-il. Je vous ai dit que je n'aimais pas les mariages.

Il avait connu des femmes, bien entendu, mais il s'agissait uniquement d'histoires sans lendemain. Il prenait toujours soin de mettre ses émotions sous clé et de les cadenasser à double tour. Il ne dévoilait jamais sa véritable personnalité. Pour le bien des femmes qu'il avait couchées dans son lit autant que pour le sien.

Elle s'empourpra tout à coup et détourna le regard.

— Je me demandais simplement si c'était une mauvaise expérience qui pouvait expliquer votre dégoût du mariage ou si vous n'appréciez pas particulièrement les festivités de manière générale. Vous ne me donnez pas l'impression d'être le genre d'homme à aimer faire la fête.

— Vraiment ? dit-il en haussant les sourcils. J'ai pris la décision il y a fort longtemps de ne jamais me marier ni d'avoir d'enfants.

C'était mieux ainsi. Tout ce qu'il désirait, c'était trouver le chemin de vie qui lui correspondait. Mais être né dans la famille Stanton lui compliquait considérablement les choses.

Cela faisait des années qu'il n'avait pas eu de nouvelles de son père quand il avait appris que celui-ci était tombé gravement malade et avait besoin de lui. On l'avait rappelé à Braewood et son père avait exigé qu'il épouse rapidement une femme saxonne pour assurer l'avenir de la famille. Jusqu'alors, Ash avait refusé. Comment pourrait-il épouser une femme qui ne le connaissait pas et ne savait rien à son sujet ? Ce serait terriblement injuste envers elle. Il n'avait, de surcroît, encore jamais rencontré de femme avec laquelle il aurait eu envie de partager ses secrets les plus intimes.

« C'est le moins que tu puisses faire ! » lui avait assené son père.

Ash savait à quel point il avait eu de la chance que ses parents ne le rejettent pas tout à fait et ne se soient pas arrangés pour le faire disparaître. Il n'était qu'un bâtard et c'était le sang d'un monstre qui coulait dans ses veines.

Rien que pour cela, il devait leur témoigner une extrême gratitude. C'était peu dire qu'il avait passé son existence à essayer de gagner l'affection de son père. Alors pourquoi ne se conformait-il pas à la demande ultime que ce dernier lui avait faite ? Cela l'aurait rendu si fier. Son père n'y était pas allé par quatre chemins : si Ash n'avait pas épousé une lady saxonne le jour de son décès, celui-ci devrait renoncer à ses terres et à son titre. Son père l'avait également menacé de révéler sa véritable identité, ce qui mettrait à mal son honneur par la même occasion.

Mais s'il obéissait aux injonctions paternelles, il lui incomberait alors de diriger Braewood. C'était une sacrée responsabilité. Il avait des sentiments partagés à ce sujet. C'était certes sa demeure ancestrale et son héritage, mais, pour autant, il n'y avait presque jamais séjourné lorsqu'il était enfant. On l'avait envoyé en pension dans un monastère alors qu'il n'était encore qu'un petit garçon. On l'avait soustrait à la vue de ses parents pour ne pas leur causer de peine. C'était terrible de se sentir rejeté si jeune ! On l'avait fouetté à coups de verges pour lui inculquer la lecture, l'écriture et la prière quand d'autres prodiguaient amour et encouragements pour alimenter la soif d'apprendre. Il en avait passé des heures à travailler, le ventre vide…

Cette existence solitaire en captivité lui avait appris à vivre sans la moindre affection et sans foyer où se réfugier. Il n'avait alors eu qu'une seule idée en tête : s'échapper. À peine avait-il atteint l'âge requis qu'il avait quitté cet endroit sordide. Il était brièvement retourné à Braewood, mais il avait immédiatement compris qu'il ne serait jamais le bienvenu. Il avait alors appris à se battre, à laisser libre cours à sa colère sur le champ de bataille, et avait grimpé les échelons un à un.

Il s'était réjoui de la gloire qu'il tirait de ses victoires, recevant enfin les accolades et les éloges qu'il avait désirés si ardemment lorsqu'il était enfant. Il pouvait s'enorgueillir d'avoir été l'artisan de son propre succès en devenant le guerrier le plus loyal du roi. Contrairement à ce que Svea pensait, c'était grâce à son talent et non à la position de sa famille qu'il y était parvenu.

Il parcourut les alentours des yeux. Il admira les grands arbres et écouta le bruit apaisant du ruisseau qui coulait non loin de là. Il se sentait chez lui en pleine nature. Ou sur le champ de bataille. Il détestait rester cloîtré dans une forteresse. Quel intérêt aurait-il pu trouver à organiser des banquets ou à donner des ordres à tout un chacun ? Il savait bien qu'il ne pourrait éternellement faire patienter son père et qu'il devrait tôt ou tard se conformer à ses exigences. Cela ne l'empêchait pas d'avoir le regard constamment attiré par le visage de sa compagne d'infortune. Svea semblait épuisée. Elle avait les paupières lourdes et les lèvres serrées. Elle n'en demeurait pas moins d'une beauté à couper le souffle.

Elle évita son regard alors qu'elle s'enveloppait plus étroitement dans la cape qu'il lui avait posée un peu plus tôt sur les épaules. Elle ne le lui avait pas refusé. Elle n'attraperait pas la mort cette nuit. Cela lui faisait une source d'inquiétude en moins.

— Cela vaut sans doute mieux que vous n'ayez pas l'intention de vous marier. De toute façon, je doute qu'une femme accepte de vous épouser, fit-elle d'un ton moqueur.

Il lui adressa aussitôt un large sourire.

— Vous êtes si glaçante, Svea. Est-ce pour cette raison que vous n'êtes pas mariée de votre côté ?

Elle se tourna vivement dans sa direction, les yeux écarquillés.

— Je ne suis pas mariée parce que je n'en ai nullement envie. Je n'ai pas besoin d'un homme pour me compléter et je ne supporterais sans doute pas d'en avoir un qui me donne des ordres.

— Votre frère respecte-t-il votre choix pour le moins peu ordinaire ? Ne désire-t-il pas vous arranger un mariage avec un homme de votre clan ?

— Non, dit-elle d'une voix furieuse. Mon frère ne me demanderait jamais de faire quelque chose dont je n'ai pas envie !

Ash la crut sur parole. Il commençait même à se demander lequel de leurs deux clans était le plus barbare, en fin de compte. Svea avait une famille qui prenait soin d'elle et qui défendait ses intérêts. Quelle chance elle avait ! Ce n'était pas ainsi que son père se comportait à son égard.

Un bruit de galop à l'approche du camp saxon attira son attention tout à coup. Tous ses sens en éveil, il se leva d'un bond afin de regagner son poste d'observation derrière une rangée d'arbres. Un homme à la calvitie naissante et de carrure imposante venait de descendre de sa monture et s'entretenait déjà avec les chefs.

Ash proféra un juron à voix basse.

— Que se passe-t-il ? demanda Svea.

Elle l'avait aussitôt rejoint, se tenant sur la pointe des pieds pour essayer de mieux voir ce qui se tramait.

— Je sais qui est cet homme, dit Ash.

— Qui est-ce ?

Il désigna alors l'homme rougeaud au visage porcin.

— C'est le frère de Lord Crowe. Cecil. Il vit à Calhourn.

— Comment ? Oh non ! s'exclama-t-elle, le souffle coupé.

Il se tourna vers elle et la vit reculer, le teint livide.

Ash se mit à faire les cent pas, réfléchissant tout haut.

— Il ne s'agit pas de bandits de grand chemin qui ont attaqué au hasard. Tout cela a été prémédité. En détail. Je comprends tout à présent. Ce sont probablement les soldats de Calhourn qui ont pris le roi en otage. Pour aider Cecil à secourir son frère.

— Vous voyez ! fulmina Svea, lui tournant nerveusement autour. Vous auriez dû me laisser lui régler son compte lorsque l'occasion s'est présentée. Rien de tout cela ne serait arrivé. Tout ceci est votre faute, ajouta-t-elle en lui martelant la poitrine du bout du doigt.

Les sourcils froncés, il dirigea son regard vers l'endroit exact où elle venait de lui planter son index, comme marqué au fer rouge. Elle avait peut-être raison. Il aurait peut-être dû la laisser venger son père. Elle aurait sans doute éprouvé moins de haine à son égard et le roi n'aurait probablement pas été capturé.

Il porta à nouveau toute son attention sur les hommes afin d'évaluer la situation. Qu'avaient-ils donc en tête ?

— Pensez-vous qu'ils vont demander un échange de prisonniers ? Crowe contre le roi ? demanda Svea dans un murmure, consternée.

— C'est possible, acquiesça-t-il.

Il frissonna. C'était bien pire que ce qu'il avait imaginé au départ. Le convoi allait sans doute se diriger vers Termarth. Avec le roi et quelques-uns de ses meilleurs hommes pris en otages, le royaume était actuellement en position de faiblesse.

— Il faut faire quelque chose, dit Svea. Je sais de quoi Crowe est capable. Son frère est peut-être de la même trempe.

En voyant tout à coup des hommes saisir Kar et Sten et les pousser sans ménagement devant leur chef, Ash serra les poings. Et quand, un sourire moqueur aux lèvres, Cecil se remonta les manches, Ash sentit les poils se dresser au creux de sa nuque. Cela n'augurait rien de bon.

— Ça, c'est pour mon frère, lança Cecil d'un ton hargneux.

Il serra le poing puis assena le premier coup, en pleine mâchoire. Le teint blafard et le visage crispé, Svea posa la main sur le pommeau de son épée. Ash savait qu'elle allait s'élancer d'un moment à l'autre pour secourir ses hommes et mettre un terme à cette brutalité insensée.

Instinctivement, il lui attrapa fermement le bras et lui posa l'autre main sur la bouche, l'attirant au passage contre lui.

— Svea, ne faites pas ça ! murmura-t-il.

À peine l'avait-il plaquée doucement contre lui pour l'empêcher de commettre l'irréparable qu'il sentit le corps de Svea se raidir à son contact.

— Détournez le regard, lui ordonna-t-il.

Cecil était en train d'assener une rafale de coups de poing à l'ami de Svea, par pur plaisir, tandis que les hommes qui s'étaient agglutinés autour de lui riaient aux éclats.

Le Danois, les mains attachées dans le dos, fut bien incapable de se défendre et tomba rapidement à genoux. Ash sentit son sang se glacer dans ses veines. Cecil faisait preuve d'une lâcheté innommable. Comment osait-il s'en prendre à un homme désarmé ?

De douloureux souvenirs lui revinrent alors en mémoire. Lorsqu'il n'était encore qu'un petit garçon, il se faisait régulièrement taper dessus, allongé sur le sol froid du monastère. Il en avait été terriblement choqué les premières fois où cela s'était produit. Lorsqu'il était arrivé là-bas, même s'il était dévasté par l'abandon de ses parents, il s'était pensé en sécurité. Ne l'avait-on pas confié à des hommes de foi ? Comme il avait eu tort ! Il n'oublierait jamais le sentiment de solitude qui l'étreignait toujours après avoir été battu. Ce n'était pas tant la douleur que l'injustice qui lui était insupportable. Tout le monde devrait avoir la possibilité de se défendre.

Svea se mit brusquement à se débattre comme un beau diable, essayant de desserrer son étreinte, pestant contre sa paume de main, mais il la maintint fermement contre lui.

— C'est bientôt fini, indiqua-t-il. Ne faites pas de bruit et ne commettez aucune imprudence.

Cecil continua à donner des coups de pied au guerrier danois, mais Svea finit par s'immobiliser. Son accès de fureur s'atténua un peu, mais à chaque coup porté contre son ami, elle tressaillait. Ash lui frotta légèrement le dos pour tenter de l'apaiser. Elle lui faisait penser à la jument sauvage qui s'était un jour échappée des écuries de Braewood après avoir pris peur. C'était à lui qu'on avait demandé de lui faire entendre raison. Il avait fini par la retrouver et était parvenu à l'amener dans une prairie clôturée.

Après ce qui lui sembla une éternité, les coups cessèrent enfin de pleuvoir sur le pauvre Kar qui resta allongé par terre, le corps meurtri.

— Ça va aller. C'est fini, à présent, murmura Ash en caressant doucement les cheveux de Svea.

Il eut soudain l'impression qu'elle se laissait aller contre lui. Prenait-il ses rêves pour la réalité ?

— Il est salement amoché, mais il vivra.

Svea le repoussa alors de ses deux mains et s'éloigna en chancelant tout en le défiant du regard.

— Vous auriez dû me laisser lui porter secours ! fulmina-t-elle.

— Vous ? Contre tous ces hommes ? Vous avez perdu la tête, dit-il, décontenancé.

Ash eut toutes les peines du monde à ne pas laisser sa propre contrariété exploser. Non seulement il était furieux contre les Saxons pour leur déchaînement de violence, mais il s'en voulait de ne pas pouvoir venir en aide à Kar. Il était également en colère contre Svea pour les risques inconsidérés qu'elle voulait prendre une nouvelle fois.

— Que cherchez-vous exactement, Svea ? demanda-t-il d'une voix sourde. Vous souhaitez donc notre mort ? L'imprudence dont vous semblez coutumière va finir par nous attirer des ennuis.

Il s'en voulait également beaucoup de la façon dont son corps répondait au sien.

Il se réjouit de la voir s'éloigner de quelques pas supplémentaires.

— Je ne supporte pas de voir quelqu'un se faire molester sans que personne intervienne. J'ai l'impression que cela ne vous fait ni chaud ni froid. Je vois également que vous manquez du courage nécessaire pour accomplir le devoir qui est le vôtre.

— Je sais parfaitement comment réagir en pareilles circonstances. Et la première chose qu'il convient de faire, c'est de vous enseigner une leçon d'obéissance, Svea. Vous êtes aussi irréfléchie qu'imprudente et cela vous conduit à de terribles erreurs de jugement. Vous foncez tête baissée sans songer aux conséquences de vos actes. Votre frère vous a peut-être appris à vous battre, mais il aurait également dû vous enseigner la maîtrise de soi.

S'il y avait bien une chose qu'il avait apprise chez les moines qu'il avait côtoyés au monastère, c'était à savoir endurer la douleur, à rester calme, à savoir mobiliser sa colère pour devenir plus fort et à faire preuve de retenue, de recul et de sang-froid. Tous les traits de caractère dont il s'enorgueillissait à présent.

— Vous n'êtes pas mon chef, Ash. Et vous me voyez bien désolée de devoir reconnaître que nous ne sommes pas parfaits comme vous ! lui jeta-t-elle à la figure avant de s'effondrer, le visage désespéré.

Ash sentit son cœur se serrer.

— C'est sans espoir, ajouta-t-elle, se prenant la tête à deux mains. Ils vont les tuer, n'est-ce pas ?

Ash s'agenouilla près d'elle, son accès de colère inhabituel se dissipant déjà.

— Si leur objectif est de libérer Lord Crowe au plus vite, ils vont mettre un maximum de chance de leur côté, dit-il doucement. Svea, s'ils avaient vraiment l'intention de tuer vos hommes, je crois sincèrement qu'ils l'auraient fait depuis longtemps.

— Le mal semble couler dans leurs veines, déclara-t-elle d'un ton amer.

Elle passa distraitement la main sur son brassard en métal.

Interdit, il la dévisagea en silence. Pensait-elle vraiment qu'une telle chose soit possible ? Que la méchanceté était héréditaire ? Et si tel était le cas, que cela signifiait-il pour son cas personnel ? Il espéra de toutes ses forces que ce n'était qu'une vue de l'esprit. Car c'était de loin la chose qu'il craignait le plus.

Il tendit alors la main pour lui prendre le menton entre le pouce et l'index, l'invitant à poser ses beaux yeux bleus sur les siens.

— Il faut espérer qu'on les laissera un peu tranquilles à présent. Jusqu'à leur arrivée à Termarth, tout au moins. Mais rien ne dit que ce soit leur véritable destination. Cela pourrait nous laisser un peu de temps pour essayer de lever des troupes.

— Que proposez-vous ?

— Rendons-nous à Braewood dès que possible et levons le *fyrd*.

— Le *fyrd* ? De quoi s'agit-il ?

— C'est une armée d'hommes libres prêts à se battre pour le roi. Nous ne pouvons pas combattre les soldats de Calhourn seuls, ils sont bien trop nombreux. Il faut absolument demander de l'aide.

— Il me semble que nous sommes plus proches de Kald. Pourquoi ne pas y retourner et demander aux miens de nous prêter main-forte ?

Il soupira. Il aurait dû se douter qu'elle essayerait de le contrer sur ce sujet.

— Ne voyez aucune offense dans ce que je vais vous

dire, Svea, mais je pense que c'est aux soldats saxons de régler cela, pas aux Danois.

Au fil des années, il avait constitué une armée pour protéger Braewood et Termarth contre une invasion éventuelle des Vikings, et à présent il allait faire appel à ces hommes pour venir au secours du roi… et de Vikings tombés entre les mains de Saxons. Tout allait de travers. Et cela valait également pour les sentiments qu'il éprouvait envers cette jeune femme au tempérament de feu. Comment tout cela avait-il pu arriver ?

— Je pensais pourtant que nous étions désormais dans le même camp, fit-elle remarquer d'un ton sarcastique. N'était-ce pas l'objectif de l'alliance conclue entre mon frère et la princesse ?

Malgré tout, elle sembla accepter la proposition qu'il venait de lui faire. Elle se leva brusquement et secoua ses vêtements pour en éliminer la poussière.

— À quelle distance se trouve votre forteresse ?

— C'est celle de mon père, pas la mienne, rectifia-t-il. C'est à une demi-journée de cheval, tout au plus. Mais pour ce faire, nous devons d'abord voler un cheval.

Ils attendirent que la nuit tombe, que les hommes aient mangé et bu jusqu'à plus soif et qu'un profond silence se fasse dans le camp.

Le dos courbé pour ne pas se faire repérer, Svea suivit Ash qui était en train de se faufiler au milieu des arbres. Le cœur au bord des lèvres, ils contournèrent ensuite les tentes d'où s'échappaient parfois des ronflements sonores.

Ils atteignirent enfin l'endroit où les bandits avaient attaché leurs chevaux. Si quelqu'un les repérait, ils seraient probablement capturés et tout espoir serait alors réduit à néant. Ils ne pourraient pas aller chercher l'aide dont ils avaient besoin. Échouer était inenvisageable. Le roi et ses hommes comptaient sur eux.

Alors qu'ils s'approchaient des chevaux, certains se mirent à pousser de petits hennissements et d'autres à claquer légèrement leurs sabots sur le sol. Svea lança un regard apeuré en direction de son compagnon d'infortune et retint son souffle. Il lui indiqua du bout du menton un étalon noir. Ils se glissèrent aussitôt de part et d'autre du cheval. Ash s'empara de sa bride tout en lui caressant le museau tandis que Svea lui détachait rapidement sa longe.

Elle avait les jambes en coton. Comment Ash faisait-il pour paraître si calme et plein d'assurance ?

— Les dames d'abord, murmura-t-il, lui faisant signe de monter tout en maintenant le cheval en position.

Alors qu'elle enfourchait le cheval, Ash lui agrippa le coude pour l'aider à se hisser. Pourquoi s'entêtait-il à la toucher dès qu'il en avait l'occasion ? Chaque fois qu'il le faisait, une onde de chaleur la parcourait sans qu'elle comprenne ce qui lui arrivait. Ce n'était pas désagréable, mais elle ne tenait pas à éprouver ce genre de sensation avec lui. Elle avait beau s'en défendre, c'était de loin l'homme le plus viril qu'elle ait rencontré jusqu'alors.

Toutes les parties de son corps qui avaient été en contact avec le sien lorsqu'il l'avait plaquée contre lui un peu plus tôt la brûlaient encore. Lorsqu'il l'avait enveloppée dans ses bras musclés, elle n'avait pu lui opposer la moindre résistance. Ce que ses amis étaient en train d'endurer l'avait à la fois effrayée et mise en colère, mais les petits frissons qui lui avaient parcouru le dos lorsque Ash le lui avait frictionné l'avaient terrifiée tout autant. Le pire, c'était sans doute lorsqu'il lui avait tendrement caressé les cheveux. L'espace d'un instant, elle s'était laissée aller contre lui, heureuse de trouver un peu de réconfort. Cela l'avait ensuite horrifiée.

Elle savait comment fonctionnait l'attirance entre un

homme et une femme. Elle y avait assisté bien des fois parmi les siens à Kald. Même si, de son côté, elle n'en avait jamais fait l'expérience. Elle pensait réellement ce qu'elle avait dit à Ash un peu plus tôt : elle n'avait pas besoin d'un homme dans sa vie. Elle était heureuse telle qu'elle était. Du moins était-elle aussi heureuse qu'elle pensait pouvoir l'être après ce qu'elle avait traversé. Elle avait pris la décision de ne jamais se marier. Jamais elle ne ressentirait ce que les autres hommes et femmes ressentaient les uns envers les autres. Elle ne connaîtrait jamais cette attirance et l'avait accepté. Jusqu'à présent, tout au moins.

Qu'elle soit ébranlée n'avait rien d'étonnant, cela dit. On avait d'abord commencé par leur tendre une embuscade, ses amis s'étaient ensuite fait rouer de coups et voilà qu'Ash et elle étaient en train de contourner le camp de leurs ennemis sur la pointe des pieds, faisant tout leur possible pour ne pas être découverts. Elle savait également que la simple présence de l'homme à ses côtés expliquait en grande partie les sentiments confus qui l'agitaient. Rien que la main qu'il venait de poser négligemment sur son mollet pour l'aider à se stabiliser sur le cheval la perturbait davantage qu'elle ne l'aurait désiré.

Ash lui prit doucement la longe des mains, et le simple frôlement de ses doigts sur les siens la fit frémir. Il guida le cheval à l'écart des autres. Pourvu que cela n'occasionne aucun grabuge ! Si un seul hennissement venait déchirer le silence de la nuit, tout serait fini pour eux. Ash serait sans doute tué sur-le-champ. Quant à elle, elle n'osait imaginer ce que ces brutes lui feraient…

Une sueur froide vint lui glacer le front. Même si elle savait qu'on la considérait comme une femme particulièrement forte, et elle espérait toujours que ce fantasme collectif deviendrait un jour réalité, elle doutait que la peur qui la tenaillait finisse par disparaître et que les maudits souvenirs qui la hantaient encore ne l'affectent plus à l'avenir. Elle en parlait rarement et se contentait de les enfouir au plus profond de sa mémoire. Elle ne tenait pas à déranger son frère avec les pensées sombres qui l'envahissaient parfois. Elle préférait mille fois faire bonne figure. C'était bien mieux ainsi.

— Et vous ? demanda-t-elle dans un murmure. Vous avez également besoin d'un cheval.

— Chut, dit-il, pressant un doigt sur ses lèvres.

La distance qu'ils parcoururent avant d'atteindre les sous-bois parut durer une éternité. Ils étaient en sécurité, à présent. Elle respira alors plus librement et relâcha un peu la pression dans ses épaules. Ils ne s'étaient pas fait capturer.

— Avancez-vous un peu. Je vais monter.

— Comment ?

— Bougez-vous, ordonna Ash.

Le soulagement avait été de courte durée. Un vent de panique s'empara d'elle tout à coup. Avait-il réellement l'intention de monter *derrière elle* ? Elle baissa la tête, les yeux emplis d'effroi. Même si Ash avait un physique impressionnant, le cheval semblait suffisamment puissant pour pouvoir les porter tous les deux. Mais ce n'était pas ce qui l'inquiétait.

— Pourquoi n'avons-nous pris qu'un seul cheval ? Pourquoi n'en avons-nous pas pris deux ? demanda-t-elle, la gorge serrée.

Quelle idiote ! Il avait sans doute vu son regard effrayé et entendu l'inquiétude qui pointait dans sa voix. Elle ne voulait pas lui montrer qu'elle avait peur.

— Parce que cela risquait d'attirer l'attention. Peut-être ne remarqueront-ils pas tout de suite l'absence d'un cheval, mais deux… Je ne veux pas prendre le risque que des hommes se lancent à nos trousses. Allez, Svea, faites-moi un peu de place.

Il enfourcha alors le cheval derrière elle sans crier gare. Elle laissa échapper un cri étranglé de protestation lorsqu'elle sentit ses cuisses se coller aux siennes et ses bras l'envelopper. Il n'allait pas recommencer !

Il lui prit les rênes des mains, d'un geste à la fois doux et ferme. Elle ne lui opposa aucune résistance et le laissa prendre le contrôle. Cela valait bien la peine de lui avoir tenu tête jusque-là ! Où se trouvait donc la bravade qu'elle s'efforçait d'incarner lorsqu'elle en avait le plus besoin ?

Elle ferma un bref instant les paupières et expira lentement pour essayer de garder son calme. Mais son esprit ne pensait qu'à une chose : le torse d'Ash plaqué contre son dos, ses cuisses pressées contre les siennes alors qu'il donnait des coups d'éperon au cheval. Elle se fit alors la plus petite possible.

— Essayez de vous détendre, dit-il.

Se détendre ? Mais comment aurait-elle pu ? Elle percevait chaque mouvement de son corps. Elle sentait les muscles tendus de ses cuisses qui lui frôlaient les jambes, ses bras puissants qui l'enveloppaient. Sans parler de son entrejambe plaqué contre ses fesses… Scandalisée par la situation, elle se recroquevilla davantage encore sur elle-même.

Sa compagnie ne l'avait pas trop incommodée pendant la journée alors qu'ils se frayaient un chemin au milieu des ronces. Ils avaient suivi le convoi en prenant mille précautions pour ne pas se faire repérer, chacun dans ses propres pensées. La situation n'avait plus rien de comparable. À présent, ils étaient dans la pénombre, pressés l'un contre l'autre, et cela lui mit les nerfs en pelote. Elle avait l'impression de partager quelque chose d'intime avec lui. À son corps défendant. Elle aurait donné cher pour se soustraire à son contact physique, le faire tomber de cheval et s'enfuir au galop le plus loin possible.

En temps ordinaire, elle faisait toujours en sorte de ne

pas se retrouver seule en compagnie d'un homme. Et elle s'arrangeait également pour rester à bonne distance des hommes lorsque ceux-ci étaient en groupe. Même si ces derniers étaient simplement en train de bavarder. Elle pensait en permanence à sa sécurité. Ce qu'elle était en train de vivre était en quelque sorte son pire cauchemar.

— Que se passe-t-il, Svea ? demanda-t-il tout à coup d'une voix grave qui lui chatouilla l'oreille.

— Rien du tout, répondit-elle en secouant farouchement la tête.

— En êtes-vous sûre ? murmura-t-il. Vous me faites penser à une petite araignée recroquevillée en train de faire la morte.

Sa remarque la fit tressauter. Une tout autre image lui vint alors à l'esprit. Celle d'une mouche piégée dans une toile d'araignée.

Comment aurait-elle pu se sentir à l'aise alors qu'elle était entravée par deux bras terriblement puissants ?

— Je n'aime pas que l'on me touche, si vous voulez tout savoir. C'est valable pour tout le monde. Mais encore plus pour un Saxon ou une brute de votre espèce.

Cet homme l'agaçait au plus haut point. Elle aurait donné cher pour annihiler à jamais les sentiments contradictoires qu'elle éprouvait à son égard. Le moindre contact physique avec une personne de sexe masculin la pétrifiait. Alors pourquoi son corps s'embrasait-il dès qu'Ash la touchait ? Le trouble qu'elle ressentait était terriblement embarrassant. Comment était-elle censée réagir pour contrecarrer les sensations à la fois nouvelles et terrifiantes auxquelles elle était en proie ? Pour l'heure, elle se contentait de les repousser et de prétendre que celles-ci n'existaient pas.

Elle l'entendit soupirer tout à coup.

— Vous êtes en sécurité avec moi, Svea, je vous assure.

Votre allure garçonne et votre comportement farouche ne sont pas particulièrement séduisants, croyez-moi !

— Vous m'en voyez ravie dans ce cas, répliqua-t-elle d'une voix rageuse.

Elle aurait juré qu'un large sourire venait de se dessiner sur les lèvres d'Ash – mais elle ne prit pas la peine de se retourner pour vérifier. À quoi jouait-il ? S'amusait-il simplement à la taquiner ? Elle faisait tout ce qui était en son pouvoir pour qu'on la considère comme une guerrière, au même titre que les hommes de Kald, mais pas cette fois, aussi ridicule que cela puisse paraître. Le commentaire désobligeant qu'il venait de lui faire l'avait blessée. Ne la trouvait-il pas attirante ? Pas même un peu ? Et pourquoi diable cela l'affectait-il ainsi ? C'était pourtant une bonne chose qu'elle ne lui plaise pas !

Déconcertée par le tumulte intérieur qui menaçait de l'envahir, Svea s'efforça de rester concentrée sur le chemin faiblement éclairé par un croissant de lune, se répétant en boucle qu'elle allait s'en sortir. Elle devait coûte que coûte protéger son peuple. Et si cette proximité physique avec un Saxon était le prix à payer, eh bien, elle devait l'accepter. Cet homme était terriblement séduisant, voilà peut-être ce qui l'effrayait. Mais de quoi avait-elle peur au juste ? S'il avait eu de mauvaises intentions à son égard, cela aurait fait bien longtemps qu'il s'en serait pris à elle. Et elle devait bien reconnaître qu'il n'avait commis aucune maladresse à son égard. Bien au contraire. Il lui avait sauvé la vie. Et il s'était fait du souci pour sa sécurité. Il avait même essayé de lui soigner sa blessure à la tempe. Pourquoi aurait-il cherché à lui faire du mal à présent ? Il s'était montré tellement prévenant ! Et il ne la trouvait pas féminine pour un sou, par-dessus le marché…

Elle pensa tout à coup à sa mère et eut un pincement au cœur. Si celle-ci avait toujours été de ce monde, elle aurait pu lui apprendre tant de choses… Pourquoi ce genre de réflexion venait-elle l'assaillir à un moment pareil ? C'était sans doute les vieux souvenirs qu'elle avait partagés avec Ash un peu plus tôt qui faisaient remonter d'anciennes émotions à la surface. Elle n'avait eu que son père et son frère pour la guider dans l'existence, et même si elle reconnaissait la chance qu'elle avait d'avoir pu tisser un lien aussi fort avec eux, elle savait également que personne ne remplacerait jamais une mère. Cette dernière aurait pu la conseiller sur la façon dont une dame devait s'habiller. Elle lui aurait également parlé des hommes, bons ou mauvais, et lui aurait expliqué comment ceux-ci se comportaient. Nul doute que tous ces conseils lui auraient été fort utiles.

Un bref instant, Svea se remémora ce qui lui était arrivé à Termarth. Ce jour funeste avait marqué sa vie à jamais. Et l'absence de sa mère s'était fait sentir plus douloureusement encore. Elle aurait tant aimé la revoir ne serait-ce qu'une seule fois pour enfouir son visage dans son cou. Elle se serait alors sentie en sécurité. C'était exactement ce qui lui était arrivé quand Ash l'avait pressée contre lui quelques heures plus tôt. Svea aurait tant aimé savoir ce que sa mère aurait pensé d'elle. Aurait-elle été remplie de fierté en voyant la jeune femme qu'elle était devenue ?

Cela faisait un long moment qu'ils ne s'étaient pas adressé une seule parole et ce silence devint trop pesant tout à coup. Il fallait absolument qu'elle se détache de son souffle chaud qui venait lui chatouiller le cou et de ses bras qui lui enserraient la taille.

— Je n'aime pas les araignées, de toute façon.

C'était la première chose qui lui était venue à l'esprit. En entendant les mots ridicules qu'elle venait de prononcer résonner dans la forêt endormie, elle fit la grimace. Pourquoi avait-elle remis ce sujet de conversation sur le tapis ?

— Ah bon ?

Le ton un peu badin qu'il venait une nouvelle fois d'employer la troubla.

— Ne me dites pas que vous avez peur des araignées ? ajouta-t-il, intrigué.

— Pas exactement. Mais je déteste tout ce qui donne l'illusion d'être quelque chose qu'il n'est pas en réalité. Je trouve cela effrayant.

Les mains d'Ash se contractèrent légèrement sur les rênes. Comme par réflexe. C'était presque imperceptible, mais cela n'avait pas échappé à la vigilance de Svea. Elle l'avait offensé d'une manière ou d'une autre, elle en eut soudain la certitude. C'était absurde ! Ash avait la peau dure. Et elle doutait fort de pouvoir l'affecter par une parole ou une autre. Il s'était pourtant raidi, c'était évident.

Puis, sans mot dire, il fit brusquement ralentir le cheval. Une fois l'animal complètement immobile, il descendit de selle, reprit les rênes et mena la monture à travers la zone de fougères qu'ils étaient en train de traverser.

— Que faites-vous ?

Avait-elle commis un impair ? Et pourquoi la douce chaleur de son corps lui manquait-elle à présent ? Tout cela était totalement absurde.

— Je vous laisse un peu respirer. C'est bien ce que vous vouliez ? Maintenant que nous sommes relativement loin du camp, nous pouvons nous permettre de prendre davantage notre temps. Je sentais bien que vous n'étiez pas à l'aise avec moi sur le cheval.

Il lui sembla l'entendre marmonner dans sa barbe qu'il avait lui aussi besoin d'un peu d'espace.

Décidément, elle n'était pas au bout de ses surprises ! Pourquoi Ash se montrait-il aussi conciliant avec elle ? Il ne se comportait pas comme les autres Saxons. Eux faisaient ce que bon leur chantait avec les femmes. Mais il y avait plus étonnant encore. Non seulement elle avait fini par s'habituer à sa proximité physique – sans doute parce qu'il n'avait pas cherché à en tirer profit –, mais Ash avait à peine mis pied à terre qu'elle regrettait déjà de ne plus le sentir tout près d'elle. Ce n'était pas tout : manifestement, il prenait en considération les sentiments qu'elle éprouvait avant les siens. Que cela signifiait-il ? S'était-elle complètement trompée à son sujet ? Elle eut mauvaise conscience tout à coup.

— Nous avons marché une bonne partie de la journée, cela ne vous a-t-il pas fatigué ? demanda-t-elle.

— J'ai l'habitude d'être debout pendant de longues périodes. Ne vous inquiétez pas pour moi… À moins que vous ne souhaitiez que je remonte à cheval ? dit-il en se tournant vers elle, un sourire ironique aux lèvres.

Elle fit non de la tête avec une véhémence qui la surprit. Bien sûr que non !

— Vous n'êtes pas obligé de tenir les rênes, vous savez. Je suis parfaitement capable de diriger un cheval, dit-elle d'un ton sec.

— Je le sais bien. Quand allez-vous enfin cesser de penser que je cherche à vous contrôler, Svea ? Je veux simplement assurer votre protection.

Elle déglutit avec peine. De toute évidence, elle s'y prenait très mal avec lui.

— Je suis désolée, reprit-elle, la gorge serrée. J'ai l'impression d'être totalement submergée par mes émotions. Mon frère est parti depuis moins d'une journée et tout va de travers. J'ai laissé ses hommes se faire prendre en otage et qui sait ce qui se passe en ce moment à Kald ! La forteresse est actuellement sous *ma* garde. Je crois que je les ai tous laissés tomber.

Elle savait bien qu'elle n'aurait pas dû tenir de tels propos. Surtout pas devant Ash. Cela renvoyait une image de faiblesse. Mais elle avait parlé sans réfléchir, exposant librement sa vulnérabilité, ses inquiétudes et ses peurs. Elle n'avait pas l'habitude de se confier ainsi, mais, curieusement, les mots étaient sortis de sa bouche avec un naturel qui la laissa pantoise.

Ash avait sans doute raison. Elle était peut-être imprudente et irrationnelle. Elle se mettait trop facilement en colère et commettait alors de terribles erreurs de jugement. Ce n'était pas la première fois que son tempérament explosif lui causait des ennuis. Mais au fond, elle restait persuadée que l'attaque – verbale ou physique – était encore la meilleure défense.

Elle repensa alors à toutes les occasions où des hommes lui avaient adressé une remarque anodine en la croisant. Peut-être lui envoyaient-ils simplement des compliments sans penser à mal ? Elle avait pourtant chaque fois réagi de manière excessive. Il lui était même arrivé de dégainer son épée ! Brand avait dû faire de son mieux pour essayer de la calmer… Parfois, des hommes lui proposaient de lui offrir un verre. Et la première chose qui lui venait alors à l'esprit, c'était qu'ils cherchaient à l'enivrer. Elle refusait donc avec toute l'agressivité dont elle était capable. Un jour, alors qu'elle se promenait dans les bois, elle était tombée sur un homme qui se trouvait là par hasard. Convaincue qu'il s'agissait de légitime défense, elle lui avait aussitôt sauté dessus ! Elle avait compris plus tard que le pauvre bougre n'avait pas même remarqué sa présence… avant qu'elle l'agresse.

Était-elle cette femme écervelée dont Ash avait parlé dans un moment d'agacement ? S'ils survivaient à ce bourbier dans lequel ils étaient enlisés jusqu'au cou, elle essayerait de changer cette facette de sa personnalité. Elle s'en faisait le serment.

Ash immobilisa le cheval une nouvelle fois et tourna la tête dans sa direction, le regard doux.

— Ne vous torturez pas ainsi, Svea. Vous ne pouviez pas empêcher ce qui est arrivé. Vous vous êtes bien battue et vous faites tout ce qui est en votre pouvoir pour aller secourir vos hommes.

Puis il se remit à avancer.

— Je ne sais pas si cela peut vous rassurer, reprit-il, mais je ressens exactement la même chose que vous. Je n'arrête pas de penser à ce qui s'est passé. Je n'aurais pas dû laisser mes hommes boire autant, pour commencer. Je savais que nous avions un long trajet à faire le lendemain. Et je n'aurais jamais dû accepter que vous nous accompagniez jusqu'à la lisière de la forêt. Même si vous êtes un très bon guide.

Svea n'en crut pas ses oreilles. Ash prenait la pleine responsabilité de ce chaos ! Non seulement les hommes ne reconnaissaient que rarement leurs erreurs, mais Ash n'était en outre probablement pas du genre à exprimer facilement ses émotions. Cela lui plut. Il fallait une certaine force de caractère pour être capable d'admettre ses torts. Même si dans le cas présent, elle ne voyait pas vraiment ce qu'il pouvait se reprocher. Il s'était merveilleusement bien battu et avait fait preuve d'un courage peu commun. Qu'aurait-il pu faire de plus pour protéger ses hommes ?

— Un très bon guide ? Je n'ai pas la moindre idée de l'endroit où nous nous trouvons, dit-elle en partant d'un petit rire amer. Et vous ?

— Ne vous inquiétez pas. Je connais cette forêt, il y a un petit bosquet non loin d'ici. On pourra s'y réfugier. C'est difficile à trouver pour ceux qui ne connaissent pas cet endroit, encore plus dans la pénombre. Nous pourrons nous y arrêter pour la nuit. Je doute que quiconque puisse nous y découvrir. Nous devrions y être en sécurité.

Svea reprit les rênes, augmenta légèrement la pression et le pas du cheval se fit moins assuré tout à coup.

— Vous voulez vraiment passer la nuit là-bas ?

Il leva la tête dans sa direction.

— Que se passe-t-il ? Ne me dites pas que vous n'avez jamais dormi à la belle étoile ?

— Si, bien des fois. Mais jamais en présence d'un homme saxon. Et il est hors de question que je déroge à cette règle de conduite.

Elle y tenait d'autant plus qu'en présence de cet homme-*là*, son corps ne cessait de réagir anormalement. Il mettait ses pensées et ses sentiments sens dessus dessous et cela la faisait paniquer. Et la troublait.

— Nous devrions pousser plus avant, proposa-t-elle d'une voix haut perchée qui la surprit. Si nous poursuivons notre route, nous pourrons peut-être atteindre Braewood aux premières lueurs du jour ?

— Poursuivre notre chemin dans la pénombre alors que nous sommes complètement exténués et voyons à peine où nous mettons les pieds serait de la pure folie. J'ai promis de ne plus vous toucher, si c'est cela qui vous tracasse. Je tiendrai parole, croyez-moi. Je ne vous ferai pas de mal, Svea. Essayez de me faire confiance.

Il lui demandait l'impossible. Il ne savait pas les horreurs qu'on lui avait fait subir. Et elle n'avait pas l'intention de lui en parler. Jamais plus elle ne ferait confiance à un homme. Encore moins à un Saxon. Pas après ce que Lord Crowe lui avait fait.

Le hululement perçant d'un hibou vint soudain déchirer le silence de la nuit. Ash vit Svea frissonner malgré elle.

— Vous devriez essayer de vous reposer maintenant, Svea, suggéra-t-il doucement.

Ils avaient poursuivi leur route en silence jusqu'au bosquet. Svea était extrêmement nerveuse. À tel point qu'il l'avait laissée descendre de la monture sans lui offrir son assistance lorsqu'il avait attaché le cheval à un arbre. C'était pourtant ce qu'il aurait fait en temps normal, mais il avait préféré rester en retrait. Elle lui avait clairement fait comprendre qu'il ne devait la toucher sous aucun prétexte. Que lui était-il arrivé pour qu'elle fuie ainsi le moindre contact physique ? Il eut soudain terriblement envie de lui montrer qu'il pouvait être très agréable de se toucher. Mais elle ne le lui permettrait pas. Et il lui avait demandé de lui faire confiance.

Il repensa avec plaisir aux petites conversations qu'ils avaient eues au cours de la journée. Svea s'était même laissée aller à quelques confidences. Ses paroles avaient malheureusement atteint leur cible – de manière involontaire. Car n'avait-il pas prétendu être ce qu'il n'était pas depuis ses plus jeunes années ? Il avait bien essayé d'être l'enfant que ses parents désiraient. Au monastère, il avait également tenté d'adopter le comportement que les moines attendaient de lui. Mais il ne s'était jamais montré à la hauteur. Depuis qu'il était au service du roi, il se satisfaisait des encouragements et des éloges de son souverain, mais, au fond, il savait qu'il n'était jamais totalement lui-même et qu'il se mentait autant qu'il mentait aux autres. Pourquoi cherchait-il à dissimuler cette partie sombre de sa personnalité ? Et pourquoi s'attachait-il autant à l'opinion que les autres avaient de lui ? Comme il aurait aimé ressembler à Svea sur ce point…

— Je ne comprends toujours pas pourquoi il est impératif à ce point de faire une pause, dit-elle tout en se laissant tomber au pied d'un grand chêne, ses bras fermement croisés sous sa poitrine.

Dans la pénombre, il était difficile de distinguer quoi que ce soit. Mais rien qu'au son de sa voix, il comprit que l'idée de passer la nuit dans cet endroit lui déplaisait au plus haut point.

— Vous vous sentirez mieux une fois reposée, expliqua-t-il. Essayez de ne pas trop vous inquiéter pour nos amis respectifs. Nous irons leur porter secours, Svea. Je ne vous laisserai pas tomber.

Il se sentait animé d'une détermination sans faille. Il les sauverait ! Par amour-propre. Pour le roi et ses hommes. Pour son peuple. Ils comptaient tous sur lui. Mais il le ferait avant tout pour elle. Elle aimait ses hommes et il savait qu'elle ne connaîtrait pas de répit tant qu'ils ne les auraient pas secourus.

— Demain sera un jour meilleur, ajouta-t-il.

— Comment pouvez-vous en être si sûr ?

— Parce que cela ne pourrait sans doute pas être pire...

Il lui passa une nouvelle fois sa cape pour qu'elle ne prenne pas froid.

— N'en avez-vous pas besoin ? demanda-t-elle d'un ton hésitant, réticente à l'idée d'accepter ce témoignage de gentillesse.

— Je n'ai pas froid, non. Ça ira très bien comme cela.

— Allez-vous vous reposer ?

— Peut-être. Je veux juste m'assurer que nous n'avons pas été suivis. Je vais monter la garde un petit moment.

Elle se tourna et se retourna un peu, essayant de trouver une position confortable, mais pour quelqu'un qui n'avait pas jugé utile de faire une pause et qui s'inquiétait de se retrouver seule en sa compagnie, elle s'endormit plutôt rapidement. Ash sourit. Il sut exactement quand elle avait cessé de lutter contre l'épuisement en entendant sa respiration changer. Celle-ci se fit plus profonde et plus régulière. Il savait qu'il ne devait pas la toucher. Il le lui avait promis et il n'avait pas l'intention de revenir là-dessus, mais après avoir inspecté les alentours une dernière fois, il s'installa près d'elle, espérant que cette proximité physique les réchaufferait un peu tous les deux. Le sol était froid, mais grâce aux premières feuilles mortes qui recouvraient le sol, celui-ci n'était pas trop dur.

Ils repartiraient à l'aube et dès qu'ils arriveraient à bon port, Svea pourrait dormir dans un bon lit chaud au sein de la forteresse. C'était le temps des moissons à Braewood. Les hommes seraient aux champs, en train de battre la récolte et de labourer, tandis que les femmes seraient sans doute occupées à moudre le grain. Ces images du quotidien ne le réconfortèrent nullement. Il ne se sentait pas chez lui à Braewood. Il n'avait pas de bons souvenirs à se remémorer. Enfant, il avait bien entendu eu très envie d'y vivre. Mais on s'était rapidement débarrassé de lui et on l'avait envoyé en pension, à mille lieues de là. Maintenant qu'il était adulte, ce lieu ne représentait rien pour lui. À tel point qu'il se demandait régulièrement comment les gens réagiraient s'il venait à diriger la forteresse après le décès de son père. Décamperaient-ils toujours en l'apercevant tout en marmonnant des commentaires désobligeants, comme ils le faisaient lorsqu'il était enfant ? Parviendrait-il à leur inspirer du respect ? Mais le désirait-il seulement ? Aurait-il l'impression d'être un imposteur lorsqu'il parcourrait les couloirs du château ?

Et comment son père réagirait-il en le voyant frapper à sa porte accompagné d'une Danoise ? Nul besoin d'être devin pour savoir que ce dernier ne verrait pas cela d'un bon œil. Svea ne recevrait certainement pas un accueil très chaleureux. Lui non plus, par ailleurs. Son peuple détestait les Danois depuis fort longtemps. Ils avaient certes de bonnes raisons de se méfier d'eux. Mais les choses n'étaient pas aussi simples, Ash commençait à le comprendre. On ne pouvait pas mettre tous les Danois dans le même sac. Cela lui redonna de l'espoir. Svea était une femme des plus intéressantes. Toujours prête à aider les autres. Elle faisait même passer leur sécurité avant la sienne. Elle était forte, mais cela ne l'empêchait pas de faire preuve d'une grande gentillesse. Les Saxons seraient-ils capables un jour de la considérer pour ce qu'elle était vraiment ?

Elle était également d'une beauté à couper le souffle. Il savait que les sentiments qu'il éprouvait à son égard allaient à l'encontre de ce qu'on attendait d'un lord saxon. La tradition voulait qu'il épouse une lady de son peuple, une jeune femme issue d'une famille respectable. Si quelqu'un venait à découvrir qu'il était attiré par une Danoise, cela provoquerait immédiatement des remous. Ils la verraient sans doute comme une vulgaire sauvageonne. Ash secoua la tête. Il devait se conformer à ce que l'on attendait de lui. Il l'avait toujours fait. Il n'y avait aucune raison de modifier son comportement. Pour autant, il ne pouvait nier la réalité. Il commençait à apprécier Svea. À beaucoup l'apprécier, même, pour être tout à fait précis.

Celle-ci roula tout à coup vers lui dans son sommeil, comme si elle cherchait une position un peu plus confortable. Il distinguait à peine ses traits dans la pénombre. Il scruta quelques instants ses pommettes hautes et ses lèvres charnues. C'était de loin la femme la plus ravissante qu'il ait jamais rencontrée. Il regrettait amèrement les inepties qu'il lui avait lancées à la figure un peu plus tôt. Pourquoi lui avait-il dit qu'elle avait une allure garçonne ? Pour la rassurer ? Ou pour se protéger ? Cela ne trompait pourtant personne. Il avait tellement envie de la prendre dans ses bras ! Sentir ses courbes sensuelles se presser contre lui devait être un délice sans pareil. Mais c'était impossible. Interdit, même. Elle était extrêmement distante avec lui et ne lui avait pas adressé le moindre témoignage de sympathie de toute la journée alors qu'il lui avait sauvé la vie.

Il se tourna sur le côté pour lui faire face. Malgré l'état d'épuisement dans lequel il se trouvait, il sentit un intense désir lui vriller le bas-ventre. Cela avait été une véritable torture de la tenir tout contre lui dans la forêt, de la sentir se débattre puis de la laisser lui marteler furieusement la poitrine, sans perdre la maîtrise de lui-même ! Sans parler du trajet à cheval. Avec elle assise entre ses cuisses, tous deux pressés l'un contre l'autre dans la pénombre, et son parfum de pétales de rose qui l'enivrait et lui chatouillait les narines, il avait bien failli perdre la tête ! C'était la première fois qu'il ressentait une telle attirance envers une femme. Il avait même dû se résoudre à descendre de cheval pour recouvrer ses esprits…

Il n'avait pas uniquement envie de découvrir son corps, cependant. Il aimait tellement discuter avec elle ! Il rêvait de l'entendre lui parler de son passé. C'était bien simple, il souhaitait tout apprendre d'elle. À ses oreilles, sa voix mélodieuse à l'accent chantant était la plus douce des musiques. Mais il y avait plus inhabituel encore. D'où lui venait cette impatience à lui confier ses pensées les plus intimes ? Lui qui ne révélait jamais rien de personnel à quiconque !

Personne n'avait pris le temps de lui prêter une oreille attentive lorsqu'il était enfant. Personne ne semblait avoir envie de lui parler ou de passer du temps en sa compagnie. Lorsque la solitude devenait trop pesante, il se réfugiait dans les écuries de Braewood où il trouvait un peu de réconfort auprès des chevaux. Lorsqu'il avait finalement été envoyé au monastère, il avait expressément demandé à s'occuper des quelques chevaux qui permettaient aux moines de se rendre dans les villages voisins. Quand il s'était enfin fait remarquer au champ de bataille, notamment pour la bravoure dont il faisait preuve, des hommes avaient commencé à se rapprocher de lui pour solliciter des conseils ou lui demander s'ils pouvaient combattre à ses côtés. Ces hommes étaient dorénavant sous ses ordres et le servaient avec un réel enthousiasme. Le roi lui-même l'invitait régulièrement à évaluer les tenants et les aboutissants d'un certain nombre de situations. Cela ne lui posait pas la moindre difficulté. L'impartialité face aux problèmes était devenue une seconde nature au fil du temps. Mais la notoriété dont il jouissait à présent était néanmoins fragile. Ses hommes le respecteraient-ils toujours s'ils apprenaient la vérité à son sujet ? Il en doutait fort. Ce qu'il ne comprenait pas, c'était ce besoin impérieux d'exprimer tout à coup les sentiments qui l'animaient, ses espoirs ou ses désirs. Il n'avait encore jamais fait cela. Il ne pouvait réellement l'expliquer, mais il y avait quelque chose chez Svea qui l'incitait à baisser un peu la garde. Était-ce lié à sa part d'ombre, à cette facette de sa personnalité qu'il passait le plus clair de son temps à nier ou à réduire en miettes ? Pourquoi était-il à ce point attiré par cette femme ? Parce qu'elle était sa semblable ?

Svea étira un bras dans son sommeil. Ash comprit avec un certain effroi que la main de la jeune femme allait inévitablement retomber sur sa poitrine. Pétrifié, il ne bougea plus d'un centimètre. C'était une terrible mise à l'épreuve qui s'imposait brusquement à lui. Une tentation à laquelle il devait à tout prix résister… Elle était si proche à présent qu'il sentait les effluves floraux dans ses cheveux. Il n'avait pas le droit de s'approcher d'elle, il en était bien conscient. Cette torture allait-elle durer longtemps encore ? Il était pourtant déterminé à ne jamais devenir le monstre que son père et sa mère avaient toujours vu en lui. Pour l'heure, la seule chose qui lui importait, c'était d'assurer la sécurité de Svea. C'était pour cela qu'il la gardait auprès de lui. Tant que la situation demeurait aussi confuse, il valait mieux qu'elle reste sous sa protection que de retourner à Kald.

Bonté divine !

Comment avait-il pu imaginer une seule seconde que ce serait une bonne idée de s'arrêter dans un endroit pareil pour se reposer un peu ? Il aurait dû écouter Svea ! L'entêtement dont il avait fait preuve lui coûtait cher… Toujours endormie, elle pressa ses doigts si fort sur sa poitrine qu'il ne put réprimer un petit grognement. Se réveillerait-elle s'il basculait sur le côté ? Qu'en déduirait-elle alors ? Qu'il cherchait à abuser d'elle ? Mieux valait encore rester immobile et espérer qu'elle finirait par ôter sa main d'elle-même. Comment en était-il arrivé à une telle situation ? C'était absurde, à la fin. Une rude bataille l'attendait. La survie du roi et des hommes placés sous sa responsabilité dépendait entièrement de lui. Alors comment son esprit pouvait-il ainsi se concentrer sur la femme qui se trouvait à ses côtés ? Pourquoi occupait-elle la moindre de ses pensées ? Ce n'était pas franchement le moment de jouer au joli cœur !

Ash s'étira doucement et ferma enfin ses paupières lourdes de sommeil. La nuit risquait d'être longue.

Chapitre 3

Lorsque Svea ouvrit les yeux le lendemain matin, il lui fallut quelques secondes pour reconnaître le visage endormi à quelques centimètres du sien. Jamais elle n'aurait cru trouver le sommeil dans de telles conditions ! Puis, elle s'aperçut tout à coup que sa main reposait sur l'imposante poitrine d'Ashford Stanton ! Horrifiée, elle enleva instinctivement son bras. Elle lui avait demandé de ne pas s'approcher d'elle et lui avait clairement fait comprendre qu'il ne devait la toucher sous aucun prétexte, et elle s'était littéralement étalée sur lui ! Elle n'aurait su décrire l'état de consternation dans lequel elle se trouvait. Ash dormait toujours. Elle avait de la chance. Il n'apprendrait jamais qu'elle s'était laissée aller au cours de la nuit.

Elle s'assit en prenant garde de ne pas le réveiller puis se passa la main dans les cheveux pour remettre un peu d'ordre dans sa coiffure. Elle se frotta ensuite le visage encore tout ensommeillé et se réjouit de voir le soleil matinal percer à travers les feuilles des arbres. C'était un très bel endroit. À l'abri des regards. Ash avait eu raison sur ce point, elle voulait bien en convenir. Si quelqu'un s'était lancé à leur poursuite, il aurait sans doute eu toutes les peines du monde à leur mettre la main dessus. Quant à savoir comment Ash était parvenu à retrouver ce lieu en pleine nuit, c'était une autre histoire.

Elle l'observa alors avec une certaine curiosité. En voyant sa poitrine se soulever à intervalles réguliers, elle en profita pour étudier avec attention les traits de ce beau visage qui lui parut étonnamment familier. Sa mâchoire anguleuse et son front volontaire lui semblèrent quelque peu adoucis par le sommeil. Elle remarqua alors ses cheveux en bataille qui lui retombaient sur les épaules. Lui qui était toujours impeccablement coiffé... Elle esquissa un sourire en songeant qu'il avait suffi d'une journée en sa compagnie pour qu'il perde un peu de sa superbe !

Ash avait pris la bonne décision, en définitive. Après la journée qu'ils avaient vécue la veille, ils avaient besoin de se requinquer un peu. Elle se sentait tellement mieux après ces quelques heures de sommeil ! Même si elle ne comprenait toujours pas comment elle était parvenue à s'endormir en présence d'un homme, saxon de surcroît. Un redoutable guerrier qu'elle connaissait à peine. C'était plutôt encourageant, à bien y songer. Peut-être allait-elle enfin se libérer de son passé. C'était difficile à expliquer, mais lorsqu'elle s'était couchée à même le sol, totalement exténuée, elle avait eu l'intime conviction qu'elle pouvait lui faire confiance. Elle ne s'était pas trompée. Il avait tenu parole. Il s'était conformé à sa demande et ne l'avait pas touchée. Elle lui en était tellement reconnaissante.

Elle posa à nouveau les yeux sur lui et observa ses nombreuses cicatrices. Certaines semblaient superficielles, d'autres plus profondes. Comment s'était-il fait chacune d'entre elles ? Qu'avait-il enduré ? À quelles douleurs ces blessures le renvoyaient-elles ? Quelles batailles avait-il menées ? Ash n'était pas du genre à s'épancher sur sa vie personnelle et se montrait plus prolixe lorsqu'il s'agissait d'analyser les faits et gestes de ses semblables. Quelles cicatrices émotionnelles dissimulait-il derrière cette façade impassible ? Par expérience, elle savait que ces dernières étaient généralement plus profondes que les cicatrices physiques.

Mais le dilemme qui l'agitait à présent était tout autre. Fallait-il ou non le réveiller afin de reprendre la route au plus vite ? Elle n'était pas pressée de partir, à vrai dire. Elle eut même tout à coup terriblement envie de s'allonger près de lui pour se réchauffer un peu. L'attirerait-il alors tout contre lui ? Lui passerait-il tendrement la main dans les cheveux comme il l'avait fait la veille ? Troublée, elle sentit son pouls s'accélérer sensiblement.

Et que se passerait-il si tout ce qu'elle venait d'imaginer se réalisait ? À cette pensée, une douce chaleur vint aussitôt lui embraser le bas-ventre. Les pensées qui se mirent à tournoyer dans sa tête l'effrayèrent. C'était la première fois qu'elle éprouvait de telles sensations. L'idée qu'un homme puisse la toucher lui répugnait, d'ordinaire. Ce qui n'était guère étonnant après ce qu'elle avait subi à Termarth.

— Le spectacle vous plaît-il ? demanda brusquement Ash d'une voix nonchalante, les yeux à peine entrouverts.

Svea sursauta en entendant sa voix grave. Mortifiée, elle demeura silencieuse un instant. Comment allait-elle justifier son comportement quelque peu déplacé ?

— Pas le moins du monde, répondit-elle d'un ton sec.

Les joues en feu, elle se détourna aussitôt, feignant un dégoût qu'elle était loin de ressentir.

— Vous aviez un insecte sur le visage, reprit-elle d'un ton détaché. Je me demandais simplement s'il fallait l'écraser ou prendre le risque qu'il vous pique.

Il grimaça en retour.

— Je suis heureux d'avoir évité un réveil aussi violent. Mais, dites-moi, avez-vous bien dormi ? demanda-t-il en s'attachant soigneusement les cheveux, à peine assis.

Pourquoi accordait-il une telle attention à son apparence physique ? Ce n'était pas la première fois qu'elle remarquait ce côté un peu perfectionniste. Sa présentation impeccable semblait être devenue une seconde nature. Elle le trouvait pourtant bien plus séduisant les cheveux dénoués. Lorsqu'il se détendait un peu, elle l'appréciait davantage.

— Pas vraiment, répondit-elle, laconique.

Un large sourire vint alors lui étirer les lèvres. Qu'avait-elle dit de drôle ?

— Ce soir, vous dormirez dans un lit plus confortable à Braewood.

Cette perspective ne la mit pas véritablement à l'aise. Loin de ses repères habituels, elle se sentit un peu perdue tout à coup. Son frère organisait souvent des réceptions à Kald. Elle était alors très fière de préparer de bons petits plats aux villageois ou aux éventuels voyageurs, et de s'assurer que la grande salle de la forteresse leur offrait tout le confort nécessaire. Elle aimait s'occuper des autres. Elle tenait cela de sa mère. Avant sa disparition tragique, même si Svea n'était alors encore qu'une petite fille, elle aidait toujours celle-ci à préparer le repas du soir. Confectionner un festin et s'occuper au mieux de ses invités était une façon comme une autre de garder le souvenir de sa mère bien vivant.

Mais il ne s'agissait pas de cela, cette fois. Svea n'avait encore jamais été invitée nulle part. Et encore moins dans une forteresse saxonne. Elle n'avait pas la moindre idée de ce qui l'attendait. Saurait-elle se comporter comme une telle situation l'exigeait ? Cette simple pensée lui noua aussitôt l'estomac.

Ils reprirent la route d'un commun accord. Lorsqu'ils émergèrent enfin de la forêt dense où ils avaient trouvé refuge, Svea s'émerveilla devant la beauté des paysages vallonnés qu'ils traversèrent. De magnifiques couleurs automnales les entouraient de toutes parts. Ash avait une nouvelle fois insisté pour qu'elle monte à cheval. Lui marchait à ses côtés. Il était plus bavard que la veille, ce qui la réjouit. Cela la rendait nerveuse lorsqu'il était taciturne. Elle se demandait chaque fois s'il lui cachait quelque chose. Par chance, il était plutôt d'humeur enjouée. Il lui posa d'innombrables questions sur Kald et sur sa famille. Comme s'il cherchait à mieux la comprendre. L'attention avec laquelle il l'écouta la surprit tout autant.

Cela fit passer le temps plus vite et lui permit d'oublier son estomac qui commençait à crier famine. Ils s'étaient contentés de baies pour le dîner ainsi que pour le petit déjeuner. Un bon repas n'aurait pas été de refus.

Elle lui raconta qu'à Kald, on lui avait confié l'entraînement au combat des hommes et des femmes qui le souhaitaient. Elle lui parla du plaisir qu'elle prenait à pêcher et à chasser. Elle lui expliqua également que même si elle aimait faire preuve d'une certaine créativité, elle n'était pas très douée pour les travaux d'aiguille. En cela, elle se différenciait de la plupart des femmes qu'elle côtoyait. Elle s'empressa d'ajouter qu'on la félicitait en revanche pour ses talents de cuisinière et pour sa gestion du fort au quotidien.

Cette discussion à bâtons rompus l'empêcha de laisser son esprit vagabonder vers des sujets embarrassants. Comme le corps athlétique d'Ash par exemple. Comment faisait-il pour marcher au rythme du cheval avec une telle facilité ? Elle fit également de son mieux pour éviter de penser au sourire diabolique qu'il lui avait adressé un peu plus tôt lorsqu'il l'avait surprise en train de l'observer. Elle devait absolument se raccrocher à la colère qu'elle ressentait jusqu'alors à son encontre. C'était bien plus facile à faire que de reconnaître l'impensable.

Car tout laissait à penser qu'elle commençait… à l'apprécier.

Cette pensée avait quelque chose d'effrayant. De terrifiant, même. Son frère excepté, elle n'avait encore jamais apprécié la compagnie d'un homme. Alors pourquoi cela arrivait-il avec un *Saxon* ? Et pourquoi cet homme en particulier ?

En voyant Ash s'immobiliser brusquement, elle chassa les questions sans réponses qui la taraudaient. Braewood était en vue. Ils n'allaient plus tarder à fouler les terres qui appartenaient au père d'Ash. Ils s'arrêtèrent quelques instants au bord d'un ruisseau pour laisser le cheval étancher sa soif, puis firent une nouvelle halte au sommet d'une colline pour admirer la mer qui scintillait au loin. Ils approchaient enfin du but. Svea aurait dû s'en réjouir. Pourtant, en entendant Ash lui donner une foule d'informations sur la forteresse dont il hériterait bientôt, sa nervosité augmenta encore d'un cran. Un détail retint malgré tout favorablement son attention. Braewood surplombait une immense plage. Quelle bonne nouvelle ! L'océan avait toujours eu un effet apaisant sur elle.

Après l'agression dont elle avait été victime à Termarth bien des années auparavant, elle s'était lavée dans la mer pour se débarrasser de la souillure et de la honte qui ne semblaient plus vouloir la quitter. C'était la première chose qu'elle avait faite en rentrant chez elle. Elle était restée longtemps dans l'eau. Elle se sentait si sale… Il lui semblait impossible d'enlever les marques que ces brutes avaient laissées sur son corps. Le froid ne l'en avait nullement dissuadée.

Comme elle refusait de le rejoindre sur la plage, Brand était finalement venu la chercher. Une fois hors de l'eau, il l'avait enveloppée de fourrures et l'avait installée devant un bon feu dans la grande salle. Son frère était toujours aux petits soins avec elle. Cela ne l'avait pas empêchée de recommencer dès le lendemain. Nager en mer chaque jour devint une source inestimable de réconfort. Tant que son corps était immergé, elle se sentait propre. Presque pure. C'était également le seul moyen de garder une certaine proximité avec sa mère qui se trouvait quelque part dans les profondeurs de l'océan.

Svea étouffa un soupir. Comment allait-elle être reçue

à Braewood ? Elle aurait sans doute besoin de puiser de la force dans l'océan. Ash n'avait-il pas lui-même reconnu que son peuple ne s'entendait pas particulièrement avec les Danois ?

— Je vous promets que vous serez en sécurité là-bas. Vous serez également placée sous ma protection, dit Ash comme s'il percevait l'appréhension qui l'étreignait.

Un bruit assourdissant fit brusquement vibrer le sol du champ où ils se trouvaient. Ils tournèrent aussitôt la tête de concert en direction du vacarme qui venait de les interrompre. En voyant un groupe d'hommes lourdement armés sur la crête de la colline qui leur faisait face, Svea sentit son sang se glacer. Ils dévalaient la pente en direction de la vallée, telle une nuée de fourmis géantes. Ils fonçaient droit sur eux ! Ash et elle étaient à découvert. Ils n'avaient nulle part où se cacher.

Ash la fit descendre de cheval sans lui laisser le temps de réfléchir à ce qu'il convenait de faire. Il la pressa tout contre lui. Elle se retrouva prise en étau entre le cheval et l'homme dont elle dépendait à présent entièrement.

— Nous n'avons pas beaucoup de temps, murmura-t-il.

En un éclair, il tendit la main vers le cercle doré qu'elle portait autour du front et s'en saisit.

— Qu'est-ce que vous… ?

Il écrasa le *kransen* avec force et le modela pour en faire des menottes de fortune qu'il lui passa prestement aux poignets.

— Ce sont des soldats saxons. Je le vois à leur armure. À en juger par la direction qu'ils ont prise, leur vitesse et toutes les lances qu'ils ont emportées, une seule explication me vient à l'esprit : ils vont très certainement rejoindre les hommes de Crowe. Ceux-là mêmes qui s'en sont pris au roi et à nos guerriers.

Non ! Les Saxons n'allaient pas tarder à les encercler.

Et elle savait parfaitement de quoi ils étaient capables. Son cœur se mit à cogner plus fort contre sa poitrine. Ils n'allaient tout de même pas échouer si près du but ? S'ils ne parvenaient pas à lever le *fyrd*, tout ce qu'ils avaient fait jusqu'alors n'aurait servi à rien.

Elle secoua vigoureusement la tête comme pour se réveiller d'un mauvais rêve. Il suffisait pourtant de voir la mine sombre qu'arborait Ash pour comprendre à quel point la situation était critique. Tout son être refusa en bloc de se retrouver une nouvelle fois dans une telle situation. C'était exactement ce qui l'avait motivée à s'entraîner si durement au combat. Les efforts auxquels elle avait consenti n'avaient pas été vains. Elle était une excellente guerrière, désormais. Pourtant, malgré l'abnégation dont elle avait fait preuve, les dieux semblaient se moquer ouvertement d'elle. Pourquoi estimaient-ils nécessaire de lui faire revivre un tel traumatisme ? À quoi bon raviver une nouvelle fois ces souvenirs douloureux ?

— Pourquoi ne leur dites-vous pas qui vous êtes ? Vous êtes saxon, après tout.

— Ce n'est pas pour moi que je m'inquiète ! Rien qu'à la couleur de vos cheveux et de vos yeux, sans parler des inscriptions incrustées dans votre peau, ils sauront que vous êtes danoise, dit-il d'un ton passablement agacé.

Il détacha ensuite rapidement les nattes qu'elle s'était enroulées sur le dessus de la tête. Ces cheveux retombèrent lourdement dans son cou. Elle comprit alors où il voulait en venir. Les entrelacements qui marquaient la peau de son cou étaient à présent dissimulés sous sa chevelure tressée.

— Vous n'êtes pas mon alliée, compris ? Il vaudrait mieux que l'on vous prenne pour ma propriété, dit-il en désignant du menton les fers improvisés qu'il venait de lui confectionner.

Svea déglutit avec peine. Tout cela ne lui disait rien qui vaille.

— Donnez-moi votre épée, ajouta-t-il.

— Non, protesta-t-elle en posant fermement la main sur le pommeau de son arme.

L'épée qui avait appartenu à sa mère était son unique moyen de défense. S'il fallait combattre, elle le ferait. Au péril de sa vie.

— C'est moi qui assure votre protection à présent, gronda-t-il. Je fais cela pour votre bien, je vous prie de me croire. Je ne veux pas vous faire peur, Svea, mais ce n'est vraiment pas le moment d'argumenter.

Elle se renfrogna aussitôt, la main fermement serrée sur le pommeau de son épée. En entendant le bruit sourd des sabots claquer sur le sol qui se mit alors à trembler sous ses pieds, elle sut que leurs ennemis n'allaient plus tarder à fondre sur eux.

— Svea, la pressa-t-il en s'approchant d'elle, vous êtes une femme incroyablement belle. Dès que ces hommes vous verront, ils rêveront de poser les mains sur vous. Je ne supporterais pas que vous vous retrouviez dans une situation pareille. Et vous ?

Svea eut l'impression qu'il venait de dire tout haut ses craintes les plus profondes. Son corps entier se mit à frissonner de terreur. Elle faisait pourtant de son mieux pour ne pas attirer le regard des hommes. Cela fonctionnait plutôt bien d'ordinaire. Ash n'en était-il pas la meilleure preuve ? Il venait néanmoins de lui avouer qu'il la trouvait belle. Aucun homme n'avait osé lui tenir ce genre de propos jusqu'alors. Sans doute par peur de se faire rouer de coups. Ash était peut-être différent des autres…

Il posa alors sa main chaude sur la sienne pour la persuader de lâcher son épée.

— Donnez-moi votre arme. *Maintenant.*

Svea capitula. Avait-elle le choix ?

— Mettez ceci, dit-il en lui tendant sa cape. Enveloppez-vous dedans au maximum et pensez à vous couvrir la tête. N'attirez l'attention sous aucun prétexte.

Elle se sentit tout à coup comme un petit enfant sans défense et jugea inutile d'élever la moindre protestation. Ash lui glissa rapidement sa cape en laine sur les épaules. Il semblait en proie à une vive inquiétude. Ce n'était pas de bon augure. Les battements de son cœur affolé lui confirmèrent la gravité de la situation.

Ash eut à peine le temps de la pousser derrière lui que le groupe d'hommes lourdement armés leur tomba dessus.

— Restez derrière moi. Gardez la tête baissée. Et surtout, ne dites pas un mot, lui murmura-t-il.

Les hommes les encerclèrent en un temps record. Svea sentit aussitôt des gouttes de sueur froide lui perler le long du dos. Elle avait déjà vécu cette scène et aurait donné cher pour disparaître comme par magie.

— Bien le bonjour ! lança un homme à l'air menaçant, le souffle court.

Il ôta son casque à cimier et lissa aussitôt ses cheveux gris d'un geste de la main. Il ressemblait à un paon. Il les dévisagea alors des pieds à la tête. Svea retint son souffle. Ash portait une armure saxonne. Cet homme l'avait sans doute remarqué à présent. S'il n'était pas complètement idiot, il avait également compris que le guerrier qui se trouvait devant lui possédait un certain statut puisqu'il possédait une esclave.

— À vous également ! dit Ash d'une voix forte.

Svea remarqua qu'il s'était abstenu de poser la main sur son épée. Sans doute pour éviter d'enflammer inutilement les esprits. Il se tenait droit comme un I en revanche, et bombait imperceptiblement le torse. Svea ne fut pas dupe pour autant. Elle le connaissait à présent. Les muscles de son cou étaient extrêmement tendus. Ash dégainerait sans doute son épée en une fraction de seconde si la situation l'exigeait.

L'homme qui s'était avancé vers eux – probablement le chef – concentra alors son regard sur son épée, qu'il faisait tournoyer de sa main droite, comme si la lame acérée de son arme était un gage quelconque de virilité. Quelle scène ridicule ! Svea se retint de lever les yeux au ciel.

— Nous cherchons un camp saxon établi dans la forêt d'Alderbury. Êtes-vous passés par là ?

Ash acquiesça.

— En effet, nous avons vu le camp dont vous parlez. Vous êtes dans la bonne direction. Si vous gardez ce cap, vous êtes sûrs de tomber dessus.

L'homme les dévisagea alors, les yeux plissés.

— Vous êtes forcément au courant de ce qui se passe, dans ce cas. Les soldats de Calhourn rallient des hommes pour marcher sur Termarth. Les gens en ont assez des lubies du roi. Voilà maintenant qu'il fraternise avec les Danois ! Vous ne voulez pas vous joindre à nous ?

Svea réprima un petit soupir de soulagement. Par chance, Ash avait eu la présence d'esprit de déchirer le tabard qui marquait son allégeance au roi. Il n'était pas comme la plupart des hommes, qui se précipitaient tête baissée en comptant uniquement sur leur force physique. Lui préférait réfléchir. Il n'avait peut-être pas tort en définitive. Elle avait beaucoup à apprendre de lui.

Ash inclina alors négligemment la tête.

— Je vais sans doute le faire. Mais je dois d'abord régler une affaire personnelle.

Sa voix n'avait pas tremblé, comme s'il contrôlait parfaitement la situation. Et il s'était contenté d'une réponse évasive. Elle savait bien qu'il essayait de calmer le jeu et d'éviter l'escalade. Mais comment s'y prenait-il pour parvenir à dissimuler la colère qui le tenaillait sans nul doute ? Elle se débattait avec ce sentiment depuis des années, déversant son ressentiment sur tous les hommes qu'elle rencontrait, particulièrement ceux qu'elle croisait sur le champ de bataille. L'aisance avec laquelle Ash dissimulait ses émotions la questionna. Que cachait-il donc derrière son apparence austère ?

— Les lords saxons recevront des terres, de l'or et une partie du butin dès que la bataille sera remportée, si cela peut vous aider à prendre votre décision. En parlant de butin, on dirait que vous en avez déjà gagné un…

Un sourire narquois aux lèvres, l'homme fixa alors Ash du regard. Puis il posa ses yeux de fouine sur Svea et s'attarda longuement sur chaque partie de son corps. Un sentiment de terreur incontrôlable monta en elle. Quant à Ash, il serra les poings et un muscle se mit à tressauter sur sa mâchoire.

— Nous avons reçu l'ordre de tuer tous ceux qui s'opposeraient à notre cause. Alors si vous n'êtes pas de notre côté, c'est que vous êtes contre nous ! Je pourrais fermer les yeux, bien entendu. Mais cela a évidemment un coût…

Ash prit une profonde inspiration.

— Je ne suis pas du genre à négocier. Et même si je l'étais, je n'ai pas d'argent sur moi. Je voyage léger, comme vous pouvez le constater.

— Je ne partage pas votre point de vue. Vous possédez au contraire toutes les richesses du monde ! Je suis sûr que mes hommes sont du même avis. Après deux jours de voyage à dos de cheval, nous pourrions nous octroyer un petit divertissement. Je vais vous dire ce que l'on va faire. Vous allez nous laisser cette jolie petite esclave et nous vous laisserons partir.

Svea serra les dents. En temps normal, elle aurait déjà dégainé son épée et se serait ruée sur ses adversaires. Mais elle n'était pas seule, cette fois. Si elle déclenchait les hostilités, Ash n'aurait d'autre choix que de lui prêter main-forte. Elle n'avait pas d'épée, du reste.

Ash lui attrapa soudain la main sans ménagement, les doigts serrés autour de l'entrave qu'il avait lui-même fabriquée quelques instants plus tôt. Le souffle coupé, elle le regarda sans comprendre.

— Quoi ? Cette chose ?

Il lui souleva alors le poignet comme pour prouver qu'elle lui appartenait.

— Cette fille est à moi. C'est une bonne travailleuse. Et malheureusement pour vous, messeigneurs, elle n'est pas à vendre.

Les lèvres de l'homme se retroussèrent aussitôt en un rictus féroce.

— Tout a un prix, mon bon soldat. Ce n'est qu'une sauvage, par-dessus le marché. Elle ne vaut certainement pas la peine de vous faire trancher la tête.

Livide, Svea s'avança vers lui en titubant.

— Donnez-moi une épée et je vous démembrerai tous les deux, lança-t-elle d'un ton cinglant.

Elle n'avait pas pu s'en empêcher. Elle qui prétendait vouloir changer…

— Silence ! hurlèrent Ash et le chef saxon à l'unisson.

— Cette fille m'appartient, répéta Ash. Si vous la voulez, il faudra d'abord vous mesurer à moi. Voilà ce que je vous propose. Un combat loyal entre vous et moi. Une arme chacun. Vaut-elle la peine de vous faire trancher la tête ?

Svea sentit son estomac se contracter. Pourquoi en arrivait-on systématiquement à de telles extrémités ? Y était-elle pour quelque chose ? Était-ce simplement dû à son apparence physique ?

— Le vainqueur remporte la fille et continuera tranquillement sa route, ajouta Ash.

Non ! Son pire cauchemar était sur le point de devenir

réalité. Ils jouaient gros. Si Ash perdait, elle perdrait absolument tout. Sa santé mentale. *Lui.*

— Entendu, dit l'homme d'un ton goguenard.

Ses guerriers se mirent à l'acclamer bruyamment, comme s'ils avaient cruellement manqué de divertissement au cours de leur voyage. Elle ne comprendrait jamais quel plaisir on pouvait prendre à regarder deux hommes se battre à mort. De toute évidence, ces idiots pensaient que leur chef avait toutes les chances de gagner.

Alors qu'elle réfléchissait à toute vitesse à un moyen de s'extirper de cette effroyable situation, elle comprit tout à coup qu'il était trop tard. Les hommes s'écartaient déjà pour agrandir le cercle. Le sort en était jeté. Comment en était-elle arrivée là une nouvelle fois ? Pourquoi les hommes la considéraient-ils comme leur propriété ? À leurs yeux, elle n'était qu'une chose qu'ils pensaient pouvoir négocier comme bon leur semblait et dont ils pouvaient faire ce qui leur chantait.

Le chef saxon descendit de cheval et ôta sa cape d'un coup d'épaule. Ash, quant à lui, sortit son épée de son fourreau et se mit à rouler doucement des épaules pour préparer ses muscles au combat.

— Ash, murmura-t-elle, ne faites pas ça, je vous en prie. Vous devriez peut-être me livrer à ces brigands, ajouta-t-elle, la bouche sèche.

Elle ne savait que trop ce que ces brutes lui feraient endurer, mais si cela permettait de sauver ses hommes, elle était prête à ce sacrifice. Ash devait à tout prix rester vivant pour pouvoir mettre à exécution le plan qu'ils avaient échafaudé.

Ce dernier lui décocha alors un regard éberlué. Il s'avança vers elle et lui caressa doucement la joue du bout du doigt.

— Jamais.

— Vous devez rentrer chez vous pour lever le *fyrd.*

Pensez au roi. Vous l'avez dit vous-même. Nous sommes son seul espoir. S'il vous arrive quelque chose…

Son visage sombre laissait rarement transparaître les sentiments qui l'animaient. Mais au léger plissement de son front, elle comprit qu'il peinait à contenir la colère qui l'accablait.

— Si je meurs au combat, dites-vous que je mourrai pour une noble cause, dit-il en plongeant les yeux dans les siens. Svea, écoutez-moi attentivement. Si je ne remporte pas ce duel, prenez vos jambes à votre cou. Courez le plus vite possible jusqu'aux bois que vous voyez en contrebas et trouvez un endroit où vous cacher. Et ne vous retournez pas, murmura-t-il. Vous me le promettez ?

Les larmes aux yeux, elle se contenta d'acquiescer doucement. Que lui arrivait-il donc ? Elle ne pleurait presque jamais. Et encore moins en présence d'un homme. Tout ce qu'elle savait, c'était qu'il devait absolument remporter ce combat. Et rester en vie.

Ash se tourna alors vers son adversaire, qui lui porta le premier coup sans attendre. Manifestement, cette brute ne respectait aucune règle. Ash se mit à saigner au niveau du menton. Rien de grave, fort heureusement. Juste une nouvelle cicatrice, songea-t-elle, le cœur serré.

— Prépare-toi à avoir un nouveau maître, ma jolie, lança le chef saxon en lui jetant un regard concupiscent.

Svea recula aussitôt d'un pas, les bras fermement plaqués contre sa poitrine. Une terrible nausée lui monta au bord des lèvres. L'enchaînement des événements depuis son départ de Kald avait quelque chose d'insensé. Dire que la veille encore, elle souhaitait bon voyage à son frère et se réjouissait de raccompagner les Saxons jusqu'à l'orée du bois en se répétant que c'était la dernière fois qu'elle voyait l'insupportable Lord Stanton…

En l'espace d'une journée, tout semblait sens dessus

dessous. Les Saxons se faisaient la guerre. Ils s'en étaient également pris aux Danois. Le roi avait été capturé. Et l'homme qu'elle méprisait naguère au plus haut point était à présent en train de combattre pour elle, au péril de sa vie.

Ash parut horripilé par le manque de respect dont son adversaire avait fait preuve en le prenant par surprise. Il fonça sur son assaillant en poussant un cri hargneux qu'elle ne lui avait encore jamais entendu. Ses mouvements étaient d'une fluidité et d'une rapidité déconcertantes. Il donnait l'impression de connaître par avance les coups que son adversaire allait lui porter et parait chaque attaque avec une aisance qui la laissa pantoise. Par contraste, le chef saxon combattait de manière désordonnée et semblait prendre plaisir à porter des coups bas dès que l'occasion se présentait à lui.

Même si elle tressaillait chaque fois que leurs lames se croisaient, Svea reprit espoir. De toute évidence, le chef saxon ne faisait pas le poids face à Ash. Ce dernier combattait avec une brutalité et un courage qui lui rappelèrent tout à coup ses compagnons d'armes. À bien y réfléchir, il se battait comme un véritable Viking. Cette ressemblance la frappa davantage encore lorsque ses cheveux se dénouèrent brusquement sous la violence des coups. Quel redoutable guerrier ! Dans d'autres circonstances, elle aurait sans doute trouvé ce combat spectaculaire. Mais c'était son propre destin qui était en jeu, cette fois. Elle se serait volontiers enfoui le visage dans les flancs du cheval, à vrai dire. Mais elle n'en avait pas le droit. Elle devait rester attentive et prendre la décision qui s'imposait si les choses tournaient mal.

Le combat s'intensifia encore et le fracas des épées qui s'entrechoquaient devint plus assourdissant. En voyant le chef saxon entailler Ash au niveau de la taille, Svea laissa échapper un petit cri. Mais Ash n'avait pas dit son dernier mot. Ignorant la blessure qui venait de lui être infligée, il se rua sur son adversaire. Svea et les soldats saxons poussèrent simultanément un petit cri de surprise. Elle voyait bien que les deux hommes commençaient à s'épuiser. Ash parviendrait-il à rassembler les forces qui lui restaient pour sortir victorieux de ce combat ? Il porta soudain un coup d'une brutalité invraisemblable à son adversaire qui en tomba à la renverse, lâchant son épée dans sa chute. Svea ne put alors détourner les yeux du visage empli d'effroi de ce dernier.

Les yeux écarquillés, les soldats saxons retinrent leur souffle. Ils savaient que leur chef n'allait plus tarder à rejoindre le royaume des morts. Svea sentit son cœur s'alléger un peu. Après les terribles menaces que cette brute avait proférées à son encontre, elle n'allait pas s'apitoyer sur son sort !

Le chef saxon fit alors un effort désespéré pour tenter de recouvrer son épée, mais Ash lui assena aussitôt un violent coup de pied en plein torse qui le plaqua au sol, avant de lui planter la pointe de son épée sur le menton.

— Qui êtes-vous ? demanda l'homme d'une voix étranglée.

— Je suis Lord Stanton de Braewood.

Des cris de surprise étouffés se firent entendre.

— Lord Stanton ? Je ne savais pas à qui j'avais affaire, hoqueta-t-il d'une voix tremblante.

Svea n'en crut pas ses oreilles. Elle connaissait Ash de réputation mais était loin d'imaginer qu'il puisse inspirer une telle crainte chez de parfaits inconnus.

— À l'avenir, vous devriez peut-être demander à qui vous parlez avant de menacer un homme, répliqua Ash d'un ton autoritaire. Et vous êtes ?

— Nous sommes des cavaliers de Rainhill, milord. Je suis Ealderman Elrick. Nous sommes alliés à la forteresse de Braewood, milord. Nous avons conclu ce pacte avec votre père.

Ash se renfrogna davantage encore.

— Des alliés, dites-vous ? Vous devriez alors savoir

qu'on ne se comporte pas ainsi face à l'un de ses semblables. Homme ou femme. Et qu'importe son appartenance.

Svea sentit son cœur cogner un peu plus fort contre sa poitrine. Son frère avait mille fois raison. De toute évidence, Ash était un homme d'une grande bonté.

— Mais ce n'est qu'une païenne, milord.

Ash enfonça légèrement la pointe de son épée dans la peau de l'homme qui grimaça aussitôt de douleur.

— Tout le monde mérite d'être traité avec respect. Comprenez-vous ce que je vous dis ?

— Oui, milord.

— Disparaissez tous de ma vue, à présent. Avant que je fasse quelque chose que je pourrais amèrement regretter.

Ash replaça aussitôt son épée dans son fourreau et ôta son pied du torse de l'homme qui ne demanda pas son reste. Il roula sur le sol puis détala à toutes jambes en direction de son cheval.

Une fois les hommes disparus derrière la colline, Ash tenta de retrouver son calme. Il inspira profondément à plusieurs reprises pour essayer de dissiper la colère qu'il ressentait à l'encontre de ces hommes. Comment ceux-ci pouvaient-ils s'octroyer le droit d'agir comme bon leur semblait ? De prendre ce dont ils avaient envie sans en assumer les conséquences ?

Il secoua la tête. Cela était malheureusement très courant. Il connaissait un grand nombre de Saxons qui estimaient être dans leur bon droit lorsqu'ils s'en prenaient aux Danoises et les traitaient comme de vulgaires marchandises. Leur conduite le remplit d'un sentiment de dégoût et d'une rage indescriptibles. Le respect et l'admiration que Svea lui inspirait ne firent qu'accentuer son malaise et son incompréhension.

Une intense fatigue s'empara de lui tout à coup. Rien

d'étonnant. Il avait tout donné. Il ne le regrettait pas. Si c'était à refaire, il recommencerait aussitôt.

— Vous allez bien ? demanda-t-il, se tournant vers Svea tout en s'épongeant le front.

Lorsqu'il avait vu ces hommes s'approcher d'eux, une idée fixe s'était aussitôt emparée de lui. Il devait à tout à prix assurer la sécurité de Svea. Et lorsque cet Elrick l'avait reluquée d'un air libidineux, son sang n'avait fait qu'un tour. Jamais il n'oublierait le sentiment d'horreur qui avait déformé les traits de son joli minois. Sa vulnérabilité lui avait déchiré le cœur. Jamais il ne se pardonnerait l'inconscience dont il avait fait preuve en la laissant quitter Kald pour les accompagner jusqu'à la lisière de la forêt. En entendant le dénommé Elrick évoquer l'éventualité de devenir « le nouveau maître » de Svea, il avait immédiatement vu rouge et eu envie de l'embrocher sur-le-champ. Imaginer une seule seconde qu'un homme puisse poser les mains sur elle lui était intolérable.

— Moi ? Je vais bien, répondit-elle d'une voix tremblante. Et vous ?

Il se pressa le menton.

— Ça va guérir tout seul.

Mais alors qu'il se dirigeait à grands pas vers elle, il ressentit une douleur si vive dans le ventre qu'il grimaça. Il n'avait pourtant rien remarqué jusqu'alors.

— Vous êtes blessé. L'entaille est-elle profonde ? Laissez-moi regarder.

— Ce n'est rien. J'ai connu bien pire.

— Laissez-moi y jeter un coup d'œil. Asseyez-vous là, dit-elle en désignant un pan légèrement éboulé dans le mur de clôture.

À peine s'était-il débarrassé de sa lourde cotte de mailles qu'il aperçut une importante tache de sang sur sa tunique. Un juron lui échappa. Svea s'agenouilla devant lui tandis qu'il ôtait avec précaution son vêtement. Il avait une vilaine blessure au-dessus de la hanche droite. L'espace d'un instant, la douleur lui coupa le souffle.

Elle lança un bref regard en direction de la balafre que l'autre imbécile lui avait infligée. Pourquoi avait-elle aussi rapidement détourné le regard ? La vue du sang l'impressionnait-elle ? Peut-être n'avait-elle encore jamais eu l'occasion de voir le corps d'un homme ? Ses joues cramoisies le firent pencher pour sa dernière supposition.

Elle se mit alors à fouiller le sol du bout du pied. Que cherchait-elle donc ? Il ferait recoudre cette entaille dès leur arrivée à Braewood.

— Que faites-vous ? Vous avez faim ? Vous cherchez d'autres baies ?

— Ah non, plus de baies, je vous en prie ! répondit-elle en écarquillant les yeux. Je cherche du millepertuis.

— Du millepertuis ? Qu'est-ce que c'est ?

— C'est une plante. Je vais d'abord essayer de nettoyer votre blessure, mais il faudrait soulager un peu la douleur.

— Je supporte la douleur sans problème, répliqua-t-il, perplexe.

Elle continua malgré tout à farfouiller dans les fourrés. Son visage s'illumina tout à coup.

— Ah, en voilà !

Elle écrasa alors des feuilles entre ses doigts et les ajouta à l'eau de sa gourde qu'elle lui tendit aussitôt.

— Tenez, buvez.

— Qui me dit que vous ne voulez pas m'empoisonner ? murmura-t-il, un sourire entendu sur les lèvres.

Il en but une gorgée et ajouta :

— Je pense que l'idée pourrait vous tenter.

— Qu'est-ce qui vous fait penser une chose pareille ? demanda-t-elle d'un ton désapprobateur.

— Il me semble que vous avez récemment évoqué la possibilité de me démembrer.

Elle prit alors un air coupable.

— Et je crois que vous m'en voulez toujours de m'être interposé le jour où vous cherchiez à vous venger de Lord Crowe, ajouta-t-il.

— Je ne veux pas votre mort pour autant.

— Dieu merci ! Vu mon état, je ne serais sans doute pas de taille à vous combattre. Ah, j'oubliais, marmonna-t-il, votre épée. Tenez !

Le visage de Svea se détendit soudain et un large sourire vint étirer ses lèvres si joliment dessinées. Il le lui rendit aussitôt et ne put détacher son regard du sien pendant un long instant.

— Cette épée appartenait à ma mère.

— Elle est très belle.

— J'aurais très bien pu me mesurer à lui, vous savez.

— J'en ai parfaitement conscience, dit-il en haussant les épaules.

Elle versa ensuite un peu d'eau sur le coin de sa cape, souleva sa tunique et se mit à lui nettoyer sa plaie à l'aide du tissu mouillé. Ses doigts tremblaient légèrement. Transpercé par une vive douleur qu'il n'avait nullement anticipée, il blêmit.

— Ça risque de piquer un long moment, avertit-elle en se mordant la lèvre. Je suis désolée.

Elle tapota doucement la plaie. Il se pencha légèrement en arrière pour lui permettre d'accéder plus facilement à sa blessure. Elle était si proche de lui à présent qu'il sentit à nouveau les effluves de son parfum enivrant de pétales de rose.

— Ash, vous auriez pu me livrer à ces hommes et sauver votre peau. Je pensais que la protection rapprochée du roi était votre priorité. Pourquoi ne m'avez-vous pas abandonnée à mon sort ?

— Sans doute pour la même raison qui m'a poussé à vous sauver hier sur le champ de bataille plutôt que de porter secours au roi. Appelons cela l'instinct…

Elle s'assit alors sur ses talons et cessa de lui nettoyer sa plaie.

— Je pensais que les circonstances étaient seules responsables de la situation.

Il se contenta de hausser les épaules sans la quitter du regard. Ses yeux tombèrent alors sur le *kransen* écrasé qui enserrait encore l'un de ses poignets. Il lui attrapa aussitôt le bras pour lui enlever ce qui restait des entraves qu'il avait façonnées à la hâte, puis, prenant son courage à deux mains – peut-être parce qu'il venait de lui sauver la vie pour la deuxième fois –, il ne relâcha pas son emprise et fit glisser ses doigts sur les marques qu'elles avaient laissées sur sa peau.

— Je me disais que cela devait vous gêner et pouvait même éventuellement vous blesser, précisa-t-il pour justifier son geste. Je suis désolé d'avoir abîmé votre *kransen*.

Il savait que ces anneaux de métal que portaient les jeunes femmes danoises symbolisaient leur virginité et que ceux-ci étaient remplacés par une couronne le jour de leurs noces. Il se sentit tout à coup terriblement coupable de l'avoir endommagé.

— Ne vous en faites pas, dit-elle d'une voix douce, je n'y tenais pas particulièrement. Je vous remercie sincèrement de m'avoir sauvée des griffes de ces brutes, Ash.

— Je n'ai fait que mon devoir.

— Je ne partage pas votre avis. Bien des hommes auraient pris la poudre d'escampette. Du reste, il me semblait vous avoir entendu dire que vous n'approuviez pas ceux qui se font justice eux-mêmes ?

Elle sourit, répétant les paroles qu'il lui avait tenues deux jours plus tôt lors du banquet nuptial.

Il lui lâcha alors les poignets à regret. Tandis qu'elle se remettait à la tâche, il prit une profonde inspiration pour juguler l'inconfort ressenti.

— Et comment expliquez-vous l'étrange réaction que tous ces hommes ont eue lorsque vous leur avez dit qui vous étiez ? demanda-t-elle sans lever les yeux vers lui. Pourquoi ont-ils eu ce mouvement de recul, Ash ?

— Vous avez donc eu la même impression… Je ne me l'explique pas vraiment. Mais quelque chose me dit que nous trouverons une réponse à cette question dès notre arrivée à Braewood.

Qu'est-ce que son père avait bien pu fabriquer pendant son absence ? Quel trouble parvenait-il encore à semer depuis la chambre où il était alité ?

— Je vous ai observé tout à l'heure. Vous ne savez peut-être pas à quel point vous ressemblez aux Danois lorsque vous combattez. On dirait que vous n'avez peur de rien. Comment cela se fait-il ?

Il la regarda attentivement. Pensait-elle réellement ce qu'elle venait de dire ? *Si seulement elle connaissait la vérité*. Elle était loin de se douter qu'il était terrifié par sa véritable identité. Comment réagirait son entourage s'il découvrait tout ? Cela le hantait depuis toujours. Il pensait sans cesse aux dommages que son secret pourrait causer s'il était divulgué. Son honneur ne s'en remettrait probablement pas. Était-il le monstre que ses parents voyaient en lui ? Tous les Danois n'étaient pas des bêtes, loin de là. Chaque instant passé en compagnie de Svea le lui confirmait. Cela lui faisait un bien fou, d'ailleurs. *Elle* lui faisait un bien fou…

— Ce que vous venez de dire n'est pas tout à fait exact, dit-il d'un ton malicieux. Je dois vous avouer quelque chose, Svea. J'ai très peur de la pluie !

— De la pluie ?

— Oui, acquiesça-t-il en agitant sa chevelure dénouée, parce que cela fait boucler mes cheveux.

Il feignit alors de frissonner de tout son long.

Elle le dévisagea un long moment, l'air incrédule. Puis elle éclata d'un rire cristallin qui le subjugua aussitôt. Cette femme finirait par lui faire perdre la tête.

— Je ne m'attendais pas à ce que vous plaisantiez à un moment pareil. Vous, qui plus est !

— *Moi*, qui plus est ? répéta-t-il en levant un sourcil interrogateur.

Elle haussa les épaules et parut gênée tout à coup.

— Je vous pensais terriblement ennuyeux. Pour ne pas dire hautain… Je vous croyais dépourvu de tout sens de l'humour, pour être honnête.

— Je suis devenu expert dans l'art de la dissimulation, dit-il d'un ton badin.

Elle était loin de se douter de toutes les choses qu'il dissimulait, à vrai dire.

— Puisque nous avons abordé le sujet des cheveux, reprit-il en enroulant une de ses mèches autour de son doigt, je ne me souvenais pas que les vôtres étaient aussi blonds ! Ils ont presque la couleur de l'argent.

Curieusement, elle se laissa faire.

— C'est le savon à base de soude qui les éclaircit, précisa-t-elle d'une voix rauque.

— Cela fonctionne-t-il également sur les cheveux des hommes ? Je me disais que ce serait peut-être une bonne idée de changer de style.

— J'aimerais beaucoup voir cela ! dit-elle en éclatant une nouvelle fois de rire.

Il lui lissa alors les cheveux sur les épaules, plus enhardi que jamais, lui effleurant même le cou du bout des doigts pour découvrir le motif entrelacé qui serpentait sur sa clavicule. Elle avait la peau chaude et incroyablement douce…

— Qu'est-ce que c'est ? demanda-t-il.

Le dessin qui était peint à l'encre noire sur sa peau ressemblait à un frêne gigantesque aux larges racines et aux multiples ramifications. C'était magnifique. Il n'avait jamais rien vu d'aussi beau. Cela faisait des jours, des semaines, même, qu'il mourait d'envie de regarder ce motif d'un peu plus près.

— *Yggdrasil.* C'est ainsi que l'on désigne l'arbre de vie chez les Vikings. Il a de très nombreuses significations. Je l'ai choisi parce qu'il symbolise l'épanouissement. Cet arbre est un des rares capables d'encaisser des coups sans pour autant plier ou se rompre.

— Je l'aime bien.

— Je l'ai fait moi-même. Au départ, je peignais des motifs sur ma peau afin de trouver l'apaisement. Puis peu à peu, je me suis mise à apprécier le côté créatif de la chose. Des connaissances m'ont ensuite demandé de faire de même sur leur corps. Des motifs liés à leurs croyances ou à leur personnalité.

Il hocha la tête, lui prit doucement le poignet puis lui remonta légèrement la manche pour découvrir les autres dessins qui lui recouvraient la peau.

— Et celui-ci ? Que signifie-t-il ?

— C'est le heaume de Awe. Il protège ceux qui le portent contre l'abus de pouvoir. Il m'aide également à apprivoiser ma peur.

Son sourire s'effaça brutalement.

— Quelqu'un vous a-t-il fait du mal, Svea ? demanda-t-il en gardant le poignet de celle-ci au creux de sa main.

— Oui… Disons que j'ai vécu une très mauvaise expérience. Il y a bien longtemps déjà.

Il se mit à caresser sa peau délicate du bout du pouce. Avec respect.

— Quel genre de mauvaise expérience ?

Elle leva la tête et planta ses yeux dans les siens.

— La pire qui soit.

L'estomac totalement retourné, il tendit l'autre main vers sa joue, qu'il lui caressa avec une infinie douceur.

— C'était Crowe ?

— Oui.

Il étouffa un juron et sentit monter en lui une rage incommensurable.

— Vous avez raison. J'aurais dû vous laisser le tuer lorsque vous en aviez l'occasion.

L'espace d'un instant, elle parut choquée de l'entendre concéder qu'elle avait raison. Puis brusquement, elle tendit le cou et l'embrassa. Un baiser sur la joue si doux et si spontané qu'il les prit tous les deux par surprise. Il eut l'impression qu'elle le remerciait. Comme s'il était enfin de son côté. Et la comprenait.

Elle parut extrêmement troublée tout à coup. Elle se leva d'un bond et fit quelques pas de côté.

Ash n'était pas en reste. Il lui fallut quelques instants pour reprendre ses esprits et songer à remettre sa tunique en place. Peut-être l'avait-elle embrassé pour chasser les sombres pensées qui avaient surgi à l'évocation de son passé ?

Son baiser était-il contagieux ? Ash avait à son tour terriblement envie de l'embrasser et de lui montrer que tous les hommes ne se comportaient pas comme des brutes. Imaginait-elle seulement les douces caresses qu'il pourrait lui prodiguer si elle se laissait un peu aller ?

Une énorme goutte de pluie vint soudain s'écraser sur le sommet de son crâne.

— Formidable ! lança-t-il en se passant la main dans

les cheveux. Va pour les boucles, ajouta-t-il pour détendre un peu l'atmosphère.

Elle lui adressa un petit sourire complice.

— Vous sentez-vous un peu mieux ? demanda-t-elle en désignant sa blessure du menton.

— Oui. On peut dire que vous faites des miracles.

Chapitre 4

Lorsqu'il aperçut la mer au loin, à travers le feuillage des arbres, Ash ressentit un certain soulagement. Leur calvaire allait enfin prendre fin. Mais en voyant tout à coup les trois tours noircies de la forteresse de Braewood se dresser devant eux, il ne put réprimer une grimace. Devait-il considérer le gros nuage noir chargé de pluie qui s'était formé au-dessus du château comme une métaphore de sa propre existence ? Chaque fois qu'il posait les yeux sur cette bâtisse, elle lui rappelait cruellement l'attaque qui avait marqué à jamais ces lieux de son empreinte. Cette forteresse imparfaite était le double de lui-même en quelque sorte. Elle était à la fois imposante et traumatisée par les stigmates de son passé. Pourquoi personne ne s'était-il donné la peine de la restaurer afin de lui redonner son lustre d'antan ?

Arguant qu'il était blessé, Svea lui avait suggéré à plusieurs reprises de prendre sa place et de faire le trajet à cheval et elle à pied, mais il lui avait chaque fois opposé un refus catégorique. Ils finirent néanmoins par trouver un terrain d'entente. Cette fois, elle accepta de partager la monture pour arriver plus rapidement à destination. Elle ne se recroquevilla pas sur elle-même comme l'autre fois et ne vit aucun inconvénient à se retrouver au creux de ses bras. Curieusement, malgré la pluie qui tombait à verse et leurs vêtements complètement détrempés, il se mit à espérer que ce trajet durerait toujours. Dès qu'ils franchiraient les portes de la forteresse, ils n'auraient plus un instant de tranquillité. C'était peut-être la dernière fois qu'il la tenait ainsi dans ses bras. Cette simple pensée lui mit le moral en berne.

Il ne connaissait certes pas les détails sordides de l'agression dont Svea avait été victime, mais cela le rendait malade de savoir que Crowe lui avait fait du mal. Cela expliquait en grande partie la façon dont elle se comportait en présence des Saxons. Il comprenait également pourquoi elle arborait constamment un air aussi revêche. Il avait tellement envie de la protéger à présent. Et de s'occuper d'elle. Et plus encore… Le tendre baiser qu'elle lui avait déposé sur la joue un peu plus tôt l'avait totalement pris au dépourvu. Cela avait également éveillé chez lui un immense espoir. Elle ne le considérait peut-être plus comme une véritable brute. Mais il se faisait probablement des idées. Que pouvait-il lui inspirer dans l'état lamentable dans lequel il se trouvait ? Sale, débraillé, contusionné, il devait paraître plus intimidant que jamais.

Les habitants de Braewood le reconnaîtraient-ils seulement ? Lui qui veillait toujours à avoir une présentation impeccable et s'efforçait d'arborer les signes distinctifs d'un homme de haut rang pour donner l'illusion qu'il était un véritable lord saxon et se fondre ainsi dans le paysage… Ils ouvriraient des yeux ronds en voyant sa cotte de mailles déchirée et d'une saleté repoussante, ainsi que ses cheveux dénoués qui lui retombaient sur les épaules. Sans parler de sa barbe qu'il taillait toujours parfaitement d'ordinaire… Alors pourquoi se sentait-il plus libre que jamais ?

Jamais il n'avait autant ressemblé à un Danois. Son père n'apprécierait guère son apparence et ne se gênerait pas pour lui faire des remontrances.

Aethelbard Stanton avait établi le camp de Braewood dans l'enceinte d'une ancienne ville romaine et avait concentré toute son attention sur les hauts murs qui entouraient la forteresse. C'était le projet de toute une vie. Une véritable obsession, même. « Les fortifications de Braewood doivent être infranchissables ! », voilà ce que son père répétait en boucle depuis toujours. Au cas où les Vikings les attaqueraient *de nouveau*.

Alors qu'ils s'approchaient de l'entrée principale, Ash remarqua une certaine agitation. Quelque chose ne tournait pas rond. Pourquoi y avait-il tous ces gens éparpillés un peu partout ? Pressés les uns contre les autres sous des abris de fortune adossés aux murs d'enceinte censés les protéger de la pluie, tremblant de froid, ils faisaient de leur mieux pour attiser les feux souffreteux qui semblaient ne réchauffer personne.

— Que se passe-t-il ici ? murmura-t-il.

Il se sentit au bord de l'épuisement tout à coup. Rien de très étonnant, après toutes les embûches qu'ils avaient rencontrées au cours de leur trajet. La pluie n'avait pas cessé de tomber toute la matinée, par ailleurs. Ils étaient tous les deux trempés jusqu'aux os et grelottaient de froid. Il commençait à s'inquiéter pour Svea. Elle devait absolument se réchauffer devant un feu de cheminée et prendre un bon repas chaud.

En voyant la cohorte de gens agglutinés aux portes de la forteresse, il ralentit l'allure du cheval. Risquaient-ils de se faire malmener ? Il hésita un instant à sortir son épée de son fourreau.

— Lord Stanton, soyez le bienvenu ! lança l'homme qui gardait la porte en s'avançant dans leur direction.

Le garde l'avait reconnu ! Ash lui en fut reconnaissant. Il n'aurait pas supporté de devoir décliner son identité pour pouvoir rentrer chez lui.

— Que se passe-t-il, ici ?

— Ce sont tous des Danois, milord. Il en arrive davantage chaque jour. Leur campement a été attaqué et ils ne savent pas où se réfugier.

Il sentit aussitôt Svea se raidir contre lui.

— Ils proposent de travailler aux champs en échange d'un toit et de la nourriture dont ils ont besoin, mais votre père refuse de les laisser entrer. Mais comme ils n'ont nulle part où aller, ils ne veulent pas partir. Il y a des malades et des blessés. Et de très jeunes enfants. Nous ne pouvons malheureusement pas leur venir en aide. Les soldats de Braewood en ont reçu l'interdiction formelle.

Ash hocha la tête pour lui signifier qu'il comprenait la situation. Il observa attentivement les hommes et les femmes qui se serraient les uns contre les autres pour se tenir chaud. Comment pouvait-on laisser dehors des vieillards et des jeunes femmes en train d'allaiter leur bébé ? Son père ne changerait-il donc jamais ? Ce qu'il pouvait être têtu ! Et sans cœur. Comment pouvait-il abandonner ces pauvres gens à leur triste sort ?

Ces derniers ressemblaient étrangement à Svea et aux habitants de Kald. Ils ne présentaient à l'évidence aucune menace. Ils cherchaient simplement une vie meilleure et leur rêve ne s'était hélas pas encore réalisé. Ash prit une profonde inspiration. Il avait le pouvoir de changer le cours des choses. Mais pour cela, il devait aller à l'encontre des ordres iniques que son père avait donnés.

Il fit alors pivoter son cheval pour s'adresser à la foule.

— Mes amis, je suis Lord Stanton de Braewood et vous êtes les bienvenus ici !

Épuisés et transis de froid, les Danois levèrent brusquement la tête dans sa direction, les yeux remplis d'espoir. Le soupir de soulagement que Svea poussa tout à coup lui confirma qu'il faisait le bon choix. Il avait tellement envie de lui faire plaisir !

— Nous allons vous procurer de la nourriture et un abri,

reprit-il d'une voix forte. Je vous demanderai simplement de laisser vos armes à la porte de la forteresse.

Il se tourna alors vers le garde et dit d'une voix tonitruante qui le surprit :

— Ouvrez la porte, je vous prie, et laissez entrer ces gens !

Ash fit un geste de la main pour contenir la foule qui se pressait déjà afin de permettre l'ouverture des énormes portes en bois. Puis il pressa légèrement les flancs de son cheval et pénétra dans l'enceinte de la forteresse. Une fois dans la cour, il sauta à terre et tendit la main en direction de Svea pour l'aider à descendre de cheval. Non seulement elle ne lui fit aucune remontrance, mais elle lui sourit lorsqu'il soutint son regard et garda sa main dans la sienne plus longtemps que nécessaire.

Se remémorant ses obligations tout à coup, il apostropha quelques hommes de Braewood qui se trouvaient non loin de là :

— Ouvrez les greniers où sont entreposées les céréales, je vous prie.

Titubant de fatigue, un flot de nouveaux arrivants se déversa dans la cour. Comme ils semblaient réticents à se départir de leurs épées et leurs arcs, il s'adressa une nouvelle fois à eux :

— Vous serez en sécurité ici, je vous en donne ma parole ! Vous êtes placés sous ma protection. Nous allons vous trouver du travail sur nos terres pour que vous puissiez assurer votre subsistance. Je vais demander qu'on vous prépare immédiatement à boire et à manger.

Il sentit alors une colère incommensurable monter en lui. Son père avait-il complètement perdu la tête ? Ash songeait depuis toujours à renoncer aux terres et au titre qui lui revenaient de droit, par égard pour les habitants de Braewood, mais à présent il doutait que ce soit le bon choix. Il jeta alors un rapide coup d'œil autour de lui pour s'assurer que les préceptes rétrogrades de son père n'avaient pas engendré d'autres désastres. Dès que le vieil homme apprendrait qu'il avait laissé entrer les Danois, il lui tomberait dessus à bras raccourcis. Ash n'avait pas très envie de se lancer dans une nouvelle joute verbale avec son père, mais s'il le fallait…

Il aurait donné cher pour savoir dans quel état d'esprit Svea se trouvait à présent. On ne pouvait pas dire que son père l'avait beaucoup aidé à faire bonne impression.

Cette pensée le surprit. Cela lui importait-il ? Désirait-il que Braewood plaise à Svea ?

Toux ceux auxquels il vint en aide en compagnie de celle-ci leur exprimèrent leur reconnaissance et leur gratitude. Il s'agissait essentiellement de porter les quelques effets personnels des réfugiés les plus affaiblis. Ash donna des instructions pour qu'un grand feu soit rapidement allumé et s'aperçut tout à coup que Svea pansait les plaies des blessés dont personne ne semblait s'occuper. Lorsque la situation se stabilisa un peu, il la tira doucement par le bras pour lui enjoindre de le suivre.

— Je vous remercie infiniment pour ce que vous avez fait, dit-il en désignant l'entrée du château du menton.

— Je n'ai fait que mon devoir, murmura-t-elle.

— Venez, je vais vous faire visiter. Je vais également demander que l'on vous prépare une chambre.

À ces mots, elle se raidit et secoua vigoureusement la tête. En voyant une vive lueur d'inquiétude dans ses yeux, il devina ce qui la tourmentait. L'accueil que son père avait réservé aux pauvres Danois lui avait probablement donné de bonnes raisons de s'enfuir à toutes jambes. Il eut soudain envie de la rassurer. Lui non plus ne s'était jamais senti chez lui à Braewood, alors il comprenait parfaitement ce qu'elle devait ressentir. Les préjugés défavorables que les gens avaient à son encontre le faisaient souffrir depuis sa plus tendre enfance. Alors il ferait tout son possible pour la mettre à l'aise.

— Cela ne sera pas nécessaire, objecta-t-elle d'une voix tremblante. Je vais rester ici avec les autres Danois. Je serai très bien en leur compagnie.

L'idée lui traversa une nouvelle fois l'esprit que Svea n'était pas comme les autres femmes. Elle n'avait rien en commun avec les courtisanes qu'il côtoyait en tant que plus proche conseiller du roi. Ni avec les ladies que son père tenait tant à le voir épouser. Svea n'avait que faire des richesses. Elle se préoccupait à peine de sa propre sécurité ou de son confort personnel, et semblait totalement dévouée au bien-être de son entourage.

Pour autant, il était hors de question de la laisser dormir dehors. Il avait besoin d'elle à ses côtés. Et il se moquait éperdument des commérages qui ne manqueraient pas de circuler.

— Svea, vous êtes mon invitée.

Il glissa alors sa main dans la sienne pour la rassurer, sans se préoccuper d'être vu.

— Votre invitée ? Vous oubliez qui je suis.

— Cessez de vous tourmenter inutilement, dit-il doucement. Venez avec moi.

Svea aurait dû protester. Elle aurait dû rester dans la cour avec les autres Danois et tirer un trait sur tout ce qui s'était passé. Mais dès qu'il avait entrelacé ses doigts aux siens, sa volonté avait plié. Elle s'était laissé faire et l'avait suivi à l'intérieur.

Sa curiosité était piquée, elle devait bien le reconnaître. En visitant la demeure où Ash était né, peut-être le comprendrait-elle davantage ? La forteresse était encore plus imposante qu'elle ne l'avait imaginée. Les murs d'enceinte en pierre étaient si hauts qu'aucun homme ne pouvait les franchir ou les escalader. Quant au donjon qui s'élevait dans les nuages chargés de pluie, il semblait terriblement menaçant. Les trois tourelles en ruine qui le jouxtaient, probablement ravagées par un incendie, y étaient sans doute pour beaucoup.

La bonne flambée qui crépitait dans l'immense cheminée de la grande salle lui rappela aussitôt la salle commune de Kald, avec ses bancs et ses peaux de bêtes disséminées un peu partout. L'atmosphère chaleureuse qui semblait y régner la surprit. Enjolivait-elle les choses, perturbée par la douce chaleur de la main de son hôte qui tenait toujours fermement la sienne ? Même si cela lui coûtait un peu de l'admettre, Ash avait parfois un côté très rassurant. Un sourire radieux aux lèvres, une femme plutôt corpulente s'élança alors vers eux. Ash lui lâcha discrètement la main. Leur proximité physique lui manqua aussitôt.

— Milord, vous êtes revenu ! Quelle agréable surprise ! Bonté divine, mais dans quel état êtes-vous ! Êtes-vous blessé ? Que s'est-il passé ?

— Nous avons fait un voyage plutôt mouvementé, Ellette. Je vous présente, Svea, une amie de Kald.

Svea et Ellette se saluèrent d'un simple signe de tête. Svea sentit les yeux de la femme s'attarder un instant sur sa tenue de guerrière quelque peu malmenée. C'était sans doute quelqu'un à qui rien n'échappait.

— Si nous pouvions nous laver et manger un petit morceau, ce ne serait pas de refus. Quant aux gens qui viennent d'arriver, ils sont littéralement affamés. Auriez-vous l'obligeance de leur faire porter un chaudron de potage bien chaud ?

— Certainement, milord.

— Je suppose que mon père sait déjà que je suis rentré ? Notre arrivée n'est probablement pas passée inaperçue.

— Oui, il est au courant. Et il n'est pas tout à fait ravi

des décisions que vous avez prises, milord, je préfère vous prévenir.

Ash acquiesça, un sourire contrit sur les lèvres.

— C'est bien ce que je pensais.

Il se tourna alors en direction de Svea.

— Par quoi voulez-vous commencer ? Vous laver ou manger ?

Svea n'en crut pas ses oreilles. Ash prenait généralement toutes les décisions sans la concerter ! Les yeux surpris qu'Ellette ouvrit à son tour lui confirmèrent que tout cela n'avait rien d'habituel.

— J'aimerais d'abord me laver, si cela est possible.

Elle mourait d'envie d'ôter son épaisse cotte de mailles et de se débarrasser de son pantalon détrempé.

— Ellette, pourriez-vous lui préparer une chambre ainsi que des vêtements propres ?

— Bien entendu. Suivez-moi, Svea, je vous en prie. Puis-je vous appeler par votre prénom ?

Svea hocha la tête en guise d'assentiment puis suivit Ellette d'un pas hésitant en direction d'un escalier en spirale. Quand retrouverait-elle Ash ? C'était plutôt curieux, mais elle ressentit tout à coup une certaine appréhension à l'idée de le perdre de vue. Il s'était comporté comme un véritable chef en entrant dans la cour du château. Non seulement les instructions qu'il avait données étaient d'une grande clarté, mais l'autorité dont il avait fait preuve avait également suscité le respect et l'admiration de tous. C'était du moins ce qui lui avait semblé.

— Je vous verrai un peu plus tard, dit-il en lui adressant un large sourire.

Elles n'avaient pas gravi deux marches qu'il les interrompit à nouveau.

— Ellette ?

— Milord ?

— Où est-il ?

La femme désigna aussitôt du menton une petite pièce sur la droite.

— Là…

Ellette guida Svea jusqu'à l'extrémité d'un couloir particulièrement étroit puis ouvrit une petite porte sur la droite. En voyant la taille de la chambre qui lui était proposée, Svea écarquilla les yeux. Elle était si vaste comparée à celle qu'elle occupait à Kald ! Un grand lit couvert de fourrures trônait au beau milieu de la pièce. Elle remarqua également une petite table ainsi que la barrique dans laquelle elle allait sans doute prendre son bain. Un seau d'eau fumante dans chaque main, deux servantes entrèrent en trombe dans la chambre. Ellette vint aussitôt à leur secours et toutes les trois remplirent alors la barrique avec précaution sans répandre la moindre goutte d'eau sur le sol.

— Je peux peut-être vous aider, dit-elle timidement.

— Vous n'y pensez pas ! s'écria Ellette.

Terriblement mal à l'aise, Svea se mit à se dandiner d'un pied sur l'autre dans l'encadrement de la porte. Elle n'avait pas l'habitude d'être servie comme une princesse.

Lorsque la porte se referma sur Ellette et les deux servantes, elle laissa échapper un petit soupir de soulagement. Enfin seule ! Voilà des jours que ce n'était pas arrivé. Elle observa la pièce dans ses moindres détails sans oser s'avancer plus avant. Le lit semblait pourtant très confortable et lui tendait littéralement les bras. Elle mourait d'envie de s'y allonger et de permettre à ses membres fatigués de se détendre un peu, mais elle ne put s'y résoudre. Ses vêtements étaient trempés et risquaient de mouiller le lit. Elle savait ce qu'il lui restait à faire. Elle détacha rapidement ses nattes puis ôta ses vêtements sales qu'elle laissa retomber lourdement par terre.

Elle hésita quelques secondes avant d'enjamber timidement la barrique. À Kald, c'était dans la mer qu'elle se baignait. Elle aimait tant sentir les vagues glacées lui fouetter le corps. C'était tellement revigorant ! Une tout autre expérience l'attendait. Enhardie par la douce chaleur qui l'enveloppa tout à coup, elle s'assit tout au fond de la barrique. L'eau chaude se mit à clapoter contre sa peau. Quelle sensation merveilleuse… Ses muscles endoloris se relâchèrent peu à peu.

La tête posée en arrière, le visage émergeant à peine de l'eau, elle se laissa emporter par l'incroyable détente que ce bain chaud lui procura. Ash était-il en train de se laver dans sa chambre lui aussi ? Elle songea alors à l'entaille qui lui avait été infligée à la taille. Pourvu qu'elle cicatrise bien. Elle n'avait pas l'air trop profonde. Il fallait juste la garder parfaitement propre.

Elle se remémora une nouvelle fois le courage dont il avait fait preuve depuis qu'ils avaient quitté Kald. Cet homme était incroyable. Ses pensées s'attardèrent alors sur son corps d'athlète. Du moins sur ce qu'elle en avait entraperçu lorsqu'il avait soulevé sa tunique pour lui permettre de soigner sa plaie. Il donnait l'impression d'avoir été sculpté dans la pierre. Elle n'oublierait pas de sitôt la peau lisse et hâlée de son abdomen qui recouvrait ses muscles saillants. Ces mêmes muscles sur lesquels elle s'était pressée lors de leur long trajet à cheval…

Même si elle avait longuement parlementé avec lui dans l'espoir qu'il accepte de monter à cheval et de la laisser marcher à ses côtés, elle admettait à présent qu'elle avait beaucoup aimé voyager au creux de ses bras. Elle avait éprouvé un tel sentiment de sécurité !

Elle ne se reconnaissait plus. Comment s'y était-il pris pour réussir en l'espace de quelques jours à briser les défenses dont elle s'entourait depuis toujours ?

Elle songea alors au sourire narquois qu'il lui avait adressé le matin même lorsqu'elle l'avait cru endormi et s'extasiait sur ses cheveux ébouriffés.

Une douce chaleur se diffusa une nouvelle fois dans son bas-ventre. Cette nouvelle sensation la laissa interdite. Pourquoi lui faisait-il un tel effet ?

Elle s'empara du savon qui avait été déposé à son intention et le fit lentement glisser sur ses seins. Ses mamelons durcirent aussitôt. Elle se lava ensuite le ventre, puis le bas-ventre et eut tout à coup terriblement envie d'explorer les étranges petits picotements qui s'intensifiaient peu à peu. Elle fit alors lentement glisser ses doigts entre ses jambes en pensant à lui. D'incroyables ondes de désir l'envahirent aussitôt. Ses doigts s'enfoncèrent ensuite dans son sexe.

Ash… Elle aurait voulu qu'il lui caresse à nouveau les épaules ou les cheveux comme il l'avait fait dans la forêt. Elle pressa alors un doigt sur le minuscule renflement qui sembla palpiter tout à coup. La tête totalement rejetée en arrière, elle ouvrit davantage les cuisses puis se prodigua des caresses plus appuyées, se délectant des vagues de plaisir qui se mirent à lui inonder le corps. Elle accéléra doucement la cadence alors qu'un flot d'images se déversait dans sa tête. Ses cuisses pressées contre les siennes. Ses fesses qui lui frôlaient l'entrejambe. Ses grands yeux noirs fixés sur elle…

Un petit coup frappé à la porte la tira brusquement de ses rêveries.

Sous le choc, elle se redressa brusquement. Que diable était-elle en train de fabriquer ?

Les joues rougies, le cœur battant, elle s'essuya le visage du revers de la main.

— Oui, dit-elle d'une voix étouffée.

— Ce n'est que moi, Svea.

C'était Ellette.

— Je vous apporte des vêtements propres. Est-ce que je peux entrer ?

Svea replia instinctivement ses genoux contre sa poitrine. Elle n'avait pas l'habitude de se montrer nue et était extrêmement pudique. À Kald, elle s'assurait toujours qu'il n'y ait personne à des milles à la ronde avant de se baigner en mer.

— Oui.

Ellette entra dans la chambre et déposa une robe sur le lit. À peine avait-elle pénétré dans la pièce qu'elle avait aussitôt détourné le regard. Cette femme transpirait la gentillesse et la bonté.

— Voilà pour vous, ma belle. N'hésitez pas à m'appeler si vous avez besoin de quoi que ce soit. Vous pourrez descendre lorsque vous serez prête.

Ellette n'avait pas sitôt refermé la porte derrière elle que Svea bondit hors de l'eau. Qu'est-ce qui lui avait pris ? Depuis quand s'enflammait-elle ainsi et se mettait-elle à rêver d'un homme ? Un Saxon, pour couronner le tout !

Elle trouva un peigne sur la petite table et se coiffa les cheveux avec une certaine rudesse, consternée par sa conduite éhontée. Jusqu'alors, elle avait toujours considéré son corps comme quelque chose qu'il fallait nourrir et dont elle se servait pour faire la démonstration de sa force, rien d'autre. Son corps avait été utilisé par des brutes sans son consentement et elle n'oublierait jamais le mal que ces hommes lui avaient fait. Que son corps puisse lui procurer le moindre plaisir ne lui était simplement jamais venu à l'esprit. C'était la première fois qu'elle se caressait ainsi. Jusque-là, elle n'en avait pas éprouvé le désir.

Le disque de métal poli qui se trouvait sur la table lui fut bien utile pour se tresser de nouvelles nattes. À Kald, il lui fallait nécessairement une bassine remplie d'eau pour pouvoir observer son reflet. Il lui faudrait s'en procurer un avant de rentrer chez elle. Lorsqu'elle aperçut ses joues rosies et ses yeux brillants, elle se reconnut à peine. Qui était donc cette femme ?

Soulevant délicatement la robe en soie violette qui lui avait été apportée, elle admira la douceur du tissu et fit glisser ses doigts le long des coutures admirablement réalisées. Elle enfila sans peine le jupon, puis la tunique brodée qui s'ajusta parfaitement à sa morphologie. Elle n'avait encore jamais porté de vêtements aussi sophistiqués. Ils étaient si beaux ! Elle caressa un instant l'idée de remettre sa tunique et ses chausses en laine, mais elle ne les trouva nulle part. Ellette les avait sans doute ramassées pour les faire laver. Laissant échapper un profond soupir, elle rassembla le tissu soyeux au niveau de sa taille à l'aide d'une ceinture dorée, puis observa son reflet dans le cercle de métal brillant.

D'ordinaire, elle évitait les vêtements qui soulignaient son décolleté ou marquaient sa taille. Elle avait fait une seule exception pour les noces de son frère. Anne le lui avait expressément demandé et Brand l'avait ensuite suppliée de porter une jolie robe pour faire plaisir à son épouse. Elle masquait généralement ses formes sous des vêtements d'inspiration masculine qu'elle se confectionnait elle-même. Mais elle n'était pas très douée en couture, il fallait bien le reconnaître.

Elle passa nerveusement les mains dans les plis de sa robe. Que penserait Ash en la voyant vêtue de la sorte ? Et pourquoi cela lui importait-il ?

Alors qu'elle descendait avec précaution l'escalier en spirale, elle sentit une inquiétude sourde monter en elle. Ne pas savoir ce qui l'attendait en bas lui mit les nerfs en pelote. Allait-elle dîner en tête à tête avec Ash ? Ou prendraient-ils au contraire leur repas en compagnie des Danois dans la grande salle ? C'était ainsi que les choses se seraient passées à Kald. Tout le monde se retrouvait pour le repas du soir. C'était l'occasion de prendre des nouvelles et de se raconter sa journée. Braewood semblait d'un calme étonnant en comparaison.

À peine eut-elle posé le pied sur la dernière marche de l'escalier qu'elle entendit des éclats de voix. Elle s'immobilisa aussitôt et tendit l'oreille. C'était Ash et un homme à la voix grave qu'elle ne connaissait pas. Elle recula de quelques pas pour ne pas être vue.

— Eh bien, elle n'est plus là, que je sache ! Et ce n'est plus elle qui décide ! hurla Ash avant de claquer la porte derrière lui et de s'élancer dans le couloir.

Elle le vit se passer la main dans sa chevelure mouillée avant de rentrer en trombe dans la grande salle en étouffant des jurons.

C'était la première fois qu'elle l'entendait élever ainsi la voix. Il était toujours si calme et si mesuré ! Qu'est-ce qui l'avait mis dans une colère pareille ? Ou plutôt *qui*, aurait-elle dû dire. Son père, sans nul doute. Pourquoi ne parvenaient-ils pas à s'entendre ? Elle, elle aurait donné cher pour passer ne serait-ce qu'une journée en compagnie du sien. Il lui manquait tellement ! La peine s'était quelque peu émoussée au fil du temps – Brand l'y avait aidée –, mais elle n'oublierait jamais quel homme formidable il avait été. Ash ne voyait-il pas son père de la même manière ? Et pour quelle raison lui en voulait-il, dans ce cas ?

Elle attendit quelques instants avant de sortir de sa cachette et de pénétrer dans la grande salle. Ash était assis devant la cheminée centrale et se réchauffait les mains devant les flammes, visiblement perdu dans ses pensées. Une très grande table en bois qui pouvait accueillir une trentaine de personnes avait été dressée pour deux. De toute évidence, la personne avec laquelle Ash s'était disputé ne se joindrait pas à eux.

Un dîner en tête à tête ? Ce n'était pas plus mal. Elle le voulait rien que pour elle.

Penser à la nourriture qui allait bientôt leur être servie lui fit gargouiller l'estomac tout à coup. Ash leva aussitôt la tête en l'entendant. En voyant son visage s'illuminer, Svea sentit son cœur cogner fort contre sa poitrine. Ses yeux sombres se plantèrent alors dans les siens puis la dévisagèrent sans scrupule de pied en cap. Svea reconnut d'emblée l'onde de chaleur qui se répandit dans son bas-ventre.

Elle se remémora les sensations délicieuses qu'elle avait éprouvées en prenant son bain et ne put réprimer un long frisson. Que ressentirait-elle si c'était Ash qui glissait ses doigts en elle ? Les joues de Svea s'enflammèrent à cette pensée érotique. Quel sort lui avait-il jeté ? Elle n'avait encore jamais imaginé de telles scènes ! Ash lui donnait envie de connaître des plaisirs qu'elle ne partagerait probablement jamais avec lui.

En temps normal, elle n'aurait pas porté la robe ajustée qu'elle avait revêtue et aurait rapidement détourné le regard. Pourtant, malgré tous ses efforts, elle ne put s'y résoudre. De toute évidence, Ash exerçait un étrange pouvoir sur elle. Il avait soigneusement tiré ses cheveux noirs en arrière et s'était taillé la barbe. Débarrassé de son armure, habillé de vêtements propres qui lui sculptaient le corps, il était d'une beauté à couper le souffle. Cette prestance désinvolte la fascina. L'hypnotisa, même.

Rompant le sortilège qu'il lui avait lancé un instant plus tôt, il se leva et s'avança vers elle pour l'accueillir.

— Svea, vous êtes…

— Habillée en femme ? acheva-t-elle, se privant volontairement du compliment qu'il avait au bout des lèvres.

— Vous m'ôtez les mots de la bouche, murmura-t-il en lui lançant un sourire diabolique.

— Je dois reconnaître que je n'ai pas l'habitude de revêtir des habits aussi raffinés.

— Ils vous vont très bien.

Il la dévisagea une nouvelle fois de la tête aux pieds mais, curieusement, elle ne s'en offusqua pas. D'ordinaire, elle faisait pourtant tout ce qui était en son pouvoir pour éviter le regard des hommes.

— À ravir, même, ajouta-t-il quelques secondes plus tard.

Alors que ses yeux la détaillaient de manière possessive, les paroles qu'il avait prononcées lors de l'altercation avec les Saxons lui revinrent alors en mémoire avec un certain plaisir. « Cette fille est à moi. »

— À qui appartiennent ces vêtements ? demanda-t-elle d'une voix rauque.

— C'est ma mère qui les portait.

— Je suis honorée, dans ce cas, dit-elle en lissant sa jupe. Elle avait très bon goût.

À ses mots, il fronça les sourcils. Avait-elle commis un impair en parlant de sa mère ?

— Et si nous passions à table ? annonça-t-il brusquement. J'ai l'impression que votre estomac crie famine !

En le voyant tirer un banc en bois pour l'inviter à s'asseoir, elle ne put s'empêcher de sourire. Les hommes ne se donnaient généralement pas cette peine.

À peine furent-ils installés de part et d'autre de la table que la porte s'ouvrit brusquement. C'était Ellette qui leur apportait du pain et un bol de ragoût agrémenté de légumes. Comme il sentait bon !

— Mangez, je vous en prie.

Svea hocha la tête mais ne toucha pas à la nourriture pour autant. Comment pouvait-elle avoir l'estomac noué alors qu'elle était affamée quelques instants plus tôt ? Assise face à cet homme très séduisant dans cette immense salle ornée de trophées de chasse, de boucliers et éclairée par un nombre incalculable de bougies – sans parler de tous les barils de bière empilés contre les murs –, elle se sentit terriblement nerveuse. Tout lui sembla irréel tout à coup.

Les émotions qui l'agitaient lui avaient sans doute détraqué l'appétit.

— Où sont les autres ? demanda-t-elle. À Kald, la grande salle est pleine de monde tous les soirs.

— La plupart des habitants mangeront un peu plus tard. Ils sont tous aux champs à l'heure qu'il est. C'est la période des moissons. D'autres sont sur les remparts ou dans leurs fermes. Nous ne festoyons guère ici. Mon père n'est pas du genre à réunir du monde autour de sa table.

— C'est son droit le plus strict, mais cela ne le dérange-t-il pas d'avoir une aussi grande salle sans l'utiliser ? Et vous, êtes-vous heureux d'être rentré chez vous ?

— D'une certaine manière, dit-il en jouant avec sa nourriture. Que pensez-vous de la forteresse de mon père, Svea ?

— Elle est très impressionnante.

— Mais pas très accueillante, n'est-ce pas ? C'est bien ce que je croyais… Nous sommes seuls, vous pouvez exprimer votre point de vue en toute sincérité, ajouta-t-il en faisant la grimace.

— Je ne partage pas votre point de vue, Ash. Ellette s'est montrée charmante avec moi. Trop gentille, même. Mais il est vrai que le château semble bien vide.

Elle eut soudain un pincement au cœur en pensant à Kald et à ses amis. La forteresse de Braewood était immense, mais la plupart des gens n'y entraient pas et restaient à l'extérieur. Quelque chose ne tournait pas rond. Une image lui vint soudain à l'esprit, celle d'un corps auquel il aurait manqué l'essentiel : un cœur qui battait.

— Les choses ont toujours été ainsi, dit-il d'un ton désabusé.

— Ne désirez vous pas les faire changer ?

En voyant son visage s'assombrir, elle regretta de ne pas avoir choisi ses mots avec davantage de précaution.

— C'est mon père qui prend les décisions ici. Malgré

la maladie qui le ronge un peu plus chaque jour, il reste le maître de ces lieux.

— C'est pourtant vous qui avez pris la décision de laisser les Danois entrer, aujourd'hui.

— Il se pourrait que je regrette mon intervention.

— Vous ne pouviez tout de même pas laisser ces gens mourir de froid devant les portes de la forteresse ! Vous savez bien que l'hiver va bientôt s'abattre sur la région. Ils étaient affamés et parfois blessés. Vous avez pris la bonne décision, Ash, croyez-moi.

— Mon père n'est pas de cet avis ! Il n'a pas supporté que j'aille à l'encontre des ordres qu'il avait donnés.

C'était donc bien avec son père qu'elle l'avait entendu se disputer avant le dîner.

Ellette vint débarrasser la table quelques minutes plus tard. Par habitude, Svea se leva pour l'aider à rassembler la vaisselle.

Ash l'observa d'un regard amusé.

— Ça va aller, Svea, je vais m'en charger, assura Ellette. Asseyez-vous.

— Vous m'intriguez, dit-il en lui adressant un petit sourire moqueur. Allez-vous une fois encore vous essuyer la bouche du revers de la main ? Ou jouiez-vous simplement un rôle le jour des noces de votre frère ?

Svea sentit ses joues s'empourprer. Elle n'était pas fière de la manière dont elle s'était comportée ce jour-là. Une question la tarauda tout à coup. Si elle lui manquait une nouvelle fois de respect, cesserait-il de la regarder avec ces yeux fiévreux ? Elle était divisée sur le sujet. D'un côté, elle se réjouissait du jeu de séduction qui s'était progressivement installé entre eux, mais d'un autre, il lui arrivait d'avoir envie de prendre ses jambes à son cou.

Les bras chargés d'une belle tarte encore fumante, Ellette

revint à point nommé dans la grande salle, rompant ainsi la tension qui s'était dressée entre eux.

— La meilleure tarte aux mûres de Braewood, milord ! J'espère que vous allez vous régaler.

Encore des mûres ! Svea écarquilla les yeux sous l'effet de la surprise.

— Bon appétit, dit Ellette en servant une large part à Ash.

— Merci, Ellette. Elle a l'air délicieuse, déclara-t-il, les yeux rivés sur la tarte.

— Les mûres ont été cueillies ce matin même.

En voyant Ash se pincer les lèvres, Svea ne sut que penser. Trouvait-il lui aussi la situation très cocasse ?

— Régalez-vous, dit Ellette en lui servant à son tour une bonne part avant de sortir d'un pas pressé.

À peine avait-elle refermé la porte derrière elle qu'il planta les yeux dans les siens et partit d'un petit rire nerveux. Un rire terriblement contagieux. Un fou rire incontrôlable les secoua alors tous les deux.

— Qu'est-ce qui vous prend ? demanda Ellette quelques instants plus tard en apportant une carafe d'eau.

Cette remarque ne fit qu'empirer les choses.

Svea sentit des larmes lui couler le long des joues. Elle avait sans doute besoin de se libérer un peu des tensions accumulées ces derniers jours. Cette histoire de tarte ne pouvait pas mieux tomber. Même si elle ne mangerait peut-être plus jamais de mûres après la quantité de baies qu'elle avait avalée en l'espace de quelques heures pour calmer son estomac affamé !

Le sourire aux lèvres, Ash parut se détendre tout à fait. Elle lui rendit aussitôt son sourire. C'était un si bel homme. Et il l'avait traitée avec une telle gentillesse. Elle avait honte de la façon dont elle lui avait parlé pendant le repas de noces. Elle lui avait tellement manqué de respect. Et lui, il lui avait sauvé la vie. À deux reprises ! L'existence réservait bien des surprises. Voilà qu'elle plaisantait avec celui qu'elle considérait encore comme son ennemi juré quelques jours plus tôt.

L'embuscade lui revint alors en tête. Submergée par un terrible sentiment de culpabilité, elle but une bonne gorgée pour se calmer. Comment pouvait-elle rire à gorge déployée alors que ses amis étaient actuellement en proie à de terribles souffrances ?

— J'ai demandé à Ellette de s'occuper de vous pendant mon absence, indiqua-t-il en se penchant vers elle, l'air grave tout à coup.

— Votre absence ?

Cette information lui passa aussitôt l'envie de plaisanter. Il était hors de question qu'elle reste seule à Braewood.

— Je vais me rendre dans tous les bourgs environnants. Leurs chefs m'ont promis de me fournir des hommes si le roi ou si Braewood en avait besoin un jour. Les soldats partis de Rainhill que nous avons croisés en route sont passés ici. Mon père les a nourris et a accepté d'envoyer des hommes pour apporter son soutien à Crowe. Inutile de vous dire que cette histoire risque de se retourner contre nous.

Svea en eut le souffle coupé.

— Vous parlez des hommes qui ont essayé de vous tuer ?

Il pinça les lèvres.

— Exactement. Mon père et moi nous sommes copieusement querellés à ce propos. Je ne laisserai pas Braewood s'associer avec ceux qui combattent la Couronne. Ou les Danois.

Ses mots lui redonnèrent un peu espoir. Ash semblait malgré tout préoccupé par la réputation de Braewood. Et même si cette forteresse appartenait encore à son père, il était prêt à se battre pour faire avancer les mentalités.

— Je comprends mieux pourquoi ces brutes ont frémi lorsque vous leur avez annoncé qui vous étiez. Ils se doutaient bien que vous vous opposeriez à votre père dès votre arrivée à Braewood. Ils savent sans doute également que vous êtes le bras droit du roi et qu'ils pourraient être pendus pour trahison.

— En effet.

Il recula soudain le banc sur lequel il était assis et se leva lentement.

— Il est temps pour moi d'aller rallier les troupes. J'espère pouvoir réparer les dommages que mon père a créés avec nos alliés en soutenant ceux qui se sont injustement soulevés contre le roi.

— Maintenant ?

La détermination dont il faisait preuve pour tenter de secourir leurs hommes lui fit chaud au cœur.

— J'ai bien conscience qu'il nous reste peu de temps pour intervenir.

— Je viens avec vous, dans ce cas, déclara-t-elle en se levant à son tour. Je vais me changer.

— Non, pas cette fois, dit-il avec brusquerie.

— Mais…

— Svea, je suis désolé, mais cela n'aidera probablement pas notre cause, ajouta-t-il en lui lançant un regard plein de sous-entendus.

— Vous refusez que je vienne avec vous ?

Une douleur inattendue vint alors lui transpercer le cœur. S'était-elle trompée sur toute la ligne ?

— Je pensais que nous étions dans le même bateau, dit-elle d'une voix dépitée.

— Nous le sommes, Svea ! Mais la situation est délicate, vous en conviendrez avec moi. Si je me montre en votre compagnie, cela pourrait singulièrement influencer l'opinion de ceux que je veux convaincre, voire altérer les décisions qu'ils pourraient prendre. Je sais bien que cela ne devrait avoir aucune importance, mais c'est malheureusement ainsi que les choses risquent de se passer. Les hommes que je veux rallier à notre cause doivent absolument comprendre qu'il s'agit d'une guerre entre Saxons. Vous me trouvez sans doute un peu abrupt avec vous, mais j'aimerais que vous compreniez que le contexte est particulier.

Elle hocha la tête pour lui signifier que ses explications lui convenaient. Elle savait bien qu'être vu en compagnie d'une Danoise pourrait en rebuter plus d'un. N'avait-elle pas réagi ainsi lorsque Kald s'était aligné sur Termarth ? Elle lui était reconnaissante de lui divulguer ce qu'il avait en tête, de l'y associer même, mais en vérité, elle ne voulait tout simplement pas qu'il s'en aille. Se retrouver seule dans cette forteresse saxonne la terrifiait.

— Du reste, je me sentirais bien mieux en vous sachant en sécurité ici, ajouta-t-il d'une voix douce.

Il contourna la table et prit sa main dans la sienne.

— Quant à désirer vous avoir à mes côtés, je pense que vous savez désormais au fond de vous que tel est bien le cas…

Svea sentit sa gorge se nouer sous le coup de l'émotion. Elle entrouvrit alors les lèvres pour parler, mais aucun son ne sortit de sa bouche.

Il lui prit le menton entre ses doigts.

— Je serai de retour demain. Avant la tombée de la nuit, avec un peu de chance.

— Vous n'avez même pas pris le temps de laisser votre blessure cicatriser un peu, dit-elle dans un murmure.

Il se pencha vers elle pour lui déposer un tendre baiser sur le front, une main négligemment posée sur son dos, ce qui la fit aussitôt frissonner.

— Ne vous inquiétez pas pour moi, Svea.

Il se trompait lourdement. Elle allait se ronger les sangs pendant toute son absence.

Ash et ses hommes venaient à peine de quitter la forteresse. Elle n'allait tout de même pas déprimer toute la journée et se répéter en boucle qu'il aurait dû accepter de l'emmener avec lui ! Ou qu'elle n'avait pas d'ordre à recevoir de lui et aurait pu le suivre.

Svea avait une idée en tête. L'envie d'aller voir l'océan qui longeait les côtes de Braewood la tenaillait depuis son réveil. Aussi enfila-t-elle la cape qu'Ash lui avait prêtée et qui avait fini de sécher près du feu, avant d'emprunter un sentier abrupt qui descendait le long d'un escarpement et débouchait sur la plage de sable. La cape portait son odeur. Une odeur musquée et boisée. Elle eut aussitôt un pincement au cœur. Il lui manquait déjà. Elle avait passé tant de temps en sa compagnie que son absence lui parut quelque peu irréelle.

Avec sa forteresse à flanc de falaise, Braewood était un très bel endroit. La plage était quant à elle plus grande et plus sauvage que celle de Kald. Elle eut soudain terriblement envie de plonger dans les vagues et de se débarrasser de toutes ses peurs en allant nager. Ces derniers jours avaient été si mouvementés… Mais les femmes avaient-elles le droit de se baigner à Braewood ? Elle n'en avait pas la moindre idée. Et elle se garderait bien d'attirer l'attention sur elle. Tout particulièrement durant l'absence de son protecteur.

Elle devrait sans doute se contenter d'une balade sur la plage. Elle délaça alors ses bottes, planta ses orteils dans le sable froid, les yeux rivés sur l'horizon, et observa les oiseaux marins qui s'élevaient dans le ciel puis effectuaient un vol stationnaire au-dessus de la mer avant de plonger brusquement dans l'eau pour y capturer leurs proies.

Son frère lui manquait. Où était-il à l'heure qu'il était ? Elle espérait de tout cœur que sa lune de miel se passait sans encombre. S'il apprenait ce qui était arrivé depuis son départ, il n'en croirait sans doute pas ses oreilles. Comme elle avait changé, de son côté ! Elle n'était plus celle qui avait accueilli la nouvelle de son mariage avec un mépris à peine dissimulé. Elle commençait même à se dire que s'attacher à un homme pouvait être plaisant. Enfin, pas à n'importe quel homme…

Ash la hantait. Pourquoi donc lui faisait-il un tel effet ?

Elle comprit tout à coup qu'elle n'avait jamais réellement affronté les événements tragiques qui lui étaient arrivés autrefois à Termarth. Elle avait passé des années à rêver de la façon dont elle pourrait se venger de Lord Crowe et se complaisait en quelque sorte dans la colère qui l'animait. Mais lorsque cet homme infâme avait enfin été mis derrière les barreaux, elle n'avait pu se résoudre à tourner la page et n'avait pas réussi à affronter les sentiments qu'elle éprouvait. Elle n'en avait pas parlé à Brand ni à aucun autre habitant de Kald parce qu'une honte indicible l'en empêchait et parce qu'elle ne voulait surtout pas leur causer la moindre peine.

Il lui parut tout à coup essentiel de partager avec quelqu'un ce terrible poids qu'elle avait sur le cœur. À l'évidence, elle passait à côté de certains plaisirs de l'existence. Et même si elle appréciait la vie qu'elle menait à Kald, elle n'était pas aussi heureuse qu'elle aurait pu l'être. N'en avait-elle pas le droit comme tout un chacun ?

Les pieds dans l'eau glacée qui s'écrasait avec fracas sur le rivage, elle parcourut toute la longueur de la plage, admirant au passage les différentes formations rocheuses ainsi que les algues qui parsemaient le littoral. Puis elle se mit à chercher de jolis coquillages qu'elle pourrait emporter chez elle en souvenir de ce lieu magnifique, lorsqu'elle tomba par hasard sur quelque chose d'un peu tranchant qui attira son attention dans le sable argileux. Elle s'agenouilla, le nettoya dans les vagues d'eau salée, sans se soucier du bas de sa robe qu'elle risquait fort de mouiller, et l'étudia attentivement.

Cela ressemblait à une dent. Une dent de lion de mer. Ces grandes bêtes aux nageoires d'un noir profond qui bondissaient régulièrement hors de l'eau la fascinaient. Pour son peuple, leurs dents étaient un symbole de protection. Quelle chance elle avait d'avoir trouvé ce trésor ! Elle le glissa dans la garniture de sa robe. Elle en ferait peut-être un collier qu'elle donnerait à Ash à son retour. Si quelqu'un avait besoin de protection, c'était bien lui. Et il l'avait bien mérité après tout ce qu'il avait fait pour elle.

Pourquoi Ash avait-il quitté un endroit aussi magnifique ? Il ne s'entendait pas avec son père, certes, mais lui avait-il dit toute la vérité à ce sujet ? Lors de leur arrivée dans la forteresse, toutes les têtes s'étaient tournées vers lui. Les gens semblaient le respecter, Saxons et Danois. Pour quelle raison renâclait-il à prendre la place qui lui était naturellement dévolue ? Beaucoup en auraient rêvé ! La forteresse de Braewood égalait presque le château du roi à Termarth. Cela donnait une idée du pouvoir que son titre conférerait bientôt à Ash.

Elle songea alors à la vie qu'elle menait à Kald. Elle balayait le sol, s'occupait du bétail et entraînait les fermiers au combat tandis que Brand et ses hommes fabriquaient des bateaux ou édifiaient des fortifications. C'était une vie dure mais gratifiante. À quoi la lady d'une telle forteresse saxonne passait-elle ses journées ? À sa place, Svea préférerait avoir de multiples occupations et participer aux tâches collectives. Elle n'aimerait pas avoir des domestiques à son service ni passer ses journées à coudre. Elle aurait envie de se promener dans les environs, d'aller nager, de chasser, de travailler la terre. Faire toutes les choses qu'elle faisait à Kald finalement, mais à une plus grande échelle.

Pourquoi réfléchissait-elle à cette question, au juste ? Avait-elle complètement perdu la tête ? Ash ne lui avait-il pas confié de surcroît qu'il ne se marierait jamais ?

Une fois rentrée au château, elle se mit à explorer les couloirs labyrinthiques ainsi que les pièces sombres et secrètes qui jouxtaient la grande salle. Malgré les réserves qu'elle avait émises à son arrivée, elle se sentait en sécurité à Braewood. Il n'en demeurait pas moins très étrange de se trouver là pendant l'absence de son hôte. Elle aurait tellement aimé qu'il lui fasse visiter les lieux, et se délecter de ses commentaires pleins d'esprit !

Le nombre incalculable de jarres et de victuailles en tous genres dans la pièce qui servait de garde-manger la cloua sur place. À Kald, la quantité de nourriture qu'ils avaient à leur disposition était bien limitée. Elle découvrit ensuite une petite chapelle où les Saxons devaient sans doute aller prier. De son côté, c'était dans une église à ciel ouvert qu'elle se recueillait à Kald. Elle se rendait généralement dans les bois ou sur la plage. C'était là qu'elle se sentait proche de ses dieux.

Lorsqu'elle tomba par hasard sur l'armurerie, elle admira un long moment les innombrables épées, les lances et les arcs. Elle aurait voulu tous les essayer. Elle referma rapidement la porte pour ne pas céder à la tentation. Mais plus elle parcourait les moindres coins et recoins de la forteresse, plus elle avait envie d'en apprendre davantage sur l'homme qu'elle commençait à beaucoup apprécier. Et encore, apprécier était sans doute un euphémisme…

Puis elle pénétra dans une petite bibliothèque dans laquelle se trouvait un nombre impressionnant de livres et de rouleaux. Elle aurait tellement aimé savoir lire ! Elle se contenta d'étudier les couvertures incrustées de pierreries et les illustrations à l'intérieur, faisant glisser ses doigts sur le parchemin délicat. Elle s'arrêta sur une page un instant. Même s'il était flanqué de quatre tours et non de trois, elle reconnut le fort de Braewood aussitôt. Il y avait également des dessins d'une très belle femme. Peut-être s'agissait-il de Lady Stanton ?

Mais à mesure qu'elle tournait les pages, les illustrations se faisaient de plus en plus sombres. Des incendies. Des guerriers qui s'en prenaient aux habitants. Ces assaillants attirèrent aussitôt son attention. Ils avaient la peau ornée de motifs, et les bateaux derrière eux ressemblaient beaucoup à des drakkars. En découvrant des images de corps empilés les uns sur les autres, elle eut la nausée tout à coup. La mort paraissait omniprésente.

Elle referma violemment le livre, le sang glacé dans ses veines. Des Danois avaient-ils attaqué la forteresse de Braewood ? Cela aurait expliqué les dommages que le bâtiment avait subis et le ressentiment que les habitants éprouvaient à l'égard de son peuple. Elle se remémora alors la conversation qu'elle avait eue avec Ash dans la forêt au sujet des Danois qui saccageaient villes et villages. Avait-il été le témoin de telles atrocités ? Avait-il été blessé ? Et si tel était le cas, en rejetait-il la responsabilité sur elle ? Pourquoi ne lui avait-il rien dit à ce sujet ? Il méprisait certainement son peuple après de telles atrocités. Cela ne l'avait pourtant pas empêché de la défendre lorsque ces hommes l'avaient menacée la veille.

Impatiente de trouver des réponses à ses questions, Svea souleva le bas mouillé de sa robe et se dirigea vers l'arrière-salle en espérant y croiser Ellette.

— Je me disais que je pouvais peut-être me rendre utile, dit Svea. Que puis-je faire ? Je peux passer le balai, peler les légumes ou laver la vaisselle si vous préférez.

Ellette ouvrit de grands yeux, visiblement surprise par sa proposition.

— Lord Stanton ne me le pardonnerait jamais s'il l'apprenait, protesta-t-elle en secouant la tête.

Elle posa sur la table la pile de légumes qu'elle portait.

— Je suis parfaitement en mesure de vous aider, vous savez. Et puis, il n'est pas obligé de tout savoir, ajouta Svea en lui faisant un clin d'œil.

Elle saisit alors un couteau et un rutabaga qu'elle se mit aussitôt à peler, se réjouissant de pouvoir enfin se rendre utile à quelque chose.

— Disons que je vous viens en aide pour vous décharger un peu du travail supplémentaire occasionné par l'accueil de tous ces nouveaux arrivants.

Ellette lui adressa alors un sourire complice.

— C'est d'accord, Svea. Mais promettez-moi que cela restera entre nous. Lord Aethelbard est de bien mauvaise humeur aujourd'hui. Mieux vaut le laisser en dehors de tout cela.

Svea s'était immédiatement sentie à l'aise en présence de cette femme et elle l'appréciait déjà beaucoup. Depuis combien de temps était-elle au service de la famille ? Connaissait-elle bien Ash ?

— J'ai exploré Braewood cet après-midi, dit-elle d'une voix enjouée. À votre avis, pour quelle raison Ash… Lord Stanton ne vit-il pas ici ? C'est pourtant un endroit merveilleux.

Ellette poussa un profond soupir.

— C'est Lord Stanton qui en a décidé ainsi, ma chère. Pour être tout à fait honnête, nous ne le voyons que très rarement. Il semblerait qu'il préfère ne pas venir du tout.

— Mais pour quelle raison ? demanda Svea, incrédule. Je ne comprends pas.

Ellette haussa ses épaules tout en rondeur.

— Personne ne le sait vraiment, mais si vous voulez mon avis, la faute en revient principalement à sa mère et à son père. Ils n'ont jamais été proches. On pourrait même qualifier la relation qu'ils entretenaient de glaciale.

— Comment cela se fait-il ?

Svea versa dans une grande casserole le rutabaga qu'elle avait coupé en morceaux, puis se mit à en peler un autre.

— Je ne connais pas l'histoire en détail, mais ses parents l'ont envoyé au monastère alors qu'il n'était encore qu'un petit garçon. Ils disaient qu'il était trop sauvage. Ils n'ont jamais manifesté la moindre tendresse envers lui. Et lui a toujours été… différent. Plus grand, plus fort que les autres garçons. Et il avait besoin d'une certaine liberté. Il passait ses journées à errer sur le rivage et ils ne l'ont pas supporté. Ils ont cherché à dompter sa nature, en quelque sorte. Il n'avait pas huit ans lorsqu'il a dû quitter le château. Il n'était encore qu'un enfant…

Svea ressentit tout à coup un élan de compassion pour ce petit garçon. Elle tenta de se le représenter mentalement : les cheveux noirs qui bouclaient à leurs extrémités et qu'il ne parvenait pas à discipliner, des yeux marron emplis de tristesse et de gravité. Elle avait perdu sa mère au même âge et cela l'avait littéralement dévastée. Mais elle avait pu compter sur le soutien et l'amour indéfectibles de son père et de son frère. Ash ne pouvait pas en dire autant. N'avait-il personne pour s'occuper de lui ? Cette simple pensée lui noua l'estomac. Quels dommages cet isolement précoce avait-il pu causer ?

— Il est revenu des années plus tard, poursuivit Ellette. Il était beau comme un dieu et très raffiné, mais toujours d'humeur maussade et souvent contrariée.

Cela expliquait bien des choses. Le fait qu'il soit si réservé, par exemple.

— Cela reste entre nous, mais même après toutes ces années, son père est resté campé sur ses positions et n'a pas manifesté la moindre émotion en le voyant. Il est incapable de l'aimer. Quel dommage, quand même ! Lord Stanton a rapidement quitté Braewood. Il est parti explorer le monde et a tracé sa propre route. Il s'est débrouillé tout seul. Il en a parcouru, du chemin, vous ne croyez pas ! C'est un homme très en vue à présent et son influence est considérable. C'est tout de même le plus proche conseiller du roi !

Svea repensa alors au jugement à l'emporte-pièce qu'elle avait porté sur lui le jour de l'embuscade. Elle l'avait accusé d'avoir un statut privilégié en raison de son nom et de sa famille. Elle s'en voulut. Comme elle avait eu tort ! Mais pourquoi ne l'avait-il pas remise à sa place ? Pourquoi l'avait-il laissée penser des choses aussi éloignées de la réalité ?

— Tout le monde se disait que ses parents allaient enfin être fiers de lui, continua Ellette d'un air songeur.

— Cela n'a-t-il pas été le cas ?

— Non. On m'a rapporté que sa mère ne supportait toujours pas de le voir. Elle est morte de maladie peu de temps après. Quant à son père, il n'est pas capable de lui adresser un seul mot gentil alors que ses jours sont désormais comptés. Il va de soi que je ne vous ai jamais rien raconté de tout cela…

Svea hocha la tête en guise d'assentiment, mais son esprit resta fixé sur Ash. Quel impact sa triste éducation avait-elle eu sur l'homme qu'il était devenu ? Il devait en garder de profondes cicatrices. Même si leurs demeures respectives n'avaient absolument rien en commun et qu'elle était danoise et lui saxon, peut-être n'étaient-ils pas si différents, au fond ?

Ellette fit tomber dans la grande casserole d'eau bouillante les légumes qu'elle avait coupés en morceaux.

— Apparemment, Lord Aethelbard a posé des conditions strictes à son fils pour que celui-ci puisse hériter de Braewood après sa mort. J'ai cru comprendre qu'il devait, entre autres, épouser Lady Edith d'Earlington s'il voulait conserver ses terres et son titre de noblesse.

Svea ressentit soudain un pincement de jalousie. Elle prit une profonde inspiration afin de garder le contrôle d'elle-même. Qu'est-ce qui lui prenait ? Tout cela était d'un ridicule ! Pourquoi cela l'affectait-il ? N'était-elle pas opposée au mariage par principe ? Mais imaginer Ash entrelacer ses doigts à ceux d'une autre femme, ou pire encore, lui déposer un baiser sur le front, lui parut tout à coup inconcevable.

— Mais Lord Stanton a refusé d'obtempérer, reprit Ellette. Le bruit court que son père s'accrochera à la vie tant qu'il ne lui cédera pas. Ce qu'ils peuvent être têtus, ces deux-là !

Svea sentit le poids qui pesait sur sa poitrine s'alléger un peu. Ash n'était pas du genre à se laisser dicter sa conduite. Pas même par son père. Ne lui avait-il pas assuré par ailleurs qu'il n'avait nullement l'intention de se marier ? Restait à en connaître les raisons. Cherchait-il simplement à contrarier son père ? Il devait bien y avoir une autre explication…

— Lord Stanton ne veut plus en entendre parler, ajouta Ellette dans un murmure. Bien entendu, nous espérons tous qu'il finira par changer d'avis. Ce serait merveilleux d'avoir une lady à Braewood. Quant à Lord Stanton, nous savons tous qu'il est l'homme de la situation. Il suffit de voir comment il s'y est pris avec les nouveaux arrivants qui se sont installés dans l'enceinte de la forteresse.

Ash s'était en effet assuré avant son départ que les Danois avaient bien à leur disposition tout ce dont ils avaient besoin. Svea lui était très reconnaissante d'avoir tenu parole. Elle s'était trompée sur toute la ligne, elle devait bien le reconnaître. Non seulement Ash n'était pas le goujat qu'elle avait imaginé, mais il possédait d'innombrables qualités humaines.

— Y a-t-il eu un incendie à Braewood par le passé, Ellette ? Je me demandais ce qui avait bien pu arriver aux tours.

— Effectivement. Mais c'était bien avant mon arrivée ici ! La forteresse a été attaquée par des…

— Par des Danois ?

— Oui. Ils ont débarqué sur la plage au petit matin sans se faire repérer. Tout le monde dormait. Ils ont attaqué les habitants du camp. Ils se sont comportés comme de véritables sauvages. Ils ont tout détruit sur leur passage. C'est du moins ce que l'on m'a raconté. C'était il y a bien longtemps. Avant la naissance de Lord Stanton, tout au moins. Lord Aethelbard, son père, venait juste de prendre la relève de la forteresse et de célébrer ses noces avec Lady Stanton.

Absorbée par ses pensées, Svea se contenta de hocher la tête.

— Cela a dû être terrifiant.

À présent, elle comprenait sans peine pourquoi Lord Aethelbard avait fait ériger des fortifications aussi hautes. Quelle tragédie ! Peut-être vivait-il toujours dans la peur d'une nouvelle attaque ? Elle laissa échapper un profond soupir. Pourquoi certains Danois salissaient-ils ainsi la réputation de tout un peuple ? Mais que les assaillants soient saxons ou danois avait-il la moindre importance ? De toute évidence, il y avait de bonnes et de mauvaises personnes dans les deux camps.

Bien décidée à se rendre utile, Svea vérifia la cuisson des légumes puis transporta un grand chaudron de soupe épaisse aux Danois qui s'étaient installés à l'intérieur des remparts. Ils lui furent extrêmement reconnaissants. Elle prit des nouvelles des malades et des blessés dont elle s'était occupée la veille, puis alla chercher du bois pour alimenter les feux sur le point de s'éteindre. Elle discuta longuement avec certains réfugiés qui lui racontèrent alors comment ils en étaient arrivés à l'état de dénuement dans lequel elle les avait trouvés. Après un long périple sur un océan déchaîné, ils avaient fondé une colonie en bord de mer, mais celle-ci avait malheureusement été saccagée par des pillards. Svea les réconforta comme elle put. En comparaison, ils s'en sortaient plutôt bien à Kald, songea-t-elle avec gratitude.

Toutes ces années, ils avaient assuré la sécurité du village et de ses habitants sans rencontrer de souci majeur.

La nuit était tombée depuis fort longtemps lorsqu'elle prit congé des Danois, qui la remercièrent chaleureusement pour sa gentillesse. Cette reconnaissance l'aida à alléger quelque peu la culpabilité qui la tenaillait quand elle se retira dans sa chambre au confort douillet.

Elle se glissa rapidement sous les peaux de bête mais ne put trouver le sommeil. Elle était pourtant au bord de l'épuisement. Ses pensées revenaient invariablement vers l'homme avec lequel elle avait passé les derniers jours qui s'étaient écoulés. Ses yeux sombres qui la fixaient intensément. Où se trouvait-il à présent ? Si seulement il n'avait pas repris la route aussi rapidement ! Sa blessure n'avait guère eu le temps de cicatriser. Il ne lui restait plus qu'à espérer qu'il allait bien. Les lords saxons, qu'il devait rencontrer et essayer de convaincre de se rallier à lui, lui donnaient-ils du fil à retordre ? Une pensée lui traversa alors l'esprit. Y avait-il des jeunes femmes saxonnes dans les campements où il se rendait ?

Une image vint alors la tourmenter. Elle se représenta une grande salle pleine de filles plus ravissantes les unes que les autres, un sourire charmeur aux lèvres, toutes dévouées au lord venu leur rendre visite. Elle se tourna et se retourna dans son lit en soupirant. Pourquoi s'inquiétait-elle ainsi ? Ash n'avait pas le temps de faire les yeux doux aux jolies femmes prêtes à se jeter à ses pieds. Il savait qu'il devait agir au plus vite s'il voulait avoir une chance de porter secours au roi et à leurs amis respectifs. Du reste, ne lui avait-il pas répété qu'il ne voulait pas se marier ni avoir d'enfants ? Mais cela ne signifiait pas pour autant qu'il n'appréciait pas la compagnie des femmes de temps à autre. C'était humain, après tout. Il suffisait de voir les hommes et les femmes se tourner autour à Kald dès qu'ils en avaient l'occasion.

Des images insoutenables lui traversèrent alors l'esprit. Elle ne put les supporter bien longtemps.

Elle devait absolument se concentrer sur un sujet moins douloureux. Pour quelle raison Ash ne désirait-il pas diriger cette forteresse, par exemple ? Il faudrait qu'elle lui pose la question à son retour et en apprenne davantage sur ses motivations. Encore fallait-il qu'il accepte de se confier à elle. Elle devrait à son tour s'ouvrir davantage à lui. Mais était-elle disposée à lui parler de son passé ? Peut-être était-elle enfin prête…

Lorsqu'elle ouvrit les yeux le lendemain matin, épuisée par sa longue insomnie, elle fit de son mieux pour se trouver des occupations. Mais elle eut beau faire, la journée s'étira en longueur. Quand Ash et ses hommes allaient-ils enfin rentrer ? C'était plus fort qu'elle, il lui était impossible de chasser cette pensée de son esprit. Elle travailla un peu aux champs malgré les cris de protestation que poussa Ellette, puis passa saluer les Danois qui s'étaient installés dans les granges. Fort heureusement, Lord Aethelbard ne les avait pas fait déloger. Elle partit ensuite se promener sur la plage un long moment. Puis elle proposa d'aller ramasser les œufs fraîchement pondus et de traire les vaches. Comme elle ne trouvait toujours pas l'apaisement, elle accepta de jouer dans la cour avec les enfants danois et saxons qui lui tiraient la main pour attirer son attention.

Lorsqu'elle rentra enfin au château, la lumière du jour commençait à décliner. En voyant la quantité de linge qui avait besoin d'être reprisé, elle se mit à coudre. Elle détestait pourtant les travaux d'aiguille… Peine perdue. Cela ne calma en rien son agitation. Au dîner, incapable d'avaler quoi que ce soit, elle mangea du bout des dents. Et lorsque le crépuscule tomba, elle s'aperçut qu'elle jetait des regards incessants en direction des lourdes portes en bois de la forteresse. Elle attendait son retour. C'était ridicule, à la fin. Mais à peine avait-elle quitté son poste d'observation qu'elle se mit à faire les cent pas.

Elle sursautait au moindre bruit et était chaque fois déçue de ne pas voir Ash apparaître devant elle. Lorsque le silence de la nuit enveloppa peu à peu le château, elle se mit à imaginer le pire. Et s'il lui était arrivé quelque chose ?

Elle veilla tard puis sombra dans un sommeil agité, pelotonnée sur un banc de la grande salle.

Chapitre 5

À son retour, Ash trouva Svea recroquevillée sur elle-même. Elle s'était endormie près du feu. Le cœur serré, il écarta tendrement les magnifiques boucles blondes qui lui retombaient sur la joue afin de contempler son visage. Elle lui avait terriblement manqué. Il ne s'était pourtant absenté que deux jours. Il était rentré aussi vite que possible pour revenir auprès d'elle, allant jusqu'à promettre des rations supplémentaires de nourriture et d'hydromel à ses hommes pour qu'ils acceptent de voyager alors que le soleil s'était déjà couché.

Il était allé jusqu'à s'imaginer que Svea restait pour toujours à Braewood. Que ressentirait-il alors ? Cela lui donnerait sans doute l'envie de s'installer dans la forteresse de son père. Comme ce serait bon de la retrouver chaque fois qu'il devait s'absenter ! Savoir que cette femme formidable l'attendait était le stimulant le plus puissant qu'il connaisse… Mais à quoi bon caresser ce doux rêve qui ne pourrait probablement jamais se réaliser ?

Secouant la tête pour recouvrer ses esprits, il s'agenouilla et lui frotta légèrement l'épaule pour la réveiller.

— Svea.

Elle remua un peu mais ne se réveilla pas pour autant. Il en profita pour effleurer le motif noir qui était peint dans son cou. Les entrelacs complexes des racines de ce très bel arbre le fascinaient. À vrai dire, tout en elle le fascinait.

Puis elle ouvrit doucement ses grands yeux bleus et lorsqu'elle l'aperçut enfin, ses lèvres s'étirèrent en un sourire si envoûtant que le cœur d'Ash se mit à battre furieusement contre sa poitrine.

— Vous êtes revenu, dit-elle avec langueur tout en se relevant en position assise, je commençais à m'inquiéter.

Il lui adressa un sourire.

— Vous vous êtes inquiétée pour moi ? Je vous avais dit de ne pas vous faire de souci.

Elle se contenta de hausser les épaules, le visage encore tout ensommeillé.

— Qu'ont dit les habitants des bourgs où vous vous êtes rendus ?

— Ils nous ont promis de se joindre à nous demain matin. Puis nous nous rendrons ensemble à Termarth.

— C'est merveilleux ! s'écria-t-elle en lui jetant les bras autour de la taille. Je vous remercie infiniment, Ash.

Sous l'effet de la surprise, il sentit son corps se tendre comme un arc. Elle ne lui avait encore jamais manifesté aussi chaleureusement son affection ou sa gratitude. Hormis le doux baiser qu'elle lui avait déposé sur la joue auquel il pensait continuellement. Lui faire plaisir faisait de lui le plus heureux des hommes. Si seulement le succès qu'il venait de remporter en parvenant à rallier des troupes pouvait la convaincre des bonnes intentions qu'il avait à son égard ! Il passa les bras autour d'elle et l'attira brièvement contre lui.

— Pensez-vous que Lord Cecil et ses hommes sont arrivés à destination ? demanda-t-elle en se dégageant doucement de son étreinte.

— J'espère que non. Voyager avec un tel convoi prend du temps, vous savez. N'oubliez pas que les prisonniers se déplacent à pied. Nous avons fait tout ce qui était en notre pouvoir, Svea. Je vous promets que nous irons leur porter secours. Essayez de ne pas vous faire trop de souci à ce sujet…

— Dites-moi, Ash, qui va se joindre à nous exactement ?

— Ealdorman Buckley d'Earlington, Lord Crompton de Bartham et Lord Fiske de Bellton. Ce sont des lords respectés de tous et de formidables combattants. Ils m'ont également promis de rallier une trentaine d'hommes chacun au minimum.

Svea acquiesça.

— Ellette m'a vaguement parlé de cet Earlington hier soir. Elle m'a dit que vous étiez en quelque sorte… lié à cette famille.

Sa voix avait tremblé légèrement et ses yeux s'étaient troublés. Ash sentit sa gorge se serrer. De toute évidence, les deux femmes avaient beaucoup discuté pendant son absence. Ellette lui avait-elle parlé de Lady Edith ? Svea avait-elle connaissance des espoirs que son père nourrissait au sujet de cette jeune femme ? Ash avait été clair avec lui. Il n'accepterait *jamais* ce mariage arrangé. Mais Svea était-elle jalouse malgré tout ?

— Ce n'est pas parce que mon père désire ardemment quelque chose que cette chose va se produire pour autant. Vous m'avez manqué, Svea, murmura-t-il en lui caressant doucement la joue. Je vous ai rapporté un petit quelque chose.

Elle se redressa pour avoir le dos bien droit et il se retourna alors pour ramasser la fleur qu'il avait déposée sur le sol. Une fleur à très longue tige. Énorme. D'un magnifique jaune vif. Comme un soleil.

Le visage de Svea s'illumina aussitôt.

— Elle est très belle ! Je n'avais encore jamais vu de fleur aussi ravissante.

— Je m'en doutais. J'ai tout de suite pensé à vous en

la voyant. Vous pouvez en manger les graines, du reste. Je sais que vous êtes toujours affamée !

— Merci, dit-elle en riant.

— Vous avez un petit creux ? demanda-t-il tout à coup. Moi, j'ai une faim de loup !

Elle hocha la tête.

— Venez avec moi dans ce cas.

Il lui attrapa la main, se réjouit qu'elle le laisse entrelacer ses doigts aux siens, et l'emmena en direction du garde-manger. Il était tard. Tout le monde était couché. Personne ne viendrait les déranger. Il avait tellement envie de passer un peu de temps seul avec elle !

À peine avait-il ouvert la porte qu'il la poussa en riant dans la pièce remplie de victuailles avant d'observer attentivement les différents plats et pots posés sur les étagères.

— De quoi avez-vous envie ? Voyons voir… Nous avons du fromage, de la soupe et du ragoût. À moins que nous ne préférions des tartines de pain au miel ?

— Quelle bonne idée ! Tout sauf des mûres…

La simple évocation des baies dont ils s'étaient gavés au beau milieu de la forêt pour remplir leur estomac vide les fit sourire tous les deux.

Il lui lâcha la main à regret pour saisir le pot de miel qu'il déposa ensuite sur la table. Puis il retira le tissu qui enveloppait une miche de pain fraîche et en coupa plusieurs tranches sur lesquelles il versa le liquide ambré dont ils allaient se délecter. Svea se hissa sur la table pour s'y asseoir, jambes pendantes, puis le remercia lorsqu'il lui fit passer sa tranche de pain.

— Dites-moi, qu'ai-je manqué pendant mon absence ? demanda-t-il avant de mordre à pleines dents dans sa tartine. Comment avez-vous passé vos journées ?

— J'ai passé un bon moment en compagnie des Danois. Je tenais à faire leur connaissance. Ce sont vraiment des gens charmants, Ash. Ils vous sont tellement reconnaissants de les avoir laissés entrer !

Il hocha doucement la tête.

— Pour tout dire, je craignais qu'on ne les ait chassés en dehors du château pendant mon absence. Je suis bien content qu'ils puissent reprendre des forces. Je me demande si mon père n'est pas plus mal en point qu'il ne veut bien le laisser paraître. En temps normal, il n'aurait jamais cédé aussi facilement.

— Il n'a pas montré le bout de son nez depuis mon arrivée et je n'ai rien entendu de spécial à son sujet. Je me suis beaucoup promenée sur la plage et j'ai un peu exploré la forteresse. Je dois vous avouer que je suis tombée sur la bibliothèque de votre père, ajouta-t-elle d'un air coupable.

Il fronça aussitôt les sourcils et posa ce qui restait de sa tranche de pain sur la table.

— Et ?

— Je dois vous préciser que je ne sais pas lire. Les mots n'avaient donc aucun sens pour moi, mais je ne peux pas en dire autant des illustrations…

Elle le fixa alors du regard, des questions plein ses grands yeux bleus. Le courage lui manqua. Il n'avait pas envie d'évoquer ce sujet douloureux. L'espace d'une nuit, il préférait ne pas s'appesantir une nouvelle fois sur ce passé qui le hantait. Rien ne devait contrarier la bonne humeur qu'il éprouvait en la retrouvant enfin.

— Mon père est très créatif, dit-il d'un ton dédaigneux. Je pourrais peut-être vous dénicher un livre aux pages vierges. Vous pourriez y dessiner vos propres motifs. J'aimerais beaucoup les voir. La plage vous a-t-elle plu ?

— Oui, beaucoup. Elle est tellement belle ! Je ne sais pas comment vous faites pour vivre loin de ce merveilleux endroit.

D'habitude, il n'avait aucun mal à rester loin de Braewood.

Mais la présence de Svea avait totalement modifié sa perception des lieux.

— Ellette s'est-elle occupée de vous comme je le lui avais demandé ?

— Oui. J'espère que vous ne lui en tiendrez pas grief, mais j'ai fini par la convaincre de me laisser participer à certaines tâches domestiques. J'ai travaillé aux champs et me suis occupée des animaux. J'ai également participé à la préparation des repas. J'avais vraiment besoin de me changer les idées.

S'était-elle inquiétée à son sujet pendant son absence ? Car de son côté, il n'avait cessé de penser à elle. Une chose était sûre : Svea ne cessait de le surprendre. Alors qu'elle avait tout le loisir de se reposer un peu et de récupérer des forces après le voyage épuisant et très mouvementé qu'ils avaient fait ensemble, elle avait spontanément proposé son aide aux habitants de Braewood ! Dire qu'elle avait travaillé aux champs et même prêté main-forte en cuisine…

— Qu'avez-vous préparé ?

— J'ai fait de la soupe, du pain, et plein d'autres choses encore. Cela m'a beaucoup plu ! Je cuisine depuis ma plus tendre enfance. Cela me détend.

Il se rapprocha d'elle et s'étonna une nouvelle fois de la force d'attraction qu'elle exerçait sur lui. L'attirance qu'il éprouvait envers elle s'était manifestée dès leur première rencontre à Kald alors qu'elle faisait tournoyer une énorme épée au-dessus de sa tête, et elle n'avait cessé de croître depuis lors. Il n'aurait su l'expliquer, mais il avait le sentiment qu'un fil invisible les reliait. Son seul désir était de la faire sourire. Il aimait également quand elle y parvenait à son tour avec lui. Ce qui n'était pas donné à tout le monde.

Il plongea son index dans la farine étalée sur la table puis lui effleura le bout du nez.

— Vous m'avez tellement manqué, Svea. Et moi, vous ai-je manqué ?

Elle s'essuya le nez du dos de la main en lui adressant un sourire amusé.

— Je dois reconnaître que j'ai trouvé cela curieux de me retrouver ici sans vous avoir à mes côtés.

Puis, sans crier gare, elle plongea à son tour la main dans la farine et lui en jeta un peu au visage, une lueur de malice dans les yeux.

— Est-ce une façon toute personnelle de me dire que je vous ai bel et bien manqué ? demanda-t-il en riant doucement.

Elle se pencha légèrement en arrière pour mieux le voir et se moqua gentiment de sa barbe couverte de farine.

— Vous allez me le payer, lança-t-il en prenant une pleine poignée de farine.

— Ne faites pas ça ! s'écria-t-elle en descendant d'un bond de la table.

Il lui lança la farine en pleine figure. Elle poussa aussitôt un petit cri perçant tout en cherchant à se protéger derrière la table.

Voilà bien longtemps qu'il ne s'était pas autant amusé ! *S'amuser ?* Il ne savait même pas ce que cela signifiait, à dire vrai. Plus jeune, il voyait bien les autres enfants jouer ensemble, mais il ne participait jamais à leurs jeux puisqu'il n'était pas le bienvenu parmi eux. Une fois adulte, il avait fait preuve du plus grand sérieux en toutes circonstances. Mais aussi surprenant que cela puisse paraître, Svea lui donnait envie de s'affranchir de cette sempiternelle retenue. Comme il se sentait vivant auprès d'elle !

Elle tenta de lui échapper en contournant la table, mais il parvint de justesse à la rattraper. Il la saisit aussitôt par la taille et lui déversa dans les cheveux la farine qu'il lui restait au creux de la main. En voyant son visage effaré, il ne put retenir un grand éclat de rire. Ils se regardèrent un long moment dans les yeux, avant de se laisser gagner tous les deux par un fou rire incontrôlable qui leur secoua tout le corps.

— Que diable se passe-t-il ici ?

Ils tournèrent aussitôt la tête vers l'encadrement de la porte pour voir à qui appartenait la voix grave qui les avait stoppés net. Ellette ! Vêtue d'une simple chemise de nuit, une lampe à huile à la main, elle avait l'air passablement fâchée d'avoir été tirée du lit.

— Je suis vraiment désolée, Ellette, dit Svea en se redressant. Nous allons tout nettoyer, je vous le promets.

— Assurez-vous de laisser cette pièce dans l'état où vous l'avez trouvée, signifia celle-ci d'une voix bougonne. Et évitez de réveiller Lord Aethelbard si vous ne voulez pas d'ennuis, ajouta-t-elle en tournant les talons.

Svea se mordit la lèvre inférieure, sans doute pour ne pas pouffer de rire à nouveau.

— Nous ferions mieux de nous rendre un peu plus présentables, admit Ash en riant de plus belle.

Ellette pouvait bien les réprimander autant qu'elle le désirait, il s'en moquait complètement. Sans doute aurait-il dû s'inquiéter des commérages qui ne manqueraient pas de se répandre au sujet de la relation qu'il entretenait avec Svea, mais, curieusement, cela ne lui faisait ni chaud ni froid. Ils pouvaient bien s'imaginer ce qu'ils voulaient...

— Venez avec moi, dit-il sur un coup de tête.

Il la saisit alors par le bras pour l'entraîner vers une porte dérobée qui se trouvait à l'arrière de la forteresse. Puis il lui prit la main et s'élança avec elle sur le chemin escarpé qui descendait vers la plage faiblement éclairée par le clair de lune.

— Alors, qu'en pensez-vous ? lui demanda-t-il en lui donnant un petit coup de coude pour la taquiner.

— Mais de quoi parlez-vous ?

Il lui désigna d'un hochement de menton la mer d'huile qui s'étendait devant eux.

— Cela me paraît pourtant évident, dit-il en riant. Une baignade nocturne, voilà ce que je vous propose.

— Comment ?

En entendant Svea partir d'un petit rire nerveux, le doute s'insinua en lui. Ne lui faisait-elle pas confiance ?

— Je croyais que vous saviez bien nager, renchérit-il pour l'encourager à accepter.

— C'est bien le cas. Je dois même vous avouer que j'ai très envie de nager depuis mon arrivée ici, mais je n'étais pas certaine que cette pratique soit de mise à Braewood. À Kald, nous nous baignons très souvent.

— Eh bien, vous serez heureuse d'apprendre qu'il en est de même ici.

— Même à une heure aussi tardive ?

Il se contenta de hausser les épaules.

— Nous devons absolument nous débarrasser de toute cette farine, ne croyez-vous pas ? Personne ne peut nous voir à une heure pareille. Nous avons la plage rien que pour nous !

À peine eurent-ils posé un pied sur le sable qu'il se déchaussa puis s'empressa d'ôter sa tunique. Mais en voyant les yeux écarquillés de Svea posés sur son large torse, il se figea. Pourquoi paraissait-elle aussi troublée tout à coup ? La mettait-il mal à l'aise ? C'était bien la dernière chose qu'il désirait. Ne s'amusaient-ils pas comme des fous tous les deux ? Du reste, ils avaient grand besoin de se laver. Son corps couvert de cicatrices la rebutait-il ?

— Je risque de couler si je nage avec cette robe sur le dos, dit-elle alors en détournant brusquement le regard.

Ash se détendit un peu. De toute évidence, elle n'était pas opposée à la petite baignade qu'il lui proposait.

Il l'observa alors de la tête aux pieds. Il était bien obligé de lui donner raison. Cette robe l'empêcherait de nager correctement. Elle pouvait se baigner nue, bien entendu, mais quelque chose lui disait qu'elle ne serait pas de cet avis.

— Tenez, lui dit-il en lui passant la tunique qu'il venait d'ôter.

Elle s'en empara aussitôt et la serra fermement contre sa poitrine tout en paraissant peser le pour et le contre. Sans doute avait-elle besoin d'être rassurée sur ses intentions.

— C'est juste une baignade, Svea.

— Tournez-vous dans ce cas, pria-t-elle d'un ton qui ne souffrait pas la contradiction.

Il avait donc vu juste. Svea relevait le défi. Elle n'était pas du genre à se défiler.

Même s'ils étaient plongés dans l'obscurité et ne distinguaient pas grand-chose, il fit exactement ce qu'elle lui demandait. Il l'entendit se débattre avec sa robe qui retomba lourdement sur le sable quelques minutes plus tard. Le bas-ventre d'Ash réagit aussitôt. Il aurait donné cher pour la prendre nue dans ses bras. Il devait absolument calmer ses ardeurs. Ne lui avait-il pas affirmé qu'il s'agissait simplement d'une baignade ? Il était un homme d'honneur et tenait toujours parole.

Il savait également que Svea avait besoin de temps. Il ne fallait surtout pas la brusquer. Il ne savait pas exactement ce que Crowe lui avait fait, ni à quel point cette histoire l'avait affectée. Rien que d'imaginer cet homme poser les mains sur elle le rendait malade. À voir la façon dont Svea se comportait en présence des hommes, ce misérable avait dû lui infliger de sérieux sévices, songea Ash. Il devait faire preuve de patience. Elle ne lui accorderait pas facilement sa confiance. Et encore moins sur un plan physique.

— Prête ! s'écria-t-elle avant de s'élancer en direction de l'eau sans lui laisser le temps de réagir.

La tunique qu'il lui avait prêtée lui couvrait à peine le

haut des cuisses, ce qui renforça encore le désir qu'elle lui inspirait. Il la suivit aussitôt en riant. Il l'aurait suivie au bout du monde. En sa compagnie, il se sentait plus léger et terriblement vivant, comme si tous les fardeaux qui l'accablaient en temps normal s'étaient évaporés comme par enchantement. Elle le divertissait et remplissait un vide dans son existence. Le lien d'amitié qu'ils étaient en train de nouer l'exaltait. C'était sans doute davantage que de l'amitié, pour être honnête. Mais il n'avait jamais eu d'amis et, pour l'instant, il s'en contenterait.

Lorsqu'elle s'immergea tout à coup dans l'eau glacée, il retint son souffle. Quelle femme ! Elle n'avait pas pris la peine de se mouiller la nuque ni même le haut du corps. Il la rejoignit aussi vite qu'il le put et vit ses yeux hésiter dans la pénombre. Son pantalon trempé lui collait aux jambes. D'ordinaire, il nageait nu, mais il ne s'était pas complètement déshabillé pour ne pas l'effrayer.

Lorsque l'eau de mer commença à clapoter contre sa blessure, il prit une profonde inspiration.

— Vous allez bien ? lui demanda-t-elle.

— J'avais complètement oublié mon entaille, mais elle vient de se rappeler à moi.

— Espérons que l'eau salée vous fera du bien.

L'entendre se préoccuper de sa santé le ravit. Il n'avait pas l'habitude qu'on s'intéresse à lui. Encore moins qu'on lui manifeste de la gentillesse.

Incapable de résister plus longtemps, il plongea la tête sous l'eau pour nager plus profondément, ce qui lui permit de relâcher le stress et les tensions de la journée. Il émergea à ses côtés quelques secondes plus tard pour reprendre de l'air dans ses poumons. Elle prit une grande inspiration à son tour et l'imita. Ils nagèrent côte à côte un long moment. La force physique de Svea l'impressionnait. Elle fendait les vagues avec une aisance déconcertante et le suivait sans la moindre difficulté. C'était une excellente nageuse. Décidément, elle avait plus d'une corde à son arc.

Alors qu'ils refaisaient surface tous les deux, elle lui adressa tout à coup un large sourire qui lui fit chaud au cœur.

— J'adore l'océan, s'exclama-t-elle d'une voix enjouée. Je m'y sens si petite et si insignifiante ! À Kald, lorsque j'ai passé une mauvaise journée, je vais nager pour me vider la tête. Cela m'aide beaucoup à mettre les choses en perspective. Cela m'a également aidée à acquérir de la force physique. La mer a fait de moi une meilleure guerrière.

Il hocha la tête en silence. Il n'aimait pas l'entendre parler des mauvaises journées qu'elle pouvait passer. Étaient-elles si nombreuses ?

— Vous ne serez jamais insignifiante pour personne, Svea, dit-il doucement. Mais je comprends ce que vous voulez dire. Autrefois, il m'arrivait souvent de venir me baigner ici après m'être disputé avec mon père, pour essayer de chasser mes soucis.

L'air grave tout à coup, Svea fit un mouvement de brasse dans sa direction. Elle posa la main sur son bras. Ses doigts étaient si froids…

— Pourquoi ne vous entendez-vous pas avec votre père ? Ellette m'a dit qu'il s'était montré cruel envers vous lorsque vous étiez plus jeune.

— Je crois qu'il a fait de son mieux, dit-il en haussant imperceptiblement les épaules.

Elle ôta sa main glacée de son bras et le dévisagea sans rien dire.

— Qu'y a-t-il ? demanda-t-il en fronçant les sourcils.

Ce n'était un secret pour personne qu'Ellette avait la langue bien pendue. Qu'avait-elle donc raconté à Svea ?

— C'est tout ce que vous trouvez à dire ? Dès qu'on évoque votre père, j'ai l'impression que vous cherchez à esquiver le sujet, fit-elle remarquer en secouant la tête.

Elle n'avait pas tort : il n'avait aucune envie d'en parler avec elle. Cela risquait de gâcher l'ambiance. À quoi bon raconter les histoires larmoyantes qui avaient jalonné son existence ? Le terrible secret qui l'opposait à son père lui avait suffisamment causé de tort. Il n'en parlait jamais à personne et préférait garder cela pour lui.

— Je n'ai tout simplement pas grand-chose à en dire, murmura-t-il.

Il préférait changer de sujet et aborder quelque chose de moins personnel. Revisiter son passé n'était nullement sa priorité du moment.

— Je ne vous crois pas, lança-t-elle d'un ton glacial. Reconnaissez au moins que vous ne jouez pas franc-jeu avec moi. Vous me pressez constamment de questions, Ash. Sur ma famille, mes croyances, le lieu d'où je viens. Vous cherchez en permanence à en savoir davantage sur moi. Mais vous n'avez jamais la courtoisie de me rendre la pareille. Même lorsque je vous pose des questions. Vous ne me racontez rien. Comment pourrais-je me faire une idée de l'homme que vous êtes ?

Un fol espoir s'empara de lui. Elle désirait en apprendre davantage sur sa personne ! Mais une vive douleur vint aussitôt après lui vriller le cœur. Il se frotta la poitrine comme par réflexe. Ce qu'elle venait de dire à son propos était très juste, il voulait bien l'admettre. Il verrouillait fermement ses pensées intimes et son histoire personnelle. Mais s'il ne pouvait se résoudre à lui révéler cette part de lui-même, c'était parce qu'il craignait d'altérer les sentiments qu'elle éprouvait peut-être pour lui. Tout portait à croire qu'elle aussi commençait à l'apprécier, et en divulguant la vérité, il risquait de mettre à mal leur amitié naissante. Il ne l'aurait pas supporté.

Un silence pesant s'ensuivit. Seul le bruit des vagues qui venaient s'échouer sur le rivage, mêlé à celui de leurs respirations saccadées, vint troubler le silence. Ne pouvait-elle oublier l'espace d'une soirée les questions qui la taraudaient à son sujet ? Elle semblait au contraire attendre qu'il lui donne les réponses qu'elle espérait, voire qu'il lui fournisse des explications détaillées. Elle lui en demandait beaucoup trop. Il ne tenait pas à lui avouer qui il était vraiment.

Elle lui lança une nouvelle fois un regard exaspéré. Comme il restait de marbre, elle leva les bras en l'air et se mit à remonter en direction de la plage.

— Svea, je pensais que vous vous amusiez bien. Où allez-vous ?

— Je sors de l'eau. Il fait bien trop froid pour moi. Et encore, je suis bien en dessous de la réalité, ajouta-t-elle. Il fait un froid *glacial*.

Ce dernier mot lui transperça le cœur. Lui était-il destiné ? Il savait pourtant qu'elle avait raison. Il ne se laissait pas approcher sur un plan personnel tout en souhaitant ardemment un rapprochement physique avec elle. C'était à la fois incompréhensible pour elle et terriblement injuste. De toute évidence, ce n'était pas ainsi qu'il la séduirait. Ne comprenait-elle pas qu'il n'avait pas l'habitude d'évoquer son histoire familiale ? Les gens ne s'y intéressaient pas vraiment en général et cela lui convenait parfaitement. Personne – pas même le roi – ne connaissait sa vie en détail. Il était indépendant et n'avait de compte à rendre à personne. S'il se confiait à elle, elle connaîtrait alors son secret et pourrait avoir sur lui une emprise qui ne lui plaisait guère.

Troublé, il sortit de l'eau à son tour en toute hâte pour essayer de la rattraper. Elle marchait à grandes enjambées. La tunique lui collait à la peau et l'eau lui dégoulinait sur les cuisses. Le cœur serré, il l'attrapa par le bras et la fit pivoter sur ses talons pour l'obliger à le regarder en face.

— Svea, attendez.

— Je vous ai confié tant de choses à mon sujet, Ash.

Que me reprochez-vous donc ? Pourquoi estimez-vous que je suis indigne d'apprendre à mieux vous connaître ?

— J'ai compris la leçon, Svea, assura-t-il en secouant ses cheveux mouillés. Que désirez-vous savoir au juste ?

— Ce que vous voudrez bien me confier, dit-elle dans un premier temps.

Comme il la regardait d'un air éberlué, elle ajouta :

— Je veux tout savoir, Ash. Ce qui s'est passé ici, pour commencer. Qu'est-il arrivé aux tours de la forteresse ? Dans quelles circonstances ont-elles été ravagées par le feu ? Pourquoi votre père a-t-il fait édifier des fortifications aussi hautes ? Cela frise le ridicule, vous savez ? Pour quelle raison ne vous entendez-vous pas avec lui ? Pourquoi vous a-t-il envoyé en pension lorsque vous n'étiez encore qu'un enfant ?

Elle s'interrompit un instant pour reprendre son souffle.

— J'aimerais également savoir pourquoi vous vivez à Termarth. Braewood est pourtant un très bel endroit. Quels sont vos projets, Ash ? Quels espoirs nourrissez-vous pour l'avenir ?

— Ce sera tout ? demanda-t-il d'un ton sarcastique.

Agacé par cette avalanche de questions, il se passa la main dans les cheveux.

— Non ! J'ai une foule d'autres questions à vous poser, reprit-elle avec le plus grand sérieux. Qu'avez-vous l'intention de faire lorsque toute cette histoire sera terminée ? Retournerez-vous à Termarth une fois que vous aurez secouru le roi ?

— Je doute qu'il accepte de me reprendre à son service, dit-il en partant d'un petit rire amer.

— Que voulez-vous dire ?

— J'ai prêté serment, Svea. J'ai juré d'assurer la protection du roi, au péril de ma vie, et je l'ai complètement laissé tomber…

— Ce n'est pas vrai. Vous ne l'avez pas laissé tomber. Pas encore, du moins.

— C'est pourtant exactement ce que j'ai fait, Svea, rétorqua-t-il en s'avançant vers elle. Ce n'était pas le roi que j'avais envie de protéger. Sinon, ce serait *lui* qui se tiendrait actuellement à mes côtés. Pas vous.

Il la vit déglutir avec peine. La vérité était-elle si difficile à entendre ? Il se passa une nouvelle fois la main dans les cheveux pour dégager une mèche qui lui barrait le visage.

— Et c'est la même raison qui m'a poussé à combattre ces hommes hier. Puisque vous y tenez, je vais vous confier quelque chose de personnel. Je ne supporte pas l'idée qu'un homme puisse vous toucher, Svea. À moins que je ne sois cet homme, bien entendu. Et maintenant, si vous m'y autorisez, j'ai très envie de vous embrasser.

Elle le dévisagea de ses grands yeux bleus et elle lui parut plus belle que jamais. En la voyant se mettre à trembler, il ne sut que penser. Était-ce en raison du froid ou des paroles qu'il venait de prononcer ? Elle ne bougea pas d'un centimètre. Comme elle ne semblait pas s'y opposer, il s'approcha encore un peu. Son torse lui effleurait presque la poitrine à présent.

— Svea, dites-moi quelque chose.

— C'est que je n'ai encore jamais fait cela, bredouilla-t-elle.

Ash lui prit doucement le visage entre les mains et lui caressa les commissures des lèvres du bout des pouces. Puis il pressa son corps contre le sien. Un étrange frisson d'excitation monta aussitôt en elle.

— Tout va bien, Svea. Laissez-moi vous guider…

Ses yeux de braise rivés aux siens, il la regarda un long moment, comme pour lui donner le temps de refuser sa proposition. Elle se mit à trembler de la tête aux pieds sans pouvoir se maîtriser. Mais malgré l'appréhension qui l'étreignait jusqu'au vertige, elle comprit qu'elle était prête. Elle avait tellement envie que cet homme lui donne son premier baiser !

Doucement, respectueusement, il pencha la tête et approcha son visage du sien. Lorsqu'il posa enfin ses lèvres sur les siennes, elle ferma les paupières et s'abandonna à la magie de l'instant. Sa peau fraîche et légèrement salée contrastait avec la chaleur de sa bouche. Il entremêla sa langue à la sienne et les délicieux picotements de plaisir qui montèrent en elle lui coupèrent le souffle.

Ses jambes se mirent à chanceler et il lui passa alors un bras autour de la taille pour la serrer tout contre lui. Sa langue soyeuse se fit brusquement plus gourmande et roula sur la sienne comme les vagues déchaînées de l'océan. Svea sentit son corps s'enflammer comme une torche et ses orteils se recroqueviller dans le sable. Ash lui caressa ensuite la peau extrêmement sensible du cou puis descendit vers sa gorge, ce qui provoqua aussitôt une onde de désir qui la laissa pantelante.

Jamais elle n'aurait imaginé qu'un baiser puisse lui procurer des sensations aussi vertigineuses et lui donner envie de s'offrir davantage encore à lui. Ash avait-il lu dans ses pensées ? Il laissa tout à coup sa main glisser vers sa poitrine, puis lui enveloppa voluptueusement un sein. Le cœur de Svea s'emballa et elle émit un petit gémissement malgré elle. Elle s'était pourtant promis de ne jamais plus laisser un homme la toucher. Alors pourquoi son corps semblait-il exiger davantage de caresses encore ? Ash pressa doucement son téton dressé à travers la tunique mouillée, puis le taquina plus franchement tout en lui capturant à nouveau la bouche sous des baisers brûlants. Elle renversa la tête en arrière et laissa échapper un petit grognement de plaisir.

Il détacha lentement ses lèvres des siennes pour les

poser au creux de son cou, tout en lui murmurant qu'elle était d'une beauté époustouflante. Alors que sa langue se promenait langoureusement sur sa peau, Svea sentit une délicieuse moiteur entre ses cuisses.

Elle se remémora alors le baiser qu'elle lui avait donné après avoir soigné sa blessure. Ash lui avait assuré qu'elle avait fait des miracles. C'était exactement ce qu'elle ressentait à présent. En l'embrassant avec une telle fougue, Ash lui donnait la confiance qui lui faisait défaut jusqu'alors. L'avait-il guérie à son tour ? Comme il reprenait son souffle, elle pressa fermement ses lèvres contre les siennes pour leur prouver à tous les deux qu'elle consentait pleinement à ce baiser et en désirait bien plus encore.

Pourquoi ne s'abandonnerait-elle pas au désir qui la submergeait ? À peine avait-elle posé une main timide sur son torse qu'elle fit glisser ses doigts sur ses muscles saillants, avant de les enrouler autour de son cou et plonger dans sa chevelure mouillée. Elle se pressa alors tout contre lui et l'embrassa avec gourmandise.

Il laissa aussitôt échapper un soupir de plaisir. Comme s'il perdait le contrôle tout à coup. Au comble du ravissement, elle intensifia encore son baiser. Elle y était finalement parvenue ! La détermination à toute épreuve dont il était d'ordinaire si fier était en train de se fendiller. Forte de cette victoire, elle se mit à onduler des hanches contre lui tout en se cabrant. Resterait-il longtemps de marbre face à cette provocation ?

Sa réaction ne se fit pas attendre. Il se colla littéralement à elle, plaqua ses deux mains sur ses fesses qu'il se mit à pétrir vigoureusement, et elle sentit alors son sexe érigé contre son ventre alors que les doigts d'Ash s'immisçaient à présent sous sa tunique pour lui caresser l'arrière des cuisses. Tandis que ses mains avides remontaient vers son intimité, elle se mit à paniquer.

— Arrêtez !

Elle le repoussa violemment pour se dégager de son étreinte. Il n'était pas question de le laisser faire une chose pareille ! La soudaineté de sa réaction les surprit tous les deux.

Les joues rougies, les cheveux en désordre et le cœur battant à tout rompre, elle ne put se résoudre à le regarder dans les yeux. Une honte indicible s'empara aussitôt d'elle. Elle lui devait sans doute des explications mais ne trouva pas la force de lui parler des effroyables souvenirs qui lui étaient brutalement revenus à l'esprit. Elle ramassa sa robe en toute hâte et s'enfuit en courant sans se retourner.

Chapitre 6

— Svea, laissez-moi entrer, je vous en prie.

— Allez-vous-en !

— Je ne partirai pas tant que nous n'en aurons pas parlé, dit Ash à travers la lourde porte.

Désemparé, il colla le front contre le chambranle. Pourquoi avait-elle pris ainsi la poudre d'escampette ? La respiration saccadée et entrecoupée de hoquets, elle s'était enfuie à toutes jambes, le laissant bouche bée au beau milieu de la plage.

Il avait bien sa petite idée sur la question, mais il voulait en avoir le cœur net. Elle avait probablement paniqué. Parviendrait-il à la convaincre de le laisser entrer ? Il voulait juste s'assurer qu'elle allait bien. Ni l'un ni l'autre ne pourrait dormir avant d'avoir parlé de ce qui était arrivé.

Quel imbécile il faisait ! Pourquoi avait-il précipité les choses ? Svea avait-elle l'impression qu'il s'était comporté comme une véritable brute ? Il lui avait pourtant promis de ne pas la toucher. Comment avait-il pu rompre sa promesse, et à plusieurs reprises de surcroît ? Pas étonnant qu'il ait réduit en miettes la confiance qu'elle lui avait accordée.

Le baiser qu'elle lui avait prodigué l'avait tellement enivré ! Lorsqu'il avait senti son corps pressé contre le sien, la tentation avait été trop forte. Il lui avait semblé la voir prendre vie sous ses caresses. Jamais il n'oublierait la façon dont elle s'était pressée contre lui. N'était-elle pas animée elle aussi du même désir ? Sinon pourquoi s'était-elle tortillée ainsi contre lui ? Elle lui avait donné l'impression de s'offrir à lui, de lui demander de satisfaire un besoin irrépressible. Il n'avait pas eu envie de s'y soustraire. Svea était tout pour lui, à présent. Ses désirs étaient des ordres ! Jamais il n'avait éprouvé un sentiment aussi puissant.

— Svea, il faudra bien finir par vous confronter à moi. Ouvrez-moi, je vous en prie.

Il pressa l'oreille contre la porte et entendit des petits craquements à peine audibles. Comme si elle faisait les cent pas. Tout n'était peut-être pas perdu.

— Vous ne pouvez pas vous enfoncer la tête dans le sable et faire comme s'il ne s'était rien passé, dit-il doucement. Et vous ne pourrez pas m'éviter éternellement. Je vous en prie, Svea. Vous savez bien que j'ai raison sur ce point.

Il entendit alors son pas feutré derrière la porte qu'elle entrouvrit lentement. Il plongea aussitôt son regard dans ses grands yeux bleus. Puis il aperçut ses joues rougies, et sa lèvre inférieure qu'elle mordillait nerveusement. Elle avait tout de même eu le discernement d'enfiler des vêtements secs. Elle portait une longue chemise de nuit d'un blanc immaculé. Ellette avait dû la lui apporter. Elle était ravissante avec sa longue chevelure blonde encore humide qui lui retombait sur les épaules. Cette image virginale n'apaisa en rien le désir qu'elle lui inspirait, mais il se réjouit de la savoir un peu plus habillée qu'elle ne l'était sur la plage. C'était même une très bonne chose. Il n'était pas certain de trouver la force de ne pas la toucher si elle se présentait une nouvelle fois devant lui dans cette tunique mouillée qui lui moulait délicieusement le corps.

Il avait également eu la décence de se changer avant de venir frapper à sa porte. Il ne s'était pas encore réchauffé, néanmoins. Peut-être parce qu'il était pieds nus ? À moins que ce ne soit en raison de la froideur avec laquelle elle l'avait traité ?

— Puis-je entrer ? demanda-t-il.

Elle poussa un petit soupir, comme si elle se résignait à l'inévitable. Elle entrouvrit un peu plus la porte puis se dirigea vers son lit où elle se laissa retomber, les bras enroulés autour des genoux.

Elle n'avait pas répondu à sa question, mais tout portait à croire qu'elle acceptait de lui parler. Il fit un pas pour entrer dans la pièce puis referma la porte derrière lui. Il n'osa pas aller plus loin. Il n'était pas certain des sentiments qu'elle éprouvait à son égard à présent. Les signaux qu'elle lui envoyait étaient plutôt mitigés. Parviendraient-ils à se parler en toute franchise alors qu'elle ne pouvait se résoudre à le regarder en face ? Les yeux rivés sur le plancher, les orteils recroquevillés sur le sol, elle lui fit penser à une petite fille totalement perdue.

— Comment vous sentez-vous ? demanda-t-il dans un souffle.

— Je vais bien.

— Pouvez-vous m'expliquer ce qu'il se passe ? demanda-t-il, prenant soin d'utiliser les mots les plus neutres possible.

Elle haussa les épaules et se mordilla la lèvre inférieure de plus belle.

— Je suis désolée pour ce qui est arrivé, marmonna-t-elle.

— À quel moment faites-vous référence exactement, Svea ?

Elle leva la tête et croisa son regard l'espace d'un instant. Ses joues s'empourprèrent aussitôt. Elle sembla hésiter puis baissa une nouvelle fois la tête.

— Je veux parler de ce qui s'est passé à la fin, dit-elle d'une voix hachée. Je pensais être prête. Je pensais que c'était vraiment ce que je désirais.

— Et ce n'était pas le cas ?

— Si ! Enfin, non…

Elle secoua la tête, les sourcils froncés.

— Je ne sais pas, bafouilla-t-elle.

Elle ne semblait pas en colère contre lui. De toute évidence, c'était à elle qu'elle en voulait. Cela lui redonna du courage. Il s'écarta un peu de la porte et se dirigea lentement vers elle.

Comme elle n'élevait aucune protestation, il s'agenouilla à ses pieds. Il devait absolument établir un contact visuel. Quelque chose lui disait que l'état dans lequel Svea s'était mis n'avait rien à voir avec lui. Sans doute était-ce lié à la « mauvaise expérience » qu'elle avait évoquée lors de leur périple. Il fallait qu'elle se confie à lui. Comment pourrait-il lui venir en aide si elle refusait de lui raconter ce qui s'était passé ?

— Svea, souhaitez-vous me raconter ce qui vous est arrivé ? Je veux parler de Lord Crowe.

Elle secoua la tête avec vigueur. Entendre le nom de celui qui l'avait violentée parut l'irriter au plus haut point.

Il tendit la main vers sa joue pour l'inviter à le regarder dans les yeux.

— Cela pourrait peut-être vous aider…

Les yeux emplis de larmes, elle se tordit nerveusement les mains. Puis elle ouvrit la bouche pour parler mais aucun son n'en sortit.

— Je ne l'ai jamais dit à personne, parvint-elle enfin à prononcer. Mon frère a simplement prévenu les habitants de Kald à notre retour. Je trouve cela extrêmement difficile d'en parler. C'est trop douloureux.

— Je sais très bien ce que souffrir signifie, Svea. Et je sais également à quel point cela peut être pénible d'évoquer les choses qui nous ont affectés par le passé. Pourquoi pensez-vous que je parle si peu de moi ?

Elle lui adressa alors un sourire empli de tristesse.

— Cela veut-il dire que vous avez vous aussi des souvenirs qui vous rongent et vous consument de l'intérieur ? demanda-t-elle d'une petite voix.

— Oui. Et je sais à quel point cela fait mal de se remémorer ces mauvais moments. Mais je pourrai peut-être vous aider si vous acceptez de les partager avec moi ?

Elle acquiesça, le menton tremblant.

— Je veux bien essayer. Je vous dois bien cela, après tout. Si je vous raconte ce qui m'est arrivé, peut-être que cela vous aidera à comprendre pourquoi je me suis comportée ainsi tout à l'heure. Peut-être même que vous parviendrez à me pardonner.

Elle prit alors une profonde inspiration. Ash retint son souffle. Elle allait enfin lui raconter son histoire. Quelle femme courageuse ! Lui n'avait pas encore réussi à affronter les démons de son passé. Le cœur serré, il se recula un peu pour lui laisser l'espace dont elle avait besoin pour pouvoir parler librement.

— Lord Crowe et ses soldats saxons m'ont tout pris, dit-elle en guise de préambule. Mon père. Ma dignité. Et mon innocence.

Les mots qu'elle venait de prononcer lui transpercèrent le cœur. C'était encore pire que ce qu'il avait imaginé. Il n'était plus tout à fait certain de vouloir entendre les détails de cette histoire sordide, à bien y réfléchir. Mais Svea était lancée à présent. Plus rien ne l'arrêterait.

— Je n'étais encore qu'une jeune fille lorsque mon père nous a emmenés à Termarth, Brand et moi. À l'époque, il construisait des bateaux et cherchait des personnes désireuses de les lui acheter. Lors du trajet qui nous ramenait à la maison, nous nous sommes arrêtés dans une auberge pour y boire un verre. Nous bavardions agréablement tous les trois, sans nous mêler aucunement de ce qui ne nous regardait pas, lorsque des soldats saxons ont tout à coup surgi de nulle part et nous ont encerclés.

Elle ramassa alors ses jambes pour les ramener sous son menton.

— Certains d'entre eux ont fait des commentaires grossiers sur mon apparence puis nous ont traités de païens. Mon père, comme tout Viking qui se respecte, a voulu laver l'insulte qui avait été faite à notre honneur. Il s'est levé de table et a immédiatement sorti son épée de son fourreau pour combattre le chef du groupe. Malheureusement pour lui, ces brutes se moquaient éperdument de combattre à la loyale. Ils se sont tous rués sur lui et l'ont battu à mort.

Elle porta une main à sa gorge et déglutit avec peine, comme si elle cherchait à déloger la boule d'émotion qui s'y était formée.

— Je suis vraiment désolé, Svea.

— Brand et moi sommes restés muets de stupeur quelques instants, peinant à comprendre ce qui venait de se dérouler sous nos yeux. Malgré l'état de choc dans lequel nous étions plongés, nous avons rapidement compris que ces hommes risquaient de nous réserver un sort tout aussi tragique. Nous avons donc pris nos jambes à notre cou. Brand est parvenu à s'échapper, ce dont je me réjouis encore. Je n'ai pas eu cette chance. Les hommes se sont jetés sur moi. Leur chef, Crowe, m'a immédiatement arraché mes vêtements, et tandis que ses hommes me maintenaient, il m'a violée. Ses hommes ont fait de même à tour de rôle. Je venais juste de fêter mes douze ans.

Ash ferma les yeux et se frotta le visage dans l'espoir de chasser les images atroces qui venaient de lui envahir l'esprit. Les terribles souffrances qu'elle avait endurées étaient à peine concevables. Comment pouvait-on violenter ainsi une jeune fille sans défense ? Les hommes saxons ne valaient-ils pas mieux que les Danois ?

Svea s'essuya les yeux du revers de la main, refoulant comme elle le pouvait les larmes qui montaient.

— Ils m'ont laissée pour morte, dit-elle d'une voix vibrante de colère.

Ash comprit tout à coup. La colère n'avait sans doute jamais quitté Svea depuis toutes ces années. Ce qui expliquait en partie la femme redoutable qu'elle était devenue.

— J'ai juré de ne plus jamais laisser un homme abuser de moi.

Il eut soudain terriblement envie de la prendre dans ses bras pour la réconforter mais refréna aussitôt cet élan de compassion. D'autant qu'elle ne tenait peut-être pas à être interrompue au beau milieu de son récit poignant. Du reste, il savait à présent pourquoi elle le craignait tant et cherchait à se soustraire à ses caresses. Elle se méfiait. Il n'allait pas lui jeter la pierre.

— Il m'a fallu beaucoup de temps pour me rétablir. Ces brutes m'avaient grièvement blessée. J'ai alors décidé de faire payer ces hommes pour ce qu'ils avaient commis dès que je serais remise. J'ai passé l'essentiel de mes journées à m'entraîner au combat. Je voulais pouvoir me défendre si jamais une horreur de ce genre se reproduisait. Je souhaitais également pouvoir protéger les habitants de mon clan.

Ash ouvrit la bouche mais fut bien incapable d'émettre le moindre son. Une rage incommensurable se mit à couler dans ses veines. Comment Lord Crowe et ses hommes avaient-ils pu se comporter ainsi ? Il regrettait amèrement son intervention, à présent. Il aurait dû laisser Svea le tuer lorsqu'elle en avait eu l'occasion. Il le tuerait de ses propres mains dès qu'il le pourrait.

— Svea, je suis désolé. J'ignorais tout cela, bredouilla-t-il.

Comment avait-elle fait pour surmonter les sévices qu'elle avait subis ? Sans parler de la peine qu'elle avait dû éprouver en devenant orpheline. C'était une femme d'une force de caractère incroyable, mais le sort semblait s'être acharné sur elle.

— Je ne vois pas comment vous auriez pu être au courant de la situation, répliqua-t-elle en haussant les épaules.

— J'imagine à présent la haine que vous avez dû ressentir lorsque vous avez croisé Crowe ce jour-là. Je n'aurais jamais dû m'en mêler.

— Vous ne saviez pas ce que j'avais enduré. Et, au cas où vous ne l'auriez pas encore remarqué, je suis plutôt douée pour dissimuler ma peine. Nous avons peut-être cela en commun, vous et moi. Après l'agression que j'ai subie à Termarth, j'ai beaucoup changé. Je suis devenue une personne différente. J'ai appris à éviter le regard des hommes. Je ne porte plus de jolis vêtements et je fais toujours en sorte de ne pas attirer l'attention.

Cela expliquait effectivement bien des choses. La manière dont elle s'était comportée dans la grande salle de Kald lors du banquet nuptial, pour commencer. Et également les tenues guerrières qu'elle portait pour éviter que les hommes n'admirent ses courbes sensuelles. Sans parler de son incroyable repartie. Elle avait dû clouer le bec à tous ceux qui l'approchaient d'un peu trop près. En ce qui le concernait, pourtant, cela n'avait servi à rien. Dès qu'il avait posé les yeux sur elle, il avait irrémédiablement ressenti une attirance contre laquelle il n'avait pas pu lutter. Quelle femme extraordinaire elle était. Malgré les horreurs qu'elle avait subies, elle faisait passer le bonheur des autres avant le sien et ne semblait jamais se départir de son incroyable compassion et de sa gentillesse. Il avait une telle admiration pour le courage dont elle faisait preuve et pour sa force d'âme… Après le calvaire qu'elle avait enduré, comment avait-elle pu accepter d'accompagner un convoi de soldats saxons jusqu'à la lisière de la forêt ? Il l'imagina tout à coup morte de peur en apprenant qu'ils se rendaient à Braewood. En territoire ennemi en quelque sorte. S'il avait eu connaissance de cette histoire tragique, il aurait manifesté davantage de bienveillance à son égard.

— Je ne voulais pas qu'un homme s'intéresse à moi, reprit-elle alors, un pli entre les sourcils. C'était du moins ainsi que j'envisageais les choses jusqu'à maintenant.

Elle baissa une nouvelle fois la tête et parut se concentrer sur une marque incrustée dans le plancher qu'elle se mit à érafler du bout des orteils.

— Les sentiments que j'éprouve envers vous m'effrayent, murmura-t-elle en croisant brièvement son regard.

Il observa alors attentivement son joli visage. Il comprenait désormais la façon dont elle se comportait avec lui. Elle éprouvait sans doute un désir aussi puissant que le sien, mais cela la troublait. Et lui faisait peur. C'était tout à fait compréhensible. Si seulement il avait eu conscience du traumatisme qu'elle avait subi avant de l'embrasser sur la plage ! Elle s'était pourtant tortillée contre lui et l'avait même encouragé à aller plus loin… Elle en avait sans doute eu très envie. Puis elle avait été prise de panique.

Il s'approcha doucement d'elle puis la prit dans ses bras. Elle ne devait pas avoir peur de lui. Il lui prouverait qu'il était digne de confiance, qu'il était doux et ne lui ferait jamais de mal.

— Qu'est-ce que vous… ?

— Je vous prends simplement dans mes bras. Rien de plus. Vous êtes en sécurité avec moi, Svea.

C'était sa façon de lui montrer qu'il tenait à elle. Il avait simplement envie de lui apporter le réconfort dont elle avait besoin. Et à son grand soulagement, après un long moment, il sentit le corps de Svea commencer à se détendre un peu. Il lui caressa alors tendrement les cheveux, espérant parvenir à faire retomber un peu la tension.

Svea reprit ses esprits peu à peu. Ash avait eu un comportement exemplaire. Depuis combien de temps était-elle assise sur le bord du lit, blottie au creux de ses bras si robustes ? Elle se sentit en sécurité tout à coup. Non seulement il l'avait écoutée d'un bout à l'autre de son récit sans l'interrompre ni émettre le moindre jugement, mais il avait également cherché à l'apaiser en prononçant des paroles pleines de bienveillance. Elle se réjouit soudain de lui avoir raconté ce qui lui était arrivé.

C'était comme si le poids qui pesait si lourd sur ses épaules s'était quelque peu allégé. Comme si elle avait abattu la barrière qui les séparait en lui révélant ses craintes les plus profondes. Elle aurait voulu rester ainsi pour toujours. Blottie contre lui. Sous son entière protection.

Elle se remémora alors le cadeau qu'elle lui avait confectionné et se dégagea doucement de son étreinte. Elle voulait le remercier pour la magnifique fleur en forme de soleil qu'il lui avait rapportée, mais également pour la gentillesse dont il avait fait preuve, ainsi que pour le réconfort qu'il lui avait procuré.

— J'oubliais, je vous ai fabriqué quelque chose, dit-elle d'une voix timide.

— Vraiment ?

Elle hocha la tête, se leva puis se dirigea vers la table où elle avait déposé le collier. Elle s'en empara avec précaution et le lui tendit, légèrement embarrassée tout à coup. Et si cela ne lui plaisait pas ? Les hommes tels que lui portaient-ils ce genre de chose ?

— C'est une dent de lion de mer. Je l'ai trouvée sur la plage. J'ai eu beaucoup de chance. C'est plutôt rare. J'y ai ajouté une cordelette pour en faire un collier. Notre peuple pense que les dents de cet animal sont un talisman protecteur. Je me faisais du souci pour vous. Je me suis dit qu'elle pourrait vous porter chance.

En voyant le sourire empreint d'une grande tendresse qu'il lui adressa, elle comprit qu'elle avait vu juste. Il parut ému. Il tendit alors la main vers elle pour accepter le cadeau qu'elle lui offrait et leurs doigts se frôlèrent. Des frissons lui parcoururent aussitôt le corps. Comment pouvait-elle encore éprouver du désir pour cet homme après ce qui était arrivé sur la plage ? Ne s'était-elle pas enfuie le plus loin possible ?

— Je vous remercie, Svea. Ce collier me plaît beaucoup.

Il se le passa aussitôt autour du cou. Le cœur battant, elle lui rendit son sourire.

— Vous êtes certaine de ne pas vouloir le garder pour vous ?

— Non, c'est pour vous que je l'ai fait.

— Personne ne m'avait encore jamais fait de cadeau, murmura-t-il d'une voix légèrement tremblante.

— Vraiment ? dit-elle, médusée. Vos parents vous ont bien offert des petites babioles lorsque vous étiez enfant ?

— Non.

Même si elle le savait à couteaux tirés avec son père, cette révélation la sidéra. Il avait donc également entretenu des relations difficiles avec sa défunte mère ! Svea se promit d'en apprendre plus sur le sujet. Pourquoi Ash n'avait-il pas été aimé ? Pourquoi ne lui avait-on pas manifesté la moindre gentillesse dès son plus jeune âge ? C'était pourtant ce que faisait toute mère digne de ce nom ! Elle sentit tout à coup monter en elle une colère sourde à l'encontre de cette femme qu'elle n'avait pas connue.

— J'ai une demande à vous faire, Svea. Je vous suis extrêmement reconnaissant du cadeau que vous venez de m'offrir, mais il y a autre chose que j'aimerais beaucoup que vous fassiez pour moi, déclara-t-il en caressant le collier du bout des doigts, comme pour lui montrer qu'il comptait beaucoup à ses yeux.

— De quoi s'agit-il ? demanda-t-elle, le souffle court.

Que désirait-il donc ? Elle eut soudain l'impression qu'il pouvait tout lui demander et qu'elle accepterait volontiers de répondre à sa requête. Encore fallait-il que sa demande soit dans ses cordes…

Il tendit alors la main vers ses cheveux humides, qu'il dégagea délicatement de son cou. Il n'avait pas sitôt effleuré du bout des doigts sa peau recouverte de motifs qu'elle se mit à frissonner. Il lui prit ensuite doucement le poignet puis le tourna vers lui afin de tracer le contour du symbole circulaire orné d'une multitude de petites lances qui y figurait. Le regard fasciné qu'il lui jeta alors la surprit.

— Je crois me souvenir que vous les dessinez vous-même ?

Troublée par les petits picotements délicieux qui lui parcoururent le bras, elle acquiesça.

— J'ai très envie que vous me dessiniez quelque chose sur le corps, dit-il en lui relevant doucement la manche pour découvrir le motif dans son ensemble.

Elle le fixa un instant, incrédule.

— Ici, ajouta-t-il en lui posant la main sur son torse musclé.

Elle croisa une nouvelle fois son regard sans parvenir à lui faire la moindre réponse.

— Accepteriez-vous de faire cela pour moi ?

— Désirez-vous sincèrement que je dessine à l'encre sur votre peau ?

Jamais elle n'aurait pensé que ce soit son genre. L'image qu'il renvoyait était si éloignée de celle des hommes qui lui demandaient de leur marquer la peau ! Son apparence toujours impeccable et le sérieux qui le caractérisait ne correspondaient en rien avec la demande qu'il venait de lui faire.

— J'accepte, finit-elle par prononcer.

Elle n'en revenait pas. Un petit rire incontrôlable la secoua soudain. Décidément, cet homme ne cesserait jamais de la surprendre.

— Vous êtes sûr de vous ? Une fois incrustés dans votre peau, ces dessins y resteront jusqu'à la fin de vos jours. En êtes-vous bien conscient ? Je me permets également de vous rappeler que ces motifs sont généralement associés aux Vikings, qui se peignent la peau depuis des temps immémoriaux.

— Il n'y a pas de raison que les Vikings soient les seuls à couvrir ainsi leur corps de ces magnifiques ornements. Et puis, j'en ai assez d'être toujours aussi raisonnable ! Je voudrais écouter mes envies, pour une fois. Me rebeller, même. Peut-être est-ce votre compagnie qui m'incite à agir ainsi.

Un large sourire vint aussitôt lui étirer les lèvres.

— Alors ? reprit-il, les sourcils arqués. Acceptez-vous de répondre à ma demande ?

— J'en serais très honorée.

— De quoi avez-vous besoin ?

— Que voulez-vous dire ? Désirez-vous que je m'attelle immédiatement à la tâche ? demanda-t-elle d'un ton perplexe.

Il ne perdait pas de temps !

— Si vous n'êtes pas trop fatiguée, bien entendu. Comment vous sentez-vous, Svea ? Je n'ai pas sommeil, de mon côté.

— C'est d'accord, dit-elle sans réfléchir.

Elle se mit alors à énumérer la liste des choses dont elle avait besoin. Une épine de rose. De la cendre de bois. Sans oublier quelques herbes bien précises.

Ash quitta la pièce avec une certaine réticence tout en lui promettant qu'il n'en aurait pas pour longtemps. Il revint en effet rapidement avec tous les ingrédients qu'elle lui avait demandés. Un frisson d'excitation la parcourut soudain à l'idée qu'elle allait dessiner un motif sur son large torse. C'était la première fois qu'elle le faisait pour un homme qu'elle appréciait particulièrement. Peut-être cela renforcerait-il le lien timide qu'ils étaient en train de tisser entre eux.

Elle effectua rapidement le mélange requis, disposa tout ce dont elle avait besoin sur la table puis annonça avec une certaine nervosité qu'elle était prête.

— Comment voulez-vous procéder ? demanda-t-il.

Elle le regarda sans comprendre.

— Où voulez-vous que je m'installe ?

Une question pertinente qui la prit cependant un peu au dépourvu. Elle pensa un instant lui faire une remarque légèrement inconvenante mais se ravisa aussitôt. Elle n'était pas totalement remise. Ce qu'elle avait ressenti lorsqu'il avait introduit sa langue dans sa bouche l'avait tellement décontenancée ! Mais là n'était pas la question... Désirait-elle renouveler l'expérience ?

Elle devait cesser de se mentir à elle-même. Elle en avait terriblement envie. Mais Ash accepterait-il de l'embrasser après avoir été si brutalement repoussé ? Lui pardonnerait-il l'affront qu'elle lui avait fait ? Et comment savoir jusqu'où elle était capable d'aller avant qu'un vent de panique la saisisse à nouveau ?

— Là, sur le lit. Surélevez légèrement vos pieds et étendez-vous sur le dos. Cela risque de durer un certain temps.

Il ôta aussitôt sa tunique qu'il laissa retomber sur le sol puis s'allongea sur le lit. Une fois confortablement installé, il demeura parfaitement immobile et attendit. C'était un régal pour les yeux... Le collier qu'elle lui avait offert semblait avoir trouvé naturellement sa place sur sa poitrine musclée. Elle aurait pu l'observer pendant des heures ! Quelle perfection. C'était le plus beau corps qu'elle avait jamais eu l'occasion de voir.

— Ça va faire mal ? demanda-t-il d'un ton neutre.

— Craignez-vous les petites douleurs ? le taquina-t-elle.

— Pas spécialement.

Elle savait qu'il disait la vérité. C'était un homme très courageux.

Elle s'éclaircit la gorge puis demanda :

— Quel motif aimeriez-vous que je dessine ?

— C'est à vous de décider, Svea. Choisissez quelque chose qui fasse sens pour vous. Pour nous deux. Je vous fais entièrement confiance.

Svea l'observa d'un air médusé. Comment pouvait-il s'en remettre ainsi à elle ? S'il en était capable, peut-être pouvait-elle faire de même ? Saurait-elle lui confier son corps ?

Elle sut tout à coup ce qu'elle allait lui dessiner sur le torse. Ce fut comme une évidence.

Elle plongea aussitôt l'épine de rose dans la cendre de bois et se pencha au-dessus de lui. C'était presque dommage. Pourquoi voulait-il couvrir d'ornements un corps d'une si grande beauté ? Hormis quelques poils disséminés çà et là et quelques cicatrices, sa peau était parfaitement lisse. Svea secoua la tête. Elle devait absolument se concentrer sur la tâche qu'il lui fallait accomplir. Pourtant, dès qu'elle posa la main sur la peau d'Ash et sentit les muscles de ce dernier se tendre sous ses doigts, son esprit s'égara à nouveau.

D'autant qu'elle n'avait encore jamais travaillé dans un cadre aussi intime. Sur un lit. À la lueur d'une bougie. Sans parler de l'attirance qu'elle ressentait pour lui… En sentant le souffle chaud d'Ash lui chatouiller la joue et ses yeux sombres fixés sur elle, son cœur se mit à cogner fort contre sa poitrine.

— Vous approchez-vous toujours autant des personnes dont vous marquez la peau ? demanda-t-il d'un ton badin.

Il tendit la main vers elle puis enroula une de ses nattes autour de ses doigts.

— Ne faites pas cela, dit-elle en se dégageant d'un

geste. Vous devez rester un peu tranquille. J'essaye de me concentrer, vous savez.

Il lui adressa aussitôt un sourire charmeur qui la troubla. Le bougre savait sans doute l'effet que cela produisait sur elle.

Elle prit une profonde inspiration et s'attela à la tâche qui lui était dévolue. Elle commençait toujours par les contours. Entrelacer les différents motifs et obtenir les effets d'ombrage désirés lui prit un long moment. Mais lorsque le dessin qu'elle avait en tête commença à prendre forme, elle ne put réprimer un petit sourire de satisfaction. Ash semblait totalement perdu dans ses pensées. Svea s'aperçut tout à coup avec une certaine fierté qu'elle était en train d'accomplir sa plus belle réalisation. Rien de surprenant à cela puisqu'elle y mettait tout son cœur et toute son âme.

Elle était si heureuse de s'être confiée à Ash ! Elle savait qu'elle ne pourrait rien envisager avec lui sans lui avoir dit la vérité au préalable. Elle avait très envie de rester auprès de lui, à vrai dire. Aucun homme ne lui avait encore fait un tel effet. L'attirance qu'elle éprouvait était incontrôlable. Mais ce qui la séduisait le plus, c'était l'infinie douceur avec laquelle il la traitait. Quel dommage qu'ils ne soient pas issus du même clan ! Peut-être n'avaient-ils aucun avenir ensemble, mais cela n'effaçait en rien le désir qu'il lui inspirait.

Elle eut soudain l'impression qu'un cocon intime s'était naturellement tissé autour d'eux. Sa peau chaude et légèrement moite sous ses doigts la faisait frissonner. Chaque point de contact était comme une brûlure incandescente. Sans parler de cette onde de chaleur qui semblait lui inonder l'entrejambe…

Quand elle eut enfin terminé, elle s'écarta un peu de lui pour contempler son œuvre. Elle s'était bien débrouillée. Elle regretta pourtant aussitôt de ne plus pouvoir le toucher comme bon lui semblait.

— Eh bien ? demanda-t-il alors avec une certaine impatience.

— C'est terminé, annonça-t-elle en se mordillant nerveusement la lèvre.

C'était le moment qu'elle redoutait le plus. Pourvu que cela lui plaise ! C'était trop tard, de toute façon. Elle ne pouvait plus modifier quoi que ce soit.

Un large sourire aux lèvres, il s'assit sur le rebord du lit, se leva puis se dirigea vers le cercle de métal poli dans lequel elle s'était observée la veille. Pendant un long moment, il étudia très attentivement son reflet sans émettre le moindre commentaire. Elle lui avait dessiné deux oiseaux en plein vol sur le torse.

— Ce sont des corbeaux, expliqua-t-elle. C'est un symbole d'une grande puissance pour nos deux peuples. Ils incarnent la clairvoyance et la sagesse. La première fois que je vous ai vu, vous m'avez immédiatement fait penser à eux.

Il fit doucement glisser ses doigts sur les oiseaux fraîchement peints.

— Deux corbeaux sont assis chacun sur une épaule de notre dieu Odin. Ils s'appellent Huginn et Muninn. Huginn est le plus raisonnable des deux, dit-elle en désignant le corbeau situé sur la gauche. Il vous ressemble un peu. Muninn est plus passionné.

Elle s'empourpra tout à coup. En donnant de telles explications, ne se dévoilait-elle pas au passage ?

— Lui aussi vous ressemble sur ce point, reprit-elle. Odin les envoie chaque jour parcourir le monde pour poser des questions et amasser un maximum de connaissances et de savoir. C'est tout à fait vous, non ?

Ne sachant pas s'il était satisfait du résultat, elle craignit de laisser s'installer le moindre silence entre eux.

— Ils sont à la fois un symbole de pouvoir et de protection, dit-elle encore. Et ils inspirent généralement la peur à leurs ennemis.

— Ils sont parfaits, Svea, murmura-t-il en venant s'asseoir à côté d'elle sur le rebord du lit.

Il garda les yeux rivés sur les corbeaux qui ornaient désormais son torse puis les caressa du bout des doigts d'un air émerveillé.

— Je vous remercie, Svea. Vous avez beaucoup de talent.

— Vous êtes vraiment satisfait ?

— Je n'aurais pas mieux choisi.

Il lui caressa alors tendrement la joue.

— Je suis très heureux que mon corps soit en partie recouvert d'un de vos dessins. Je me sens beaucoup mieux ainsi.

— Je me suis également sentie beaucoup mieux après avoir orné ma peau de différents motifs. Après ce que Crowe m'avait fait subir, cela m'a permis de me réapproprier mon propre corps.

À peine eut-elle prononcé ces mots qu'il se pinça les lèvres, comme s'il ne supportait pas la simple évocation du nom de son agresseur.

— Svea, je vous remercie sincèrement de m'avoir raconté ce qui vous est arrivé. Cela m'a permis de mieux vous comprendre. Je regrette tellement de m'être interposé et de vous avoir empêchée de lui régler son compte. Vous n'avez jamais pu assouvir votre besoin de vengeance à cause de mon intervention.

— J'ai obtenu ce que je cherchais, n'ayez crainte. Je voulais simplement réussir à l'affronter sans trembler. Cela m'a aidée à me sentir plus forte. Il paraissait si faible lorsqu'il est tombé à genoux ! Et puis, vous l'avez ensuite mis sous les verrous. Il ne peut plus commettre aucun méfait. Enfin, c'était le cas jusqu'à l'embuscade que nous avons essuyée. S'il retrouve la liberté, je dois reconnaître que je le supporterai assez mal.

— Nous allons bientôt arrêter tous ces brigands, Svea, je vous le promets, assura-t-il en lui embrassant délicatement le front.

Puis il s'écarta, l'air songeur, et lui demanda :

— Est-ce à cause de Crowe que vous ne voulez pas vous marier ni avoir d'enfants ?

Elle acquiesça en guise d'assentiment.

— J'étais grièvement blessée lorsqu'on m'a ramenée à Kald. La guérisseuse qui m'a soignée m'a expliqué que les maltraitances que j'avais subies m'empêcheraient sans doute d'avoir des enfants.

— Je suis vraiment désolé, Svea.

À l'annonce de ce diagnostic, elle avait été dévastée. Elle s'était toujours imaginée avec une ribambelle d'enfants accrochés à ses jupes lorsqu'elle serait en âge de se marier. Elle aurait fait une bonne mère. Très aimante. Comme l'avait été sa maman. Elle avait donc dû faire le deuil de ces enfants qu'elle ne mettrait jamais au monde. L'existence dont elle avait toujours rêvé ne pourrait jamais se réaliser. Lorsqu'elle avait compris qu'elle était différente des autres femmes, une honte indescriptible s'était abattue sur elle. Elle était stérile avant même d'avoir eu l'âge de procréer. Pendant très longtemps, elle n'avait pas été capable de sortir à la lumière du jour.

Jusqu'à ce qu'elle décide d'inventer la nouvelle Svea. Dès lors, elle avait concentré tous ses efforts à devenir une guerrière capable de protéger son peuple. Au fil du temps, elle était même parvenue à se convaincre que c'était bien mieux ainsi.

— Vous n'y êtes pour rien, ne soyez pas désolé. Je me répétais sans cesse que j'avais tout de même eu de la chance dans mon malheur. Ces brutes auraient très bien pu m'engrosser. Cela aurait été le coup de grâce. Je n'aurais jamais pu mettre au monde un enfant conçu en pareilles circonstances. Vous imaginez un peu le tableau ? Je l'aurais sans doute détesté. Chaque fois que j'aurais posé les yeux sur lui, j'aurais vu le visage de mes agresseurs et me serais demandé si lui aussi deviendrait un monstre en grandissant.

Ash hocha doucement la tête. Mais son visage s'était crispé et tout son corps s'était tendu en l'espace d'un instant. Exactement comme la fois où il était brusquement descendu de cheval. Avait-elle une nouvelle fois dit une bêtise ?

Il se leva brusquement sans rien dire. Que se passait-il donc ? C'était comme si un véritable fossé s'était creusé entre eux en l'espace de quelques secondes. Il ramassa rapidement sa tunique et l'enfila, recouvrant au passage son corps désormais orné de motifs vikings. Alors qu'il se dirigeait vers la porte et était sur le point de prendre congé, elle eut l'impression de se trouver à nouveau au bord d'un précipice. Elle aurait tant aimé qu'il reste encore un peu. Visiblement, il avait d'autres projets…

De toute évidence, quelque chose l'avait rebuté. Elle réfléchit à toute vitesse pour trouver une explication rationnelle à la situation. Pourquoi la fuyait-il tout à coup ? Elle secoua la tête, consciente de ne pas avoir saisi ce qui était en jeu. Quelque chose de très important. Était-ce parce qu'elle lui avait révélé qu'elle ne pourrait pas avoir d'enfants ? Cela lui importait-il ? Cela changeait-il quelque chose ? Peut-être n'était-elle plus suffisamment féminine à ses yeux ?

— Je suis désolé de toutes les injustices qui vous ont été infligées par ces hommes, Svea, dit-il en lui adressant un signe de tête. Personne ne devrait avoir à endurer ce que vous avez subi, ajouta-t-il en entrouvrant la porte. Il est tard. Je vais vous laisser vous reposer à présent. La journée qui m'attend demain risque d'être longue.

Elle n'eut pas le temps de répliquer qu'il était déjà parti.

Lorsqu'il referma doucement la porte derrière lui, elle se sentit flouée. Elle ne savait pas exactement ce qu'elle espérait, mais après le moment d'intimité qu'ils venaient de partager, ce n'était sans doute pas ce départ précipité. Elle eut soudain l'impression qu'une brise glaciale s'était engouffrée par la porte et avait emporté Ash avec elle. Pourquoi l'avait-il abandonnée subitement ? À quoi bon lui inspirer un tel désir si c'était pour mieux la rejeter ensuite ?

Elle ne trouverait pas le sommeil tant qu'elle n'aurait pas compris pourquoi il s'était enfui. Il lui devait bien une explication. N'avait-elle pas trouvé le courage de lui raconter le viol qu'elle avait subi des années auparavant pour justifier le comportement étrange qu'elle avait eu sur la plage lorsqu'il l'avait embrassée ?

Chapitre 7

À peine Ash avait-il refermé la porte de sa chambre qu'il ôta sa tunique en toute hâte avant de la lancer par terre d'un geste exaspéré. Il observa son reflet dans la plaque de métal poli posée sur sa table. Puis il étudia en détail le dessin que Svea lui avait incrusté à jamais dans la peau, tout en faisant lentement glisser son index sur les lignes qu'elle avait tracées. Allongé sur le lit de Svea, il s'était senti plus paisible que jamais. C'était peut-être cela le bonheur. Quel joli moment d'intimité ils avaient partagé. Cela demandait juste de s'accorder mutuellement leur confiance.

Il aurait voulu que ces instants durent toujours. En découvrant le symbole que Svea avait choisi pour le représenter, les larmes lui étaient brièvement montées aux yeux tant il était bouleversé. Sans parler de l'incroyable qualité d'exécution de cet ornement. Comme il était fier ! Et lorsque Svea lui avait expliqué pourquoi elle avait fait ce choix, son cœur avait failli exploser de joie et de gratitude. Jamais il n'oublierait les mots qu'elle avait employés pour le décrire. *Clairvoyant. Sage. Raisonnable.* Il faisait de son mieux, mais était-il digne de tels éloges ? *Passionné. Puissant. Protecteur...* Si c'était l'image qu'elle avait de lui, elle savait au fond d'elle qu'il ferait tout ce qui était en son pouvoir pour assurer sa sécurité.

Il s'était désespérément accroché à toutes ces belles

choses qu'elle voyait en lui. Et puis tout s'était brusquement écroulé. *Un monstre.* Voilà ce qu'il était à ses yeux.

Lorsqu'elle avait prononcé ce mot honni, son sang s'était aussitôt figé dans ses veines. Le secret sordide qu'il s'efforçait de faire disparaître finissait toujours par resurgir et lui mettre le cœur en miettes. Svea n'avait certes pas eu conscience du mal qu'elle lui avait fait. Non seulement elle l'avait profondément blessé, mais elle avait également réveillé ses pires craintes.

Accablé, il observa avec attention son visage endurci, comme il l'avait fait maintes et maintes fois par le passé. Était-il le monstre que ses parents avaient toujours vu en lui ? Il caressa une nouvelle fois le fol espoir de remarquer une petite ressemblance avec sa mère mais finit par se résoudre à l'inéluctable : il n'en trouverait jamais la moindre trace. La conclusion qu'il redoutait tant était sans appel. C'était à son père qu'il ressemblait. Son *vrai* père.

À un monstre, autrement dit.

En voyant l'expression de dégoût qui lui tordit tout à coup le visage, il se détourna aussitôt de son reflet. Anéanti, il se mit à faire les cent pas dans sa chambre.

Il crut soudain entendre un petit coup frappé à sa porte.

Ash étouffa un juron dans sa barbe. Ne le laisserait-on jamais tranquille ? Était-ce Ellette ou son père ? Et qu'avaient-ils de si urgent à lui demander à une heure pareille ? Il ouvrit la porte sans se donner la peine de masquer sa mauvaise humeur.

Svea ?

Son cœur se mit aussitôt à marteler sa poitrine.

Vêtue de sa chemise de nuit virginale, elle lui parut terriblement nerveuse.

— Puis-je entrer ? demanda-t-elle dans un murmure.

Elle jeta un coup d'œil rapide à gauche et à droite comme si elle craignait que quelqu'un puisse la découvrir.

— Comment saviez-vous où se trouvait ma chambre ?

— J'ai exploré le château pendant votre absence, avoua-t-elle d'un ton penaud.

Même ses quartiers personnels ? Elle ne manquait pas de toupet ! Il était sur le point de la houspiller lorsqu'une petite voix se fit entendre dans sa tête. La sincérité dont elle venait de faire preuve n'était-elle pas tout à son honneur ? Elle cherchait simplement à le connaître davantage. Qui d'autre s'était ainsi intéressé à lui ? Pour autant, rien ne justifiait d'ouvrir toutes les portes d'une demeure sans y avoir été invité au préalable. Il avait tout faux. Et ce, depuis le début. Il aurait dû garder ses distances avec elle et s'assurer qu'elle reste à la place qui était la sienne. Il n'était bon pour personne. Et certainement pas pour elle.

Ne sachant ce qu'elle désirait, il ouvrit néanmoins le battant un peu plus. Svea ne demanda pas son reste et en profita pour se faufiler sous son bras. Il ne lui avait pourtant pas donné l'autorisation d'entrer ! Décontenancé, il referma vivement la porte et s'y adossa. Svea se dandinait d'un pied sur l'autre à quelques pas de distance. Il remarqua soudain l'incroyable désordre qui régnait dans la pièce. Pêle-mêle, sa tunique, ses bottes et son épée jonchaient le sol. Mais que faisait-elle dans sa chambre ? Et pourquoi l'avait-il laissé entrer ? C'était un jeu très dangereux auquel il venait d'accepter de jouer.

— J'aime beaucoup votre fauteuil, dit-elle en désignant celui-ci du bout du menton. Et vous avez une vue magnifique sur la plage, ajouta-t-elle en se dirigeant vers le mur opposé.

— Je suis au courant, maugréa-t-il.

Elle n'était tout de même pas venue le déranger en pleine nuit pour lui faire des compliments sur la façon dont sa chambre était meublée ou sur le joli paysage qu'il pouvait admirer de sa fenêtre ?

— Il est tard, Svea. Que voulez-vous ?

En la voyant faire la grimace, il regretta le ton dur qu'il venait d'employer et la façon un peu trop directe dont il s'était adressé à elle.

— Ash, dit-elle en se tournant vers lui, ai-je dit ou fait une bêtise ?

— Non.

— Est-ce le dessin que j'ai réalisé ? Il ne vous plaît pas ?

— Ce n'est pas cela, Svea. Je vous ai dit qu'il me plaisait beaucoup. Il est parfait.

Elle était parfaite.

— Cela a-t-il un rapport avec ce que je vous ai confié au sujet de ma stérilité ? Cela a-t-il de l'importance pour vous ? Cela me rend-il moins séduisante ?

— Comment ? Mais non ! Je m'en moque éperdument. Je vous ai dit que je ne voulais pas d'enfants, Svea.

— Que se passe-t-il, dans ce cas ? Vous avez déguerpi de ma chambre comme un étalon effarouché. J'ai eu l'impression de vous avoir tout à coup inspiré la crainte du dieu Odin. J'espérais tellement que vous resteriez un peu.

Elle parut chercher ses mots tout à coup.

— Ash, reprit-elle en s'avançant vers lui, je ne sais pas comment m'y prendre, ni par où commencer. Ne désirez-vous pas passer la nuit avec moi ?

Il prit une grande inspiration. C'était ce qu'il désirait le plus au monde. La tenir dans ses bras, tout contre lui. Toute la nuit. Et pourtant quelque chose le retint. Quelque chose de sombre et d'effrayant à la lisière de son esprit. C'était comme un énorme nuage noir, regorgeant de terribles secrets, qu'il craignait de voir éclater. Il voulait à tout prix le garder à l'abri des regards.

Raide comme un piquet, il eut soudain l'impression de prendre racine dans le sol. Le destin jouait contre lui. Sinon pourquoi aurait-il envoyé Svea sur sa route ? Elle commençait à percer les défenses qu'il avait patiemment érigées autour de lui. Capitulerait-il sous la pression ? Ce n'était pas envisageable. Même si le désir qu'il éprouvait pour elle menaçait de l'engloutir, il ne pouvait y céder. Il ne la méritait pas.

— C'est impossible, affirma-t-il d'une voix tendue.

Mais elle ne l'écouta pas. Elle parcourut lentement la distance qui les séparait encore et se planta devant lui, à quelques centimètres à peine. Puis elle posa une main sur son torse.

— Ash, ne me désirez-vous pas ? Cela a-t-il un rapport avec l'histoire sordide que je vous ai racontée ? Me considérez-vous comme irrémédiablement salie ?

— Cela n'a absolument rien à voir ! dit-il en secouant la tête, choqué par ce qu'elle semblait penser.

Était-ce ce qu'il lui avait laissé croire ? Quel imbécile il faisait !

Il se passa nerveusement une main dans les cheveux puis lui saisit avec douceur le haut du bras pour la rassurer.

— Svea, vous savez bien que je vous désire plus que tout.

La voix de celle-ci lui sembla irréelle tout à coup.

— Embrassez-moi dans ce cas… Ash, je vous en prie. J'en ai tellement envie !

Il ferma les yeux un instant. Il en avait terriblement envie lui aussi. Mais l'honnêteté dont elle avait fait preuve envers lui l'en empêcha. Elle s'était mise à nu. Elle avait osé étaler devant lui toutes ses cicatrices et ses angoisses. Son courage l'avait beaucoup impressionné. Lui n'était pas capable de dire qui il était vraiment et continuait à lui mentir. En temps normal, il n'avait pas une très haute estime de lui-même et son comportement lui inspira tout à coup un mépris abyssal. Jamais il ne se permettrait de la toucher sans lui avoir divulgué la vérité à son sujet auparavant. Il aurait trouvé cela terriblement injuste.

Il planta ses yeux dans les siens en quête de réponses

à ses questions, mais alors qu'il cherchait la force de la repousser sans la blesser dans son amour-propre, il la vit se débattre avec sa chemise de nuit. S'était-elle mis en tête de se déshabiller malgré tout ?

C'était pourtant son désir le plus cher. Combien de fois avait-il rêvé de lui ôter ses vêtements un à un avant d'explorer son corps magnifique ? Il avait tellement envie de la caresser et de l'initier aux plaisirs de la chair. Mais si elle apprenait qui il était, si elle savait ce que son père avait fait, le désirerait-elle encore ?

— Arrêtez, Svea, murmura-t-il.

Elle recula aussitôt et lui jeta un regard empli de confusion. Il devait lui dévoiler son secret. *Maintenant.* C'était un risque à prendre. Elle méritait de connaître la vérité à son sujet.

— Il y a quelque chose d'important que vous ne savez pas à mon sujet, Svea. Quelque chose que je dois absolument vous dire avant que vous décidiez si oui ou non vous voulez faire l'amour avec moi.

Elle le fixa de ses grands yeux bleus et parut s'armer de courage en prévision de ce qu'il allait lui confier.

— De quoi s'agit-il ? demanda-t-elle d'une voix ténue.

Il comprit soudain qu'il ne pourrait plus revenir en arrière. Son sort était scellé. S'il la voulait, il allait devoir se battre. Le moment était venu de faire preuve de courage et d'honnêteté. Exactement comme elle l'avait fait un peu plus tôt.

Il lui prit la main dans la sienne et l'entraîna doucement en direction du lit. Elle prit place sur le rebord et planta à nouveau son regard dans le sien, une lueur d'inquiétude dans les yeux. Il s'agenouilla à ses pieds. Il tenait à la regarder en face pour lui raconter son histoire. Était-ce une espèce de fascination morbide ? Toujours était-il qu'il tenait à observer la réaction qu'elle ne manquerait pas d'avoir lorsqu'elle entendrait l'horrible révélation qu'il allait lui faire. Il avait besoin de voir la mine dégoûtée qu'elle arborerait peut-être. Il avait tellement peur… Cesserait-elle de le considérer comme l'homme admirable qu'elle imaginait ? Le verrait-elle comme le monstre qu'il était probablement ?

Par où devait-il commencer son récit ? Il n'en avait encore jamais parlé à personne et cette mise à nu le terrifia tout à coup. Il suffisait de voir comme ses mains tremblaient pour comprendre l'extrême nervosité qui s'était emparée de lui. Même les affres du combat ne le mettaient pas dans un état pareil. Il n'en demeurait pas moins déterminé à aller jusqu'au bout cette fois. Il lui devait bien cela.

— Avez-vous eu l'occasion de voir un coucou pondre ses œufs dans le nid d'un oiseau d'une autre espèce afin d'obliger cet oiseau à élever ses petits comme s'il s'agissait des siens ?

Svea fronça les sourcils d'un air interrogateur.

C'était naturellement une façon quelque peu étrange de commencer son récit, mais il aurait tellement aimé lui faire comprendre là où il voulait en venir…

— Ces oisillons coucous sont des monstres, poursuivit-il. Ils tuent les autres pour assurer leur survie.

Il se passa la main dans la barbe, espérant que la scène qu'il était en train de dépeindre l'aiderait à faire passer le message qu'il allait lui délivrer.

Mais Svea secoua la tête, l'air complètement perdue.

— Ash, de quoi parlez-vous ?

Il avala sa salive avec peine et prit une profonde inspiration. Il devait se lancer dans l'arène.

— Ce bébé que, selon vos propres dires, vous n'auriez jamais pu élever… Vous avez dit que si un des hommes qui vous ont violentée vous avait engrossée, l'enfant qui serait né de ce viol serait sans doute devenu un monstre. Svea, reprit-il, le cœur battant, ce que j'essaye de vous dire, c'est que je suis exactement ce genre d'enfant.

— Comment ? s'écria-t-elle, le souffle coupé.

— Tous ces dessins que vous avez vus dans les chroniques de mon père… Vous êtes une femme intelligente. Je suis sûr que vous avez compris ce que tout cela signifiait. Il y a bien longtemps, des Danois ont débarqué sur la plage de Braewood au beau milieu de la nuit et ont immédiatement pris d'assaut la forteresse. Mon père et ma mère venaient à peine de célébrer leurs noces. L'attaque a été d'une rapidité et d'une brutalité inouïes. Ces sauvages n'ont laissé aucune chance aux habitants endormis. Ils ont tout détruit sur leur passage et ont même mis le feu au château. Ceux qui ont tenté de résister ont été littéralement massacrés. Des femmes et des enfants ont été faits prisonniers. Ce sont sans doute des esclaves à l'heure qu'il est. Quant à ma mère, elle a subi le même sort que vous lorsque vous avez eu le malheur de croiser le chemin de Crowe. Sauf que c'est un Danois qui s'en est pris à elle.

Svea le dévisagea alors, les yeux écarquillés d'horreur. Elle lui donna l'impression qu'il venait d'ôter le masque qu'il portait depuis toujours. Elle le voyait enfin sous son véritable jour… Elle le fouilla une nouvelle fois du regard, exactement comme il l'avait fait lui aussi en observant son reflet quelques instants plus tôt. Peut-être recherchait-elle des similitudes avec son peuple ? Des similitudes qu'elle n'avait pas encore remarquées. Comme sa mâchoire carrée ou son front large.

— Ma mère a été violée, Svea. Et je suis le fruit de cet acte barbare. Et ce que vous avez si bien décrit tout à l'heure, je parle de ce que vous auriez ressenti si Crowe ou l'un de ces hommes vous avait engrossée, c'est exactement ce que j'ai inspiré à ma propre mère. Mes parents m'avaient sous leurs yeux chaque jour. Je leur rappelais constamment ce qui leur était arrivé. Et très vite, ils ne l'ont plus supporté. Ils m'ont envoyé en pension dans un monastère. Les moines me rouaient de coups à longueur de journée dans l'espoir d'anéantir le Danois qui sommeillait en moi. Cela a duré de longues années.

— Ash…

Même si raconter les épreuves qu'il avait endurées lui donnait la nausée, il était heureux de lui avoir enfin confié l'histoire de ses origines. Svea connaissait désormais les circonstances tragiques dans lesquelles il avait été conçu. Peut-être était-elle à présent horrifiée en songeant au sang qui lui coulait dans les veines. Irait-elle jusqu'à le trouver repoussant ? Tout ce qu'il savait, c'était qu'il lui était impossible de la coucher dans son lit sans lui avoir dit la vérité à son sujet.

— Je suis un enfant illégitime. J'ai du sang viking, Svea. Et je ne sais toujours pas qui je suis. Je ne connais pas mon véritable père et me demande souvent de quoi je suis capable. Vous comprenez sans doute mieux désormais la façon dont je me comporte et la raison pour laquelle je me tiens généralement à l'écart. Cela vaut mieux pour tout le monde. Voilà pourquoi je ne bois jamais, pourquoi je suis toujours tiré à quatre épingles… Je fais en sorte de garder le contrôle de moi-même. Je reste toujours sur mes gardes. Je vis dans une terreur permanente. J'ai sans doute en moi l'extrême cruauté de mon père. Comment savoir si je ne succomberai pas un jour à cette barbarie qui sommeille en moi ?

Incapable de rester tranquillement assis alors que le sentiment de culpabilité qui le rongeait depuis toujours était à son paroxysme, il se leva d'un bond et se mit à arpenter la chambre de long en large. Ce que ses parents avaient enduré depuis sa naissance lui sembla tout à coup inimaginable. Il savait qu'il ne se débarrasserait jamais de la honte qui l'accablait. Le désir qu'il éprouvait pour Svea n'en était pas moins fort. Mais l'horrible pressentiment qui le tenaillait s'accentua encore. Comment Svea le considérait-elle à présent ?

— L'existence solitaire et recluse que je menais jusqu'alors me convenait parfaitement, reprit-il, le cœur battant. Notre rencontre a quelque peu chamboulé mes certitudes. Je vais répondre à la question que vous m'avez posée plusieurs fois. Pourquoi est-ce que je ne vis pas à Braewood ? Tout simplement parce que je ne m'en sens pas digne. Je n'ai jamais eu l'impression d'y avoir ma place. Je ne m'y suis jamais senti chez moi. J'ai été banni de cette forteresse alors que je n'étais qu'un petit garçon. Ma propre famille ne supportait pas ma présence. Et ce n'était pas mieux au monastère où on m'avait envoyé en pension. Les moines me prenaient pour un démon. Je peux vous dire qu'ils me l'ont fait payer chaque jour de mon existence. Évidemment, tout cela est resté secret depuis le jour de ma naissance. Mon père a donné l'ordre de ne pas révéler l'histoire de ma conception à quiconque. Pour ne pas le blesser dans son orgueil, je suppose. Et ne pas entacher la réputation de la famille. Personne ici ne connaît la vérité. À part moi. Je me suis toujours senti différent. Il suffit de voir comment les gens me dévisagent… Je me demande toujours s'ils devinent que je ne suis pas des leurs. Mais ce que je ne supporte plus, ce sont les tours noircies du château. Chaque fois que je les aperçois, elles me rappellent qui je suis. Un monstre…

— Non !

Svea secoua violemment la tête. Le teint pâle et les yeux emplis de larmes, elle semblait bouleversée.

— Vous n'êtes pas un monstre, Ash. Comment pouvez-vous dire une chose pareille ? Ce n'est pas ainsi que je vous vois.

— Mais vous l'avez pourtant dit vous-même ! Vous avez déclaré que vous n'auriez pas pu élever un enfant engendré dans la violence. Eh bien, c'est exactement ce que je suis, Svea. Regardez-moi bien. Ma propre mère n'est pas parvenue à m'aimer.

— Je regrette sincèrement ce que je vous ai dit, lança-t-elle d'une voix vibrante d'émotion avant de s'élancer dans sa direction.

Ash n'en crut pas ses oreilles. Comment pouvait-elle passer sous silence tout un pan de sa personnalité ?

— Je n'avais jamais rencontré un homme comme vous, Ash. Vous n'êtes pas un monstre ! Vous êtes l'homme le plus admirable que j'aie jamais rencontré.

Stupéfait, il la regarda droit dans les yeux sans oser la prendre dans ses bras. Il était fier de lui avoir dit la vérité. Elle connaissait la part sombre de son être à présent. Avait-elle seulement compris qu'elle devait se méfier de lui ? De quoi était-il réellement capable ? Il eut tout à coup envie de prendre ses jambes à son cou. Mais visiblement Svea ne l'entendait pas ainsi. Elle venait de lui poser une main réconfortante sur l'épaule. Elle aussi était différente des autres.

— Ash, lui murmura-t-elle, peu importe les origines de ceux dont vous croisez la route. Nous l'avons bien vu au cours de ces derniers jours. Il y a simplement de bonnes personnes et de mauvaises personnes. Et peu importe qu'elles soient saxonnes ou danoises. Quant à vous, Ash, vous incarnez ce qu'il y a de meilleur dans nos deux peuples. Vous êtes une bonne personne. N'en avez-vous pas conscience au fond de vous ?

Touché par le tableau qu'elle venait de brosser de lui, il lui prit timidement les mains dans les siennes.

— D'où tirez-vous une telle certitude, Svea ? Moi, je n'y arrive pas.

— Je ne nie pas la tragédie qui s'est abattue sur votre père et votre mère, Ash. Mais vous n'êtes qu'une victime de plus ! Vous n'y êtes pour rien.

Elle lui pressa tendrement les doigts et plongea ses grands yeux bleus emplis d'affection dans les siens.

— Vos parents ont subi une agression épouvantable et ne sont pas responsables de ce qui est arrivé. En revanche, ce sont eux qui ont choisi de vous élever comme ils l'ont fait. Je repense au parallèle que vous faisiez tout à l'heure. Les pauvres oiseaux qui se font spolier leur nid par les coucous ne se débarrassent pas des oisillons pour autant. Au contraire. Ils prennent soin d'eux et les élèvent comme leurs propres enfants. Vous n'avez rien à vous reprocher dans toute cette histoire, Ash.

Il la regarda bouche bée. Pourrait-il un jour se rallier à sa façon de voir les choses ? Il aurait voulu qu'elle ne s'arrête jamais de parler et continue à exprimer des opinions positives à son sujet. Il en avait tellement besoin ! Il ne s'était jamais beaucoup aimé et il ne tenait pas à voir se refermer la brèche qu'elle venait d'ouvrir. Quelle femme extraordinaire il avait rencontrée ! Une envie irrépressible de lui faire l'amour s'empara soudainement de lui. Lui donnerait-elle son consentement ?

— Voulez-vous savoir ce que je vois lorsque je vous regarde ? demanda-t-elle alors en esquissant un sourire.

Il hocha doucement la tête, le cœur battant à tout rompre.

— Je vois un homme courageux, d'une force peu commune et d'une loyauté sans faille à l'égard de son roi, de sa famille et de son peuple. Un homme qui se soucie des autres, qu'ils soient saxons ou danois. Un homme dont la beauté surpasse aisément celle de tous ceux qui ont croisé mon chemin. Un homme à qui je peux accorder ma confiance. Je vous en prie, Ash, ne me repoussez pas à cause d'un événement qui s'est produit avant notre naissance à tous les deux. Jusqu'alors, la simple pensée qu'un homme puisse me toucher me révulsait. Tout est différent depuis que je vous ai rencontré. Je meurs d'envie de me coucher à vos côtés dans votre lit…

Elle pressa alors son corps contre le sien et il sentit qu'il ne pourrait bientôt plus lutter contre l'inéluctable.

— Oublions qui nous sommes, Ash… Juste une nuit.

Son cœur se mit à battre plus fort contre sa poitrine. Il n'en croyait pas ses oreilles. Comment pouvait-elle continuer à le désirer après tout ce qu'il venait de lui raconter à son sujet ? Elle ne semblait pas le trouver repoussant, voire dégoûtant, comme il s'y était préparé. Cela ne pouvait signifier qu'une seule chose. Cette femme avait perdu la raison. Ou alors c'était lui qui perdait la tête. Sinon pourquoi resterait-elle dans sa chambre de son plein gré à lui demander de poser ses mains sur son corps ?

Au même instant, comme pour mieux lui expliquer ce qu'elle attendait de lui, elle l'attira tout contre elle et l'incita à s'asseoir avec elle sur le rebord du lit.

— J'aimerais tant que vous m'embrassiez à nouveau, Ash. Si vous ne le faites pas, j'ai l'impression que je vais devenir folle. Du reste, vous savez bien qu'il est extrêmement impoli de faire attendre une femme.

Un petit rire sonore s'échappa soudain de la bouche d'Ash. Les tensions qu'il avait accumulées ces derniers jours s'envolèrent une à une sous les mains délicieuses de Svea qui lui prodiguaient de légères caresses. Incapable de résister plus longtemps, il lui prit délicatement le visage entre ses mains. Puis il posa ses lèvres sur les siennes pour y déposer un tendre baiser.

— J'en veux plus, murmura-t-elle en se pressant contre lui.

Il esquissa un sourire sans se détacher d'elle et l'embrassa une nouvelle fois. Un baiser intense et profond qui leur coupa le souffle. Tout en explorant sa bouche de la pointe de la langue, il la fit doucement basculer vers l'arrière pour l'inviter à s'allonger sur les peaux de bête.

Puis il prit place à ses côtés, les bras passés autour de sa taille, de manière à se presser contre elle tout en continuant à l'embrasser goulûment. Il peinait encore à y croire. Comment ses désirs les plus fous pouvaient-ils tout à coup devenir réalité ? Il devait néanmoins garder en tête qu'il ne fallait surtout pas précipiter les choses cette fois. Et peu importait ce qu'elle pouvait bien suggérer, il lui faudrait constamment s'assurer qu'elle lui donnait son consentement. Il avait commis une grave erreur en la brusquant lorsqu'il l'avait embrassée sur la plage et il n'avait pas l'intention de recommencer. Plus jamais il ne voulait la voir s'enfuir à toutes jambes.

Svea s'enhardit un peu et se mit à lui caresser le torse. Puis ses deux mains s'aventurèrent dans son dos. La peau d'Ash brûlait littéralement au contact de ses doigts, ils dessinaient le contour de ses muscles et de ses cicatrices avec une sensualité qui fit monter son désir d'un cran. Puis elle vint taquiner ses tétons durcis et jouer avec les poils de son torse. Captivé par la palette d'émotions qu'il voyait passer sur son visage, il se contenta de se laisser faire. Il y eut d'abord de l'hésitation. Puis l'excitation succéda à l'émerveillement. Peut-être qu'en explorant son corps dans ses moindres détails, elle aurait moins peur de lui ?

— Cela me plaît de savoir qu'une part de moi est imprimée dans votre peau, murmura-t-elle en lui souriant. Pour toujours…

— Moi aussi.

Il lui déposa un baiser sur le front avant de presser à nouveau les lèvres sur les siennes. Sa bouche se fit tout à coup plus pressante, plus possessive, et comme elle lui répondait favorablement en se plaquant tout contre lui, il se laissa guider par l'intense désir qui s'était emparé de lui.

— Je veux également vous donner quelque chose dont vous vous souviendrez toute votre vie.

Il s'écarta un peu pour lui déposer une série de baisers délicats au creux du cou, qu'il parcourut ensuite de la pointe de la langue en suivant les motifs entrelacés qui lui ornaient la peau. Il descendit jusqu'à sa clavicule, puis sa gorge qui se souleva alors au rythme de sa respiration saccadée. Il entrouvrit ensuite doucement l'encolure de sa chemise de nuit pour y glisser une main. Il attendit un peu avant de poursuivre sa progression. Aucune protestation. Encouragé par ses petits soupirs, il se mit à lui caresser les seins, doucement, puis avec davantage d'impatience, et lorsqu'il promena sa langue sur ses tétons dressés, ce fut cette fois un petit gémissement qu'elle laissa échapper.

— Puis-je vous enlever votre chemise de nuit ? lui demanda-t-il en la regardant droit dans les yeux.

Il ne voulait plus aucune barrière entre eux. Il voulait sentir sa peau nue contre la sienne et lui procurer autant de plaisir qu'il lui était possible de lui donner.

Les joues rougies, elle hocha la tête. Il l'aida à s'asseoir et lui fit passer sa chemise par-dessus la tête puis la laissa tomber doucement sur le sol.

Il l'invita à s'allonger à nouveau sur le dos, mais elle rassembla rapidement ses genoux contre sa poitrine qu'elle chercha aussitôt à dissimuler sous ses paumes de main dans un élan de pudeur.

— Vous avez probablement connu un grand nombre de femmes, murmura-t-elle.

— Aucune d'entre elles ne m'a fait ressentir ce que j'éprouve pour vous, Svea, dit-il en entrelaçant ses doigts aux siens tout en la surplombant.

Puis, comme elle parut se détendre un peu, il lui lâcha les mains et s'écarta légèrement. Elle s'abandonna alors sur le lit et s'offrit volontiers à son regard lascif.

— Et aucune ne possédait votre incroyable beauté.

D'un geste, il l'encouragea à étendre ses bras derrière

sa tête. Il s'agenouilla ensuite au-dessus d'elle, mais alors qu'il se penchait vers elle pour l'embrasser, elle se figea sur place. Il se souvint de ce qu'elle lui avait raconté et se dégagea immédiatement d'elle. Cela la mettait sans doute mal à l'aise qu'il pèse sur elle de tout son poids et qu'elle ne puisse plus se dégager aussi facilement qu'elle le souhaitait. Il ne voulait surtout pas raviver de douloureux souvenirs en un moment pareil. Ce soir, il souhaitait au contraire lui mettre de nouvelles images en tête, lui créer de nouveaux souvenirs. Il s'allongea une nouvelle fois près d'elle.

— Je ne vais pas vous faire mal, Svea, lui assura-t-il au creux de l'oreille avant de l'embrasser tendrement.

Elle parut se détendre un peu.

— Si mon corps vous rend nerveuse, reprit-il en lui adressant un sourire malicieux, que diriez-vous si je vous promettais de ne vous toucher qu'avec ma bouche ? Pour l'instant tout au moins…

— Simplement avec votre bouche ?

Les sourcils froncés, elle le regarda sans comprendre. Il avait tant de choses à lui apprendre.

— Oui. Je ne peux pas vous faire de mal avec ma bouche, vous êtes d'accord ?

— Je veux bien essayer.

Il commença par lui ravir les lèvres. Enrouler sa langue à la sienne dans une danse frénétique lui procurait un tel plaisir qu'il le fit durer de longues minutes. C'était une véritable torture d'être étendu à côté de son corps nu sans pouvoir la toucher, mais il savait qu'il n'en profiterait que mieux un peu plus tard. Ce fut le baiser le plus passionné qu'il ait jamais donné. Svea était à présent si détendue qu'elle desserra enfin les cuisses et se mit à se tortiller doucement contre lui. Il avait tellement envie de glisser la main entre ses boucles blondes pour caresser son intimité. Mais il devait se contenir pour l'instant. Elle n'était pas encore prête.

Il lui déposa alors de tendres baisers sur la tempe puis lui mordilla doucement le lobe de l'oreille. Gonflée de désir, elle se cambra et projeta sa poitrine en avant. En voyant ses mamelons bruns durcis si près de sa bouche, la tentation fut trop forte. Il les voulait dans sa bouche, entre ses dents… Il fit aussitôt glisser sa langue vers son épaule, sa clavicule, puis il prit ses magnifiques seins ronds à pleine bouche. En l'entendant gémir sous ses baisers, il crut un instant perdre la tête. Il ne devait pas brusquer les choses pour autant. Il aspira légèrement un de ses tétons qu'il taquina du bout de la langue puis s'empara avidement de l'autre.

Svea l'attrapa par les cheveux pour le maintenir en place. Comme si elle ne voulait plus jamais le laisser partir. Mais il avait une autre destination en tête. Alors que sa langue descendait en zigzaguant en direction de son ventre, elle s'agrippa brusquement à ses épaules et comme il poursuivait sa progression plus bas encore, elle tenta cette fois de l'en empêcher.

— Que faites-vous, Ash ?

— Vous allez beaucoup aimer, je vous le promets.

Accoudée des deux bras, la tête relevée, Svea se passa nerveusement la langue sur les lèvres en regardant Ash lui caresser le corps de sa bouche. Il l'embrassa d'abord sur les hanches, des baisers délicats qui devinrent plus ardents au fil des minutes, puis à l'intérieur des cuisses, ce qui lui provoqua aussitôt une myriade de sensations plus délicieuses les unes que les autres.

Puis, sans qu'elle s'en aperçoive, elle sentit brusquement sa tête entre ses cuisses, au beau milieu de ses petites boucles blondes qui dissimulaient la partie la plus intime de son corps.

— Svea ? murmura-t-il.

Elle savait ce qu'il lui demandait. Il lui avait promis de ne la toucher qu'avec sa bouche et il désirait sans doute qu'elle écarte les jambes pour lui donner un meilleur accès à son intimité. Serait-elle effrontée à ce point ? Faisait-on réellement de telles choses ?

Comme il frottait doucement son nez contre son pubis, elle écarta délibérément les cuisses, cédant à une luxure débridée dont elle n'avait pas eu connaissance jusqu'alors, impatiente de le laisser prendre possession de son sexe gonflé de désir. Elle étendit spontanément les bras derrière la tête dans une position de soumission fiévreuse qui l'étourdit. Les lèvres d'Ash se posèrent alors doucement sur le minuscule renflement qu'elle avait découvert et fiévreusement caressé lorsqu'elle avait pris un bain à son arrivée à Braewood. Ash faisait exactement la même chose à présent. Mais avec sa langue…

Incapable de se maîtriser, elle laissa échapper un petit cri tout à coup. Le plaisir intense qu'elle ressentait était si puissant qu'elle leva instantanément les fesses du lit pour plaquer son pubis contre sa bouche dans l'espoir de… Mais de quoi ? Jamais elle n'aurait imaginé que de telles choses soient possibles. Mais à présent qu'elle y avait goûté, elle ne voulait plus que cela s'arrête.

Alors qu'il accentuait un peu plus la pression, les sensations exquises qu'elle éprouvait s'intensifièrent encore, telles des vagues qui gonflaient puis refluaient. Alors que sa langue glissait avec précision sur son sexe, une immense vague déferla brusquement sur elle et retomba avec fracas, lui procurant un plaisir si extrême qu'elle s'agrippa aux cheveux de son bel amant tout en criant son nom.

Ses tremblements ne cessèrent qu'après un long moment et elle se demanda soudain depuis combien de temps ils se trouvaient tous les deux immobiles dans cette position. Il avait toujours la tête entre ses cuisses. Elle aurait tant voulu qu'il la prenne dans ses bras à présent ! Elle lui secoua légèrement l'épaule et il s'allongea aussitôt à ses côtés.

— C'était si mauvais ?

Les joues de Svea s'empourprèrent sur-le-champ.

— Vous savez parfaitement que ce n'était pas le cas. Je ne sais pas si vous allez me croire, mais je n'avais même pas conscience que de telles choses pouvaient exister.

— Vous n'imaginez pas tous les plaisirs auxquels j'aimerais vous initier, Svea. Si vous l'acceptez, bien entendu, ajouta-t-il en lui posant une main possessive sur le sein.

Elle partit aussitôt d'un petit rire étouffé pour dissimuler son embarras. Puis, encouragée par la délicieuse expérience qu'elle venait de vivre, elle lui demanda d'un ton moqueur :

— Est-ce donc tout ce que l'on vous a enseigné au monastère ?

— Pas exactement, dit-il en souriant. Je ne pense pas que l'abbé Æbbe aurait approuvé ce genre de choses.

— Vous reste-t-il uniquement des mauvais souvenirs des années que vous avez passées là-bas ? demanda-t-elle en reprenant son sérieux.

Penser aux maltraitances qu'on lui avait infligées au monastère lui était insupportable. Comment les moines avaient-ils pu faire preuve d'une telle brutalité envers un petit garçon ?

— Toutes vos cicatrices remontent-elles à cette période ?

Elle fit lentement glisser son index sur son torse musclé.

— Certaines d'entre elles, oui, mais pas toutes. Plusieurs proviennent des coups que j'ai reçus sur le champ de bataille.

— Qu'est-ce que les moines vous ont fait exactement ?

Plus elle y pensait, plus il lui semblait inconcevable que des hommes de foi fassent usage de violence répétée à l'encontre de l'un de leurs pensionnaires.

— Ils ont essayé de faire disparaître mon héritage danois. Je ne suis pas certain qu'ils aient réussi. Ils savaient sans doute que je ne deviendrais jamais moine ! Parfois, j'étais privé de nourriture. Je devais également travailler du matin au soir. On ne m'a jamais laissé jouer alors que je n'étais encore qu'un enfant à mon arrivée. Mais je ne crois pas avoir subi plus de maltraitances que les autres, vous savez.

Il souhaitait sans doute donner l'impression de prendre les choses à la légère pour se donner bonne contenance, aussi préféra-t-elle ne pas le presser de questions supplémentaires. Il ne lui restait plus qu'à espérer qu'il lui raconterait tout cela plus en détail lorsqu'il le pourrait. En comparaison, elle avait eu beaucoup de chance. Même si elle était encore très jeune lorsqu'elle avait perdu ses parents, au moins avait-elle eu une famille aimante qui avait toujours pris soin d'elle. Ash ne pouvait pas en dire autant. Elle allait s'occuper de lui à présent.

— J'ai fait très bon usage de la bibliothèque lorsque je vivais au monastère, reprit-il d'une voix enjouée. Et j'ai reçu une excellente éducation. On m'a enseigné la logique, la philosophie et la géographie. On m'a appris à lire et à écrire. Toutes ces aptitudes m'ont permis d'obtenir le poste que j'occupe auprès du roi.

— J'aimerais tant apprendre à lire et à écrire, dit Svea dans un soupir.

— Je pourrais vous apprendre.

Il roula sur le dos et l'entraîna avec lui, si bien qu'elle se retrouva la tête sur son torse.

— Svea, savez-vous que certaines runes vous décrivent à la perfection ? Laissez-moi vous montrer…

Du bout des doigts, il lui traça alors dans le dos une espèce de croix.

— De quoi s'agit-il ?

— De la lettre *g*. Le *Geb*⊠. Cette lettre symbolise le don. Et vous, vous êtes un don du ciel, Svea.

Puis il lui traça une ligne verticale qui se terminait par une boucle sur la droite. Il la toucha avec une telle délicatesse qu'elle fut aussitôt parcourue de mille frissons.

— De quelle lettre s'agit-il, cette fois ? murmura-t-elle.

— C'est la lettre *Wynn*. Elle symbolise l'espoir, la joie et également la perfection. Je vais vous en proposer une dernière qui va peut-être vous intéresser.

Il lui traça alors une ligne verticale au sommet de laquelle descendait une petite ligne oblique sur la droite, puis il traça une deuxième petite ligne oblique parallèle à la première.

— Celle-ci, c'est la rune *Ansuz*. Elle représente la puissance. Mais c'est aussi la rune du frêne.

— Du frêne ?

— Oui. Vous savez sans doute que c'est ce que signifie mon prénom, Ash, en langue ancienne…

Elle lui adressa aussitôt un large sourire.

— *Ansuz*… J'aime beaucoup cette rune, Ash. Je les aime toutes, à vrai dire.

— Donc, pour répondre à votre question, le monastère n'a pas eu que des mauvais côtés. Le pire, c'était la solitude. Et être aussi loin à l'intérieur des terres. L'océan m'a tellement manqué !

— Comme je vous comprends ! Mais dites-moi, Termarth n'est pas au bord de la mer, ajouta-t-elle d'un air pensif. Vous vous plaisez là-bas ?

— J'aime beaucoup les habitants de Termarth.

Il lui caressa à nouveau le dos du bout des doigts et un long frisson parcourut la colonne de Svea.

— Qu'ont-ils de spécial ?

— Je ne saurais vous dire. Je crois que je me sens à ma place là-bas.

— Je ne sais pas si vous avez entendu les rumeurs qui circulaient à une époque sur la relation que vous entreteniez avec la princesse. On disait que vous alliez l'épouser.

À ces mots, il redressa brusquement la tête.

— La princesse Anne ? demanda-t-il, visiblement surpris.

— Oui. Brand était furieux ! Il était tombé sous son charme et il s'est senti menacé.

Ash lui adressa alors un sourire malicieux et se mit à lui caresser les fesses. Doucement. Puis avec une certaine impatience.

— Il n'avait pourtant aucune inquiétude à avoir. Il n'y a jamais rien eu entre la princesse et moi. Je crois que je préfère les natures un peu plus sauvages, dit-il en l'embrassant. J'ai tellement hâte de voir s'exprimer votre côté sauvage, ajouta-t-il d'une voix lourde de sous-entendus.

Il la fit basculer sur lui d'un geste. Elle était à sa merci, à présent.

— Cette fois, je vais vous toucher avec mes mains, Svea. Partout…

Ses mots allumèrent aussitôt en elle un désir enfiévré. Comme elle se frottait doucement contre lui, il lui effleura le creux des fesses. C'était si excitant…

— Ash, bredouilla-t-elle.

Mais elle n'avait plus peur. Les caresses intimes qu'il allait lui prodiguer la rendaient au contraire folle de désir. Elle ne voulait pas le décevoir. N'avait-il pas émis le souhait de découvrir son côté sauvage ?

— Vous êtes prévenue, Svea. J'ai bien l'intention d'explorer les moindres recoins de votre corps.

Il fit alors glisser ses doigts vers son sexe puis introduisit son index avec une lenteur terriblement excitante.

Elle s'agrippa d'instinct à ses épaules en laissant échapper un petit cri de surprise.

— Tout va bien ? demanda-t-il en s'interrompant.

— Oui, fit-elle d'une voix étranglée.

Il entama un lent mouvement de va-et-vient avec son doigt. C'était si enivrant qu'elle lui demanda de l'intensifier. Combien de temps supporterait-elle cette délicieuse torture ? Qu'avait-il réellement en tête ?

— J'ai très envie de vous toucher ici, dit-il en augmentant encore la pression. Avec mon corps, cette fois. Je vous promets que cela vous plaira.

Il se retira alors et se mit à lui caresser voluptueusement le minuscule renflement qui lui donnait tant de plaisir. Puis, alors qu'elle se cambrait pour lui faciliter la tâche, il introduisit à nouveau un doigt en elle. Ses muscles intimes l'enserrèrent aussitôt et une onde de plaisir la parcourut, l'excitant davantage encore.

Elle ne l'avait pas touché jusqu'à présent. Ne lui avait pas donné de plaisir. Ash ne lui avait certes guère donné le choix, mais elle eut soudain terriblement envie de lui procurer à son tour toutes les délicieuses sensations qu'il lui faisait découvrir. Seulement elle ne savait pas comment s'y prendre. Elle regretta soudain de ne jamais avoir écouté les femmes dans la grande salle lorsque celles-ci discutaient ouvertement des choses qu'elles faisaient à leurs maris et expliquaient en détail ce qu'ils préféraient. Elle était bien trop intimidée pour se joindre à leurs conversations.

Svea se sentit ridicule tout à coup. Comment pouvait-elle éprouver une telle appréhension ? Les doigts tremblants, elle se mit à lui caresser l'entrejambe. La respiration d'Ash s'accéléra aussitôt.

— Ash, montrez-moi ce que je dois faire, murmura-t-elle. Je veux vous donner du plaisir moi aussi. Montrez-moi ce que vous aimez…

Il ne se fit pas prier. Il se tortilla un instant sur le lit et se débarrassa en toute hâte de son pantalon. Ils étaient complètement déshabillés, à présent. Elle enroula ses jambes aux siennes et se réjouit de sentir sa peau nue contre la sienne. Il lui prit ensuite doucement la main et l'enroula autour de son membre érigé. Il l'embrassa tendrement dans le cou tout en lui montrant comment faire glisser sa main sur son sexe. En entendant ses petits grognements de plaisir, elle se détendit un peu et accéléra le mouvement de va-et-vient qu'elle avait entamé. Puis elle le caressa du bout du pouce. Il lui empoigna violemment les fesses et murmura :

— Svea, j'aime beaucoup ce que vous me faites…

Ils s'embrassèrent alors avec une telle ferveur que son corps frémit de désir. Une intense chaleur entre les cuisses, elle s'allongea sur lui et se frotta doucement les fesses contre son entrejambe.

Lisait-il dans ses pensées ? Il glissa rapidement ses doigts entre ses boucles soyeuses, la caressa fiévreusement puis introduisit une nouvelle fois son index en elle. L'humidité qui perlait autour de son doigt la rendit folle d'excitation.

— J'ai envie de vous, Svea, dit-il soudain.

Elle s'étonna d'abord de l'intonation interrogative de sa voix puis comprit. Il lui demandait de manière détournée si elle désirait aller plus loin.

Son cœur se mit à cogner plus fort et une inquiétude sourde la saisit tout à coup. Tout irait bien. Elle n'avait aucune raison de s'alarmer. Elle en avait tellement envie. Leurs corps entrelacés roulèrent alors sur le lit et tandis qu'il se tenait à présent au-dessus d'elle, elle entrouvrit les cuisses pour l'inviter à s'introduire en elle.

— J'ai envie de vous, moi aussi, lui murmura-t-elle au creux de l'oreille.

— Vous me faites confiance ?

Elle acquiesça puis l'embrassa fiévreusement.

Il prit son temps et la pénétra en douceur. Touchée au cœur par sa délicatesse, elle se détendit un peu. Mais lorsque son membre dur s'insinua plus profondément en elle, elle ressentit une vive douleur qui disparut aussi vite qu'elle était arrivée. Ash s'immobilisa aussitôt. Sans doute à cause du petit gémissement plaintif qu'elle avait laissé échapper.

— Tout va bien, Svea ?

— Oui.

— Préférez-vous que j'arrête ?

— Non.

Elle prit alors une profonde inspiration. Elle avait tellement envie que son corps se relâche un peu et l'accueille avec délice.

— Ne vous arrêtez surtout pas, Ash, ajouta-t-elle dans un souffle.

Il la caressa alors tendrement et lui murmura au creux de l'oreille qu'elle était incroyablement belle. Elle finit par se détendre et il s'introduisit un peu plus profondément. Elle redouta un nouvel élancement douloureux, mais ce fut au contraire une immense onde de chaleur qui la traversa. Elle s'agrippa alors à ses épaules. Un désir insatiable s'était emparé d'elle. Il la pénétra soudain d'un puissant coup de reins. Entièrement.

— Svea… ?

— J'aime beaucoup ce que vous me faites, lâcha-t-elle dans un souffle.

Jamais elle n'aurait imaginé que l'union d'un homme et d'une femme procure autant de plaisir. Toutes les nouvelles sensations qui l'assaillaient étaient si exquises…

Il la fit rouler sur le ventre, la chevaucha et lorsqu'il s'introduisit à nouveau en elle, elle ne put contenir le petit cri de plaisir qui monta en elle. Elle écarta un peu plus les jambes et il intensifia ses coups de reins. Elle était littéralement clouée au lit à présent. C'était son choix. Elle voulait qu'il prenne possession de son corps. Elle ne désirait plus qu'une seule chose désormais : que son bel amant à demi danois l'empale et l'emmène sur les crêtes du plaisir intense qu'elle sentait monter en elle.

Il l'embrassa alors dans le cou puis lui saisit les hanches pour la plaquer tout contre lui. Ne sachant plus où donner de la tête, elle s'agrippa aux peaux de bête empilées au-dessus d'elle. Puis elle le sentit lui glisser ses doigts entre les jambes.

Que comptait-il faire ? Il lui pressa alors avec fermeté le petit renflement qui pulsa aussitôt sous ses caresses, tout en la pénétrant fougueusement dans un mouvement de va-et-vient d'une lenteur calculée qui s'apparentait à une divine torture. C'était à peine soutenable.

Savourant les sensations grisantes qui la submergeaient, elle s'agrippa au lit en prévision du pic de plaisir qui s'annonçait. Elle aurait voulu que cet instant dure toujours, mais elle fut incapable de se maîtriser plus longtemps. Ash intensifia alors les coups de reins et avec un cri rauque, elle laissa éclater sa jouissance. Son corps fut aussitôt secoué de spasmes délicieux et elle s'abandonna entièrement au sentiment de plénitude qui la submergea.

Chapitre 8

Lorsque Svea ouvrit les paupières le lendemain matin, les rayons du soleil qui s'infiltraient par la cheminée inondaient la pièce. Elle étira ses muscles légèrement endoloris avec une certaine allégresse et se remémora avec gourmandise les plaisirs délicieux auxquels Ash l'avait initiée. Voilà bien longtemps qu'elle ne s'était sentie aussi légère ! Pressée de recommencer, elle se tourna pour se blottir contre l'homme qui faisait battre son cœur.

Mais il n'y avait personne à ses côtés.

Elle se redressa brusquement dans le lit pour parcourir la chambre des yeux, mais elle dut rapidement se rendre à l'évidence. Ash n'était pas dans la chambre. Si elle n'avait pas ressenti ces petits tiraillements entre les jambes provoqués par les rapports intimes qu'elle avait eus avec lui, elle se serait peut-être demandé si elle n'avait pas simplement rêvé. Cependant le sourire un peu idiot qu'elle avait sur les lèvres ne trompait personne. Elle se sentait merveilleusement bien ! Mais où était-il ? Avait-elle dormi trop longtemps ? Pourquoi ne l'avait-il pas réveillée ?

Une inquiétude sourde lui contracta aussitôt l'estomac. Elle se leva d'un bond, ramassa sa chemise de nuit roulée en boule par terre qu'elle enfila à toute vitesse, avant de s'envelopper d'une couverture, au cas où elle croiserait quelqu'un dans le couloir. Elle sortit de la chambre de son amant sur la pointe des pieds en priant pour ne pas faire de rencontres gênantes en chemin, puis se faufila jusqu'à la sienne. Ellette lui avait laissé des vêtements propres qu'elle s'empressa de revêtir.

En entendant les bruits de la maisonnée, elle se sentit coupable d'être restée si longtemps au lit. À Kald, elle était souvent la première à se lever. Certains s'affairaient déjà dans la cour alors que d'autres faisaient un raffut de tous les diables dans la grande salle. Elle dévala l'escalier en trombe dans l'espoir de trouver Ash auprès du feu. Peut-être était-il en train de préparer leurs montures en prévision de leur départ.

À peine avait-elle entrouvert la porte qu'elle tomba nez à nez avec Ellette.

— Ah, vous voilà, Svea ! Vous avez faim ?

Svea secoua la tête.

— Je cherche Ash, enfin, Lord Stanton… L'avez-vous vu ?

— Cela fait déjà un petit moment qu'il est parti, ma belle, dit-elle d'une voix désolée. Il m'a demandé de vous laisser dormir.

— Comment ?

Un sentiment de panique s'empara aussitôt de Svea. Il ne serait tout de même pas parti sans elle ? Pas après la nuit qu'ils venaient de partager !

— Où est-il parti ? demanda-t-elle d'une voix étranglée.

— Ealdorman Buckley, Lord Crompton et Lord Fiske sont arrivés à l'aube. Je ne m'y attendais pas. J'aurais préféré que Lord Stanton me prévienne, j'aurais pu leur préparer quelque chose à manger. Quoi qu'il en soit, Lord Stanton a déclaré qu'ils se rendaient tous à Termarth pour porter assistance au roi et à ses amis. Il m'a dit de ne pas vous réveiller. Mais il m'a demandé de vous laisser un message. Voyons, laissez-moi le temps de m'en souvenir…

Le cœur battant, Svea se mordit nerveusement la lèvre.

— Ah oui, il m'a dit de vous dire qu'il savait très bien que vous auriez aimé l'accompagner, mais il ne veut surtout pas qu'il vous arrive quelque chose. Il pense qu'il vaut mieux que vous restiez ici jusqu'à son retour. Vous êtes en sécurité à Braewood.

Un profond sentiment de trahison, acéré comme la pointe d'un couteau, la transperça aussitôt. Sans parler de la rage qu'elle sentit monter en elle. Ne formaient-ils pas une équipe ? N'avaient-ils pas élaboré un plan afin de porter secours au roi et à leurs amis respectifs ? N'était-il pas prévu de le mettre en œuvre *ensemble* ? Il avait choisi de partir sans elle. Manifestement, il n'avait pas besoin d'elle. Comment osait-il la traiter ainsi ?

Les jambes flageolantes, elle se laissa tomber sur un banc afin de reprendre le contrôle de la situation. Elle était une femme, certes, mais elle était avant tout une guerrière et était chargée de la protection de Kald. Elle devait combattre pour son peuple et faire tout ce qui était en son pouvoir pour sauver ses hommes. Jamais elle n'accepterait de rester sagement à la maison comme le ferait une lady effarouchée. Ash croyait-il sincèrement qu'elle allait attendre son retour en se rongeant les sangs ? Il n'avait pas le droit de la priver de ce combat. Ne comprenait-il pas que son honneur l'exigeait ? Si tel était le cas, il n'avait pas saisi qui elle était.

Après tout ce qu'ils avaient traversé ensemble, il aurait dû la désirer à ses côtés. Sans parler de leurs ébats amoureux de la nuit précédente. Comment pouvait-il supporter de la perdre de vue un seul instant ?

Ellette lui avait certainement dit la vérité. Ash se faisait du souci pour elle et voulait assurer sa protection. Elle se sentit blessée, malgré tout. Abandonnée.

Elle ne resterait pas les bras croisés ! Aucun homme ne pourrait la contraindre à rester enfermée contre son gré. Et elle ne laisserait jamais personne surveiller ses moindres faits et gestes. Ash pas plus qu'un autre. Il avait certes fait tout son possible pour qu'elle lui accorde sa confiance et s'était montré extrêmement prévenant avec elle, mais si c'était pour mieux la laisser tomber par la suite, cela ne valait vraiment pas la peine. Le sentiment de sécurité qu'il lui avait donné lui sembla complètement factice tout à coup. La naïveté dont elle avait fait preuve lui sauta également aux yeux. Il n'avait même pas eu la courtoisie de la réveiller avant de partir pour lui dire au revoir. Ni de lui dire la vérité en face. Il avait préféré laisser un message à son attention. Elle ne l'aurait pas cru capable d'une pareille lâcheté.

Sa décision était prise. Elle partait sur-le-champ. Elle pourrait sans doute les rattraper. Elle ne connaissait pas l'itinéraire qu'ils avaient emprunté, mais une armée de cette importance avait nécessairement laissé des marques sur le sol repérables à des lieues à la ronde. Elle savait qu'elle risquait de s'exposer à toutes sortes de dangers en voyageant seule et à découvert, mais elle refusait de rester là à ne rien faire. Elle n'allait pas attendre des nouvelles qui mettraient peut-être des jours et des jours à leur parvenir. Elle devait accepter de courir le risque de faire une mauvaise rencontre. N'était-elle pas une redoutable guerrière ?

Elle se repassa en boucle dans sa tête ce qui s'était passé ces derniers jours, cherchant en vain le moindre signe qui aurait pu laisser penser qu'il n'avait jamais eu l'intention de l'emmener avec lui. « Nous nous rendrons ensemble à Termarth. » Voilà les paroles qu'il avait prononcées en sa présence. Et quand il avait dit « nous », elle en avait immédiatement conclu qu'elle faisait partie du projet. Qu'avait-elle mal compris ? Avait-il changé d'avis après lui avoir fait l'amour une bonne partie de la nuit ?

Cela ne changeait en rien le problème. Quelles que soient les raisons pour lesquelles il avait quitté Braewood sans la prévenir, cela ne prouvait qu'une seule et même chose : il n'avait pas été honnête avec elle. C'était même bien pire que cela. Elle eut tout à coup le sentiment d'avoir été utilisée. Elle se sentit soudain plus seule que jamais. Jamais plus elle ne le laisserait avoir un tel impact sur le cours de son existence.

Elle engloutit le pain et le lait que lui avait gentiment préparés Ellette, attacha sa cotte de mailles, enfila ses bottes puis pressa la pauvre femme de questions. Quelle direction devait-elle prendre pour se rendre à Termarth ? Combien d'hommes avaient accepté de se rallier à Ash pour aller secourir le roi ? Elle fila ensuite en direction de l'écurie, et, avec une conviction inébranlable, enfourcha la monture qu'on lui avait préparée.

Ellette lui avait bien entendu fait part de ses inquiétudes et avait fait tout son possible pour la persuader de rester, mais Svea lui avait opposé un refus catégorique. Rien ne pourrait plus lui faire changer d'avis. S'il devait lui arriver quelque chose en chemin, elle se plierait à la volonté des dieux. Elle aurait au moins tenté d'apporter sa pierre à l'édifice.

Dès que les portes de la forteresse furent franchies, elle éperonna sa monture sans ménagement. Il n'y avait pas de temps à perdre ! Elle retrouva rapidement la piste. Il suffisait de suivre les traces de sabots dans la boue. Les paysages vallonnés qu'elle parcourut au triple galop offraient un panorama d'une beauté à couper le souffle. Ce n'était hélas pas le moment. Elle admirerait la vue une prochaine fois.

Depuis le temps qu'elle rêvait d'une chevauchée en solitaire ! Elle éprouva soudain un incroyable sentiment de liberté. Elle devait pourtant rester sur ses gardes. Il ne s'agissait pas d'une petite promenade dans les environs de Kald. C'était vers un territoire ennemi qu'elle se dirigeait. Pour autant, elle n'avait pas peur. Ash lui aurait sans doute reproché son inconscience. Elle comprit soudain que malgré la colère qu'elle éprouvait toujours à son encontre, elle gardait ancrée en elle une folle envie de le retrouver et de se jeter dans ses bras. C'était effrayant, à bien y réfléchir. Elle aurait voulu plonger les yeux dans les siens pour voir s'il partageait les mêmes sentiments après la nuit torride qu'ils avaient passée ensemble. Elle en était encore toute tourneboulée. Avait-il lui aussi été bouleversé ? Regrettait-il ce moment d'égarement ? Elle ne l'aurait pas supporté.

Jamais elle n'oublierait le goût de ses lèvres sur les siennes, ni ses mains fiévreuses qui avaient marqué sa peau au fer rouge. Quant à ses caresses, elles lui avaient procuré un torrent de plaisir. Un violent désir s'empara d'elle une nouvelle fois. N'avait-elle pas fait vœu de chasteté et juré de rester célibataire ? Si elle avait tenu cette promesse qu'elle s'était faite bien des années auparavant, elle aurait manqué quelque chose… Elle se remémora en détail tout ce qu'il lui avait fait. Leurs ébats amoureux lui avaient procuré un tel plaisir ! Jamais elle n'aurait imaginé ressentir des sensations aussi délicieuses. Le pire, c'était qu'elle ne pourrait sans doute plus s'en passer.

Elle n'aurait pas dû penser à lui en ces termes. Il lui devait une explication. Et ses plus plates excuses. Ne méritait-elle pas davantage de considération ? Ash l'avait profondément blessée en l'abandonnant comme il l'avait fait, et par expérience, elle savait qu'elle ne guérirait pas facilement. Il s'était montré à la fois gentil, prévenant et rassurant, mais il l'avait ensuite traitée avec une incroyable condescendance. De toute évidence, il ne voulait pas combattre à ses côtés. Ne la pensait-il pas à la hauteur ? À moins qu'il n'ait tout simplement honte d'elle ? Sa présence l'embarrassait-elle ?

Elle eut beau tourner et retourner le problème dans sa tête, elle ne trouva pas de réponses à ses questions.

Lorsqu'une certaine fatigue commença à se faire sentir et que la faim se mit à la tenailler, elle comprit que l'après-midi était entamé depuis un long moment déjà. Elle n'avait encore jamais parcouru une telle distance à cheval sans faire la moindre pause. Sa monture devait trouver le temps long elle aussi. Svea se serait volontiers arrêtée au bord des haies chargées de baies qu'elle était en train de longer, mais le temps lui manquait. Elle devait absolument les rattraper. Elle repensa alors avec un pincement au cœur à ce moment hors du temps qu'elle avait passé avec Ash à se délecter du jus sucré et acidulé des mûres.

Les larmes lui montèrent aussitôt aux yeux. Tout cela n'avait pas de sens. Comment une seule nuit dans ses bras pouvait-elle l'avoir perturbée à ce point ? Elle passa alors non loin d'un troupeau de vaches et aperçut de jeunes veaux en train de téter goulûment leurs mères. Un torrent d'émotions la submergea une nouvelle fois. Cela signifiait-il vraiment qu'elle aimerait à son tour avoir un enfant et un époux à chérir ?

La direction que ses pensées étaient en train de prendre avait quelque chose d'effrayant. Une nuit dans le lit d'un homme avait suffi à lui faire entrevoir le bonheur qu'elle éprouverait si elle se mariait et avait des enfants ! Des choses qui n'adviendraient pourtant jamais. C'était consternant. Ash ne lui avait-il pas confié lui aussi qu'il était opposé au mariage et ne désirait pas d'enfants ? Ne lui avait-elle pas répété la même chose ? Elle perdait la tête. D'autant qu'elle était probablement stérile. Il fallait se rendre à l'évidence. Elle ne passerait pas d'autre nuit entre ses bras. N'était-ce pas ce qu'elle lui avait suggéré en s'introduisant dans sa chambre ? Juste une nuit.

Svea prit une profonde inspiration. Elle devait absolument mettre un peu d'ordre dans ses idées et s'en tenir aux faits. Ash avait reçu une éducation empreinte de violence et d'humiliations, et personne ne s'était jamais réellement occupé de lui. Ellette faisait sans doute figure d'exception, mais Ash n'avait que rarement l'autorisation de séjourner à Braewood. N'y avait-il pas simplement un petit garçon perdu et mal dans sa peau caché derrière l'image du chef de guerre plein d'assurance ? L'affection qu'elle lui portait pouvait-elle avoir une quelconque influence sur les traumatismes liés à son enfance ?

Elle avait commencé à l'apprécier alors qu'elle le croyait saxon. Et lorsqu'elle avait découvert qu'il était en partie danois, les sentiments qu'elle éprouvait à son égard s'étaient encore renforcés et un violent désir s'était emparé d'elle. Pourquoi ses parents n'étaient-ils pas parvenus à l'aimer ? Pourquoi l'avaient-ils rejeté en bloc ? Svea laissa échapper un soupir agacé. Ses pensées s'étaient une nouvelle fois égarées. Si elle attisait la colère qu'elle éprouvait envers Ash, peut-être cesserait-elle enfin de lui trouver mille et une excuses ?

En découvrant les braises encore fumantes d'un grand feu de camp, elle se sentit un peu plus légère. Elle touchait enfin au but.

— Encore un petit effort, nous allons bientôt nous arrêter, promit-elle à son cheval qu'elle avait conscience de ne pas ménager.

Ils reprirent aussitôt la route. Ses jambes lui faisaient atrocement mal à présent. Elle avait certainement trop pressé ses genoux contre les flancs de sa monture. À moins que les ébats de la nuit précédente n'y soient eux aussi pour quelque chose…

Dire qu'elle avait espéré un peu d'aventure pendant l'absence de Brand. Elle était servie !

Elle eut tout à coup le mal du pays. Son frère lui manquait beaucoup. Elle aurait tellement voulu le voir, lui parler de sa relation avec Ash et lui raconter tout ce qu'ils avaient traversé ensemble. Elle lui aurait également fait part de la joie qui l'animait et de la frustration qui lui vrillait le cœur. Brand l'aurait sans doute aidée à résoudre ses problèmes.

Les hauts remparts argentés du château de Termarth surgirent tout à coup à l'horizon. Cela lui parut aussitôt de mauvais augure. La dernière fois où elle était venue ici, des choses affreuses lui étaient arrivées. Et cela avait profondément modifié le cours de son existence. Il fallait toutefois garder espoir. La victoire était encore possible. De terribles souvenirs lui revinrent malgré tout en tête et se mêlèrent aux événements tragiques survenus quelques jours plus tôt. Les souffrances infligées à ses hommes par Crowe et le frère de ce dernier, notamment. Ces monstres la hantaient.

Ash et ses troupes ne devaient plus être loin, songea-t-elle pour se rassurer. Ils apparurent alors à l'horizon comme par enchantement. Elle aperçut d'abord leurs drapeaux et leurs bannières qui flottaient au vent aux abords d'une barbacane édifiée sur un pont. Ils étaient en train d'installer le campement pour la nuit. Les soldats semblaient s'activer en tous sens. Certains montaient les tentes tandis que d'autres se chargeaient d'allumer de grands feux.

Elle se redressa aussitôt sur sa monture et releva fièrement le menton. Elle avait réussi. Elle allait lui montrer de quoi elle était capable !

Son cheval partit sur-le-champ au galop, comme s'il avait compris lui aussi qu'ils avaient enfin atteint leur destination. Svea tira doucement sur les rênes pour l'inciter à ralentir. Elle n'était pas pressée à ce point. Elle n'était même pas certaine de vouloir se montrer. Que dirait Ash en la voyant ? Elle se sentit terriblement nerveuse tout à coup.

Quelque chose lui disait qu'il n'apprécierait peut-être pas son arrivée au camp. Il lui reprocherait sans doute de ne pas avoir respecté ses ordres. Ou d'avoir voyagé seule sur une aussi longue distance. Peut-être même qu'il la traiterait d'écervelée et la blâmerait pour l'imprudence dont elle avait fait preuve. Mais pourquoi se préoccuperait-elle des critiques qu'il lui adresserait ? Elle ne lui devait rien, après tout. N'était-elle pas en colère contre lui ?

Et qu'il n'aille surtout pas s'imaginer qu'elle avait fait tout ce trajet à un rythme effréné pour lui ! Cela aurait été de la folie. Ce n'était pas son genre, du reste. Tout ce qu'elle savait, c'était qu'un accès de rage s'était emparé d'elle en apprenant qu'il était parti sans elle au petit matin. Elle n'avait toujours pas décoléré. Elle devait impérativement garder en tête son objectif. Sauver ses hommes. Voilà ce qu'elle était venue faire. Si elle avait parcouru une telle distance au péril de sa vie, c'était uniquement pour se battre.

Le camp était en pleine effervescence. Ash avait ordonné à ses hommes d'ériger des tentes pour la nuit tandis qu'il passait en revue les différents moyens de pénétrer à l'intérieur du château de Termarth en compagnie des lords qui dirigeaient les opérations avec lui.

Il connaissait les lieux mieux que quiconque. Tout lui était familier, les portes dérobées, mais également les moindres fissures et interstices qui pourraient être utilisés par les mutins pour leur lancer des projectiles. Il aurait préféré ne pas se retrouver dans une situation telle que les précieuses informations dont il disposait lui seraient vitales, mais il n'avait guère le choix. Sauver le roi était désormais son unique priorité.

Mais ce qui le préoccupait le plus, c'était la concentration qui lui faisait cruellement défaut depuis qu'ils avaient quitté Braewood. Il lui était impossible de chasser les pensées qui le ramenaient sans cesse vers la nuit fabuleuse qu'il avait passée avec Svea. Leurs deux corps s'étaient si parfaitement accordés… Jamais il n'avait ressenti un tel plaisir dans les bras d'une femme.

Il avait sans doute tout gâché en quittant Braewood

sans la prévenir. La savoir furieuse contre lui le rendit tout à coup fou de douleur. Particulièrement après les plaisirs intimes qu'ils avaient partagés et le lien très fort qui était en train de se tisser entre eux. Il ne lui avait pas même dit au revoir. Il savait qu'elle aurait voulu se joindre à eux pour porter secours à ses amis. Elle ne lui pardonnerait pas de l'avoir tenue à l'écart.

Quel mal il avait eu à prendre cette décision ! Lorsqu'elle s'était assoupie après leur nuit d'amour, il n'avait pu trouver le sommeil et l'avait regardée dormir. Il avait encore en tête ses longs cheveux blonds magnifiques qui retombaient en cascade sur ses épaules nues et lui encadraient si joliment le visage. Cette femme était d'une perfection quasi divine. Il avait alors compris qu'il ne pourrait jamais l'emmener se battre.

C'était peut-être égoïste de sa part, mais la simple pensée qu'elle puisse être blessée lors des combats lui était insupportable. C'était sans doute mieux ainsi. Il était si soulagé de la savoir en sécurité à Braewood ! En comparaison, la peine qu'il lui avait causée en ne l'emmenant pas avec lui et le crève-cœur que cela représentait étaient un faible prix à payer. Il préférait également ne pas avoir à se soucier d'elle à chaque instant. Il avait besoin de rester concentré sur la lourde tâche qui lui incombait.

En théorie, du moins. Car en pratique, il était incapable de fixer son attention sur l'attaque qu'il devait lancer le lendemain matin. Il pensait sans cesse à la douceur des seins de Svea au creux de ses mains, à son corps qui frissonnait lorsqu'il le parcourait avec sa langue et au plaisir intense qu'il avait ressenti en unissant leurs deux corps. Lorsque tout serait terminé et qu'il rentrerait à Braewood, il espérait lui faire comprendre les raisons qui avaient motivé sa décision. Lui pardonnerait-elle alors son départ précipité ?

Et s'ils étaient victorieux et sauvaient tous les prisonniers, peut-être même qu'elle serait fière de lui…

Une certaine agitation au niveau de la porte de la barbacane attira brusquement son attention. Il se releva d'un bond et se fraya un chemin parmi les soldats pour aller voir ce qui se passait. Ces derniers s'écartèrent aussitôt sur son passage. La main sur le pommeau de son épée, il s'avança en bombant légèrement le torse.

À la fois choqué et ravi, il écarquilla les yeux sans qu'aucun son puisse sortir de sa bouche.

Svea !

Les hommes se massèrent aussitôt autour d'elle tout en la reluquant entre deux éclats de rire. Tous semblaient jouer des coudes pour l'aider à descendre de cheval. Des mots de bienvenue fusèrent de toutes parts.

Le souffle coupé, Ash battit plusieurs fois des paupières. Lorsqu'il ouvrit les yeux à nouveau, des frissons lui parcoururent tout le corps. Dans sa tenue de guerrière, Svea incarnait à la fois la force et la beauté. Elle était époustouflante. Devait-il pour autant se réjouir de l'avoir retrouvée et de ne plus être séparé d'elle ?

— Je suis venue voir Lord Stanton, lança-t-elle aux hommes d'une voix pleine d'assurance.

Il eut soudain très envie de se jeter sur elle, de la prendre dans ses bras et de la serrer fort contre son cœur, et qu'ils se jurent de ne plus jamais se quitter.

Il croisa alors son regard et recouvra instantanément la raison. Le feu et la glace. Voilà l'image qui lui vint aussitôt en tête. Elle semblait furieuse contre lui. Que faisait-elle si loin de Braewood ? Avait-elle complètement perdu la raison ? Ash sentit une colère noire monter en lui. Doublée d'un désir fou pour cette femme à la beauté ravageuse.

— Svea, que faites-vous ici ? lui demanda-t-il d'une voix exaspérée.

Comment osait-elle contrevenir à l'ordre qui lui avait été donné de ne pas quitter Braewood ? Quelle femme obstinée ! Elle était décidément incontrôlable ! N'avait-elle rien appris en sa compagnie ? N'avait-elle pas conscience de mettre sa sécurité en péril en voyageant seule sur une distance pareille ?

— Je suis venue me battre. Et sauver mes hommes.

Le sentiment de déception fugace qu'il ressentit le troubla. Il aurait tant aimé qu'elle lui dise qu'elle était venue le retrouver. Mais l'indignation reprit rapidement le dessus. Il crispa la mâchoire sous l'effet de la colère.

— Je vous avais demandé de rester à Braewood, il me semble.

— Je crois vous avoir déjà répondu que je n'avais pas d'ordre à recevoir de votre part.

Les exclamations de surprise de ses hommes en entendant Svea lui parler de la sorte firent monter sa colère d'un cran.

Il adressa aussitôt un petit signe de tête à son écuyer pour lui demander de s'occuper du cheval de Svea. Puis il agrippa celle-ci fermement par le bras et l'entraîna sur le pont, loin des oreilles indiscrètes.

Lorsque les soldats comprirent que leur chef s'occupait de la nouvelle arrivante, ils se dispersèrent rapidement et reprirent leurs activités. C'était mieux ainsi. Il devait absolument parler à Svea. Et il ne tenait pas à la réprimander devant témoins.

À peine s'étaient-ils un peu éloignés qu'elle se dégagea vivement de son emprise et pointa un doigt menaçant dans sa direction. Ses grands yeux bleus étincelèrent de colère.

— Comment avez-vous pu me faire une chose pareille ? dit-elle d'une voix enragée qui le fit frémir. Vous m'avez menti, Ash ! Vous m'avez fait croire que nous irions sauver nos hommes *ensemble* et vous êtes ensuite parti sans même me prévenir.

— J'ai changé d'avis…

— Et de quel droit ? Tout ne tourne pas autour de vous, vous savez. Il s'agit peut-être de vos hommes mais aussi des *miens*. Et de votre roi. Je me bats aussi bien que les soldats que vous avez sous vos ordres, vous l'avez reconnu vous-même. Et vous avez besoin de tous les guerriers qui acceptent de se rallier à vous. Alors pourquoi m'avez-vous sciemment tenue à l'écart ?

— Vous le savez très bien ! s'emporta-t-il. Je ne veux pas que vous combattiez.

Il ferait tout ce qui était en son pouvoir pour assurer la sécurité de Svea. N'avait-il pas préféré lui sauver la vie alors que le roi en personne courait un grand danger ?

— Et je ne veux pas vous voir au milieu de tous ces guerriers. Ni dans le campement ni sur le champ de bataille. C'est bien trop dangereux.

— Ce choix ne vous appartient pas, Ash, répliqua-t-elle avec véhémence.

— Ce n'est pas un endroit pour une femme, ajouta-t-il d'une voix sourde.

— « Pas un endroit pour une femme » ?

Elle répéta mot pour mot ce qu'il venait de dire d'un ton scandalisé qui lui fit froid dans le dos.

— C'est effectivement mon avis sur la question. J'ai commis une grave erreur en acceptant que vous nous accompagniez jusqu'à la lisière de la forêt après les noces de votre frère et de la princesse. J'aurais dû rester sur mes positions et refuser votre proposition. Je regrette tellement cette décision. Il suffit de voir les conséquences qui en ont découlé…

Elle le regarda d'un air effaré.

— Vous n'auriez jamais dû quitter votre clan ce matin-là, reprit-il d'une voix sifflante. Depuis lors, les catastrophes n'ont cessé de s'abattre sur nous.

— Et vous pensez que la faute m'en incombe ?

— Je vous prierai de parler moins fort, dit-il, terriblement agacé tout à coup.

Les soldats risquaient d'entendre leurs éclats de voix. Svea ne comprenait-elle pas que le moment était mal choisi pour provoquer un scandale ?

Il marqua une pause.

— Ce n'est pas votre faute, Svea, ce n'est pas ce que j'ai voulu dire. Mais votre présence parmi nous représente une responsabilité supplémentaire, comme je me tue à vous le répéter depuis le début. Pourquoi refusez-vous de regarder la réalité en face ? Jetez donc un œil autour de vous ! Vous fragilisez notre groupe.

Elle se recula d'un pas, les yeux exorbités par les paroles qu'il venait de prononcer.

— Je fragilise votre groupe ?

Manifestement, il l'avait blessée. Il n'en avait nullement eu l'intention, mais il s'était laissé emporter par la colère qui s'était emparée de lui. Il lui en voulait tellement d'avoir quitté Braewood sans escorte ! N'avait-elle pas conscience des risques qu'elle encourait ? Il n'en revenait toujours pas. Comment avait-elle pu parcourir une telle distance seule ? C'était un nouvel exemple du manque de discernement qui la caractérisait. Et s'il lui était arrivé quelque chose en chemin ? Il ne l'aurait pas supporté. À quoi pensait-elle en franchissant ensuite l'entrée d'un campement rempli de soldats ? Des hommes uniquement…

À moins de constamment garder un œil sur elle, il ne pourrait assurer sa sécurité. C'était tellement égoïste de la part de Svea. Il allait passer son temps à la surveiller à présent. Et ce n'était pas une bonne chose pour sa santé mentale. Comment ferait-il pour contrôler le désir qu'elle lui inspirait ? Sans parler de la bataille imminente qui les attendait. Il devait absolument se concentrer sur la direction de cette opération. Mais il y avait plus inquiétant encore. Il ne pourrait sans doute pas assurer la protection permanente de Svea au cours des combats à venir. Cette pensée le terrifia. S'il lui arrivait quelque chose, jamais il ne se le pardonnerait.

Elle fondit sur lui sans prévenir, le menton fièrement relevé.

— Dites-moi, Ash, est-ce que je représente réellement un point faible dans le combat que nous allons mener pour sauver votre roi et nos hommes ? Ne suis-je pas plutôt un point faible pour *vous* ? C'est sans doute plus simple de rejeter la faute sur moi ! J'aimerais tout de même savoir quelque chose. Agissez-vous de la sorte avec toutes les femmes que vous couchez dans votre lit ? Leur faites-vous l'amour avant de les quitter sans même un au revoir ?

— Svea ?

Ils se retournèrent tous les deux en direction de la voix familière qui venait de les interrompre. Svea laissa échapper un petit cri de surprise. L'expression de son visage oscilla entre la stupéfaction et l'allégresse, puis toute trace de colère disparut et son visage s'illumina brusquement.

— Brand !

Elle se jeta aussitôt dans les bras de son frère, qui la serra fort contre lui. Un pincement de jalousie prit Ash à la gorge. La scène qui se déroulait sous ses yeux était exactement celle dont il avait rêvé. Mais c'était dans les bras de son frère que Svea s'était précipitée, et non les siens.

— Salut, sœurette.

Ash pria intérieurement pour que le guerrier danois n'ait pas entendu leur dispute. Brand ne serait sans doute pas très heureux d'apprendre qu'il avait séduit sa sœur. Il comprit tout à coup qu'il s'était comporté comme une brute. Il était d'accord avec la vision des choses que Svea lui avait exposée, à bien y réfléchir. Il lui avait fait l'amour puis l'avait quittée sans lui donner la moindre explication, ni même prendre congé. C'était d'une lâcheté peu commune. Il avait pourtant agi ainsi pour son bien.

Il s'en voulait autant qu'il lui en voulait, à vrai dire. Se disputer avec elle était bien la dernière chose dont il avait envie. Et il ne pensait pas un mot de ce qu'il lui avait lancé à la figure, au demeurant. Il ne regrettait pas qu'elle les ait accompagnés jusqu'à la lisière de la forêt. Sans cela, ils n'auraient jamais passé la folle nuit d'amour qu'ils avaient partagée la veille. Pour rien au monde il n'aurait effacé ce merveilleux souvenir.

— J'aurais dû deviner que c'était toi quand j'ai entendu des éclats de voix en franchissant l'entrée du campement, dit Brand en riant.

— Que fais-tu ici, Brand ? lui demanda-t-elle, un large sourire aux lèvres.

— En débarquant à Rainhill, nous avons appris la situation critique dans laquelle se trouvait le roi. Nous avons immédiatement pris la décision d'écourter notre lune de miel. Je suis revenu aussi vite que possible. Anne s'inquiète beaucoup pour son père. Nous nous faisons tous du souci, à vrai dire. On m'a également expliqué ce qui est arrivé à Kar et Sten.

Svea hocha la tête et battit plusieurs fois des paupières. Probablement pour chasser les larmes qui lui montaient aux yeux.

— Et toi ? Que fais-tu ici ? demanda Brand.

— Je me posais justement la même question, remarqua Ash d'une voix morne.

Le guerrier le fixa alors de ses grands yeux bleus, ce qui mit Ash particulièrement mal à l'aise.

— C'est bien ce que j'ai cru entendre.

Brand les observa à tour de rôle avec un haussement de sourcils, comme s'il cherchait une réponse à une question qu'il n'avait pas posée.

— J'étais justement en train d'expliquer à Svea qu'une femme n'avait rien à faire sur un champ de bataille, dit Ash du ton le plus neutre possible.

Il se félicita tout bas d'être un véritable expert dans l'art de dissimuler ses émotions.

Un silence gêné s'ensuivit.

— Pourriez-vous lui faire entendre raison ? ajouta-t-il dans un souffle.

Brand fronça aussitôt les sourcils.

— Je croyais que vous aviez vu ma sœur combattre, Lord Stanton ?

— C'est effectivement le cas.

— Svea est l'une des meilleures guerrières de Kald, reprit Brand, une lueur de fierté dans les yeux.

— Je n'en doute pas. Pour autant, je préférerais la savoir en sécurité à Braewood.

— Vraiment ?

Les lèvres de Brand s'étirèrent brusquement en un large sourire. Puis il lui jeta un regard entendu comme s'il avait compris où Ash voulait en venir.

— Eh bien, elle est là maintenant et nous ne pouvons plus y changer grand-chose, me semble-t-il. Allez, viens, petite sœur, ajouta-t-il en s'adressant à Svea.

Il lui passa un bras autour des épaules et l'entraîna en direction du campement.

— Allons boire une bonne bière, Svea. Je suis tellement heureux de te voir ! Et peut-être que tu pourras satisfaire ma curiosité en m'apprenant ce que Lord Stanton et toi avez fait ces derniers jours ?

Ash, les lords et les hommes originaires de Kald qui accompagnaient Brand, tous étaient rassemblés autour d'un grand feu. Svea avait dévoré un énorme bol de ragoût dans la tente réservée à la confection des repas où Brand l'avait immédiatement emmenée en entendant l'estomac de sa sœur crier famine. Puis il avait demandé à quelques hommes de déplacer leurs affaires pour qu'elle puisse s'installer seule dans une tente. Il venait juste de la présenter aux lords.

Svea était folle de joie. Brand lui avait tellement manqué ! Elle était désolée d'apprendre qu'il avait prématurément interrompu sa lune de miel, mais elle savait également qu'avec Brand à leurs côtés, ils auraient une chance supplémentaire de l'emporter sur leurs adversaires et de porter secours à leurs hommes et au roi. Son frère l'avait également rassurée sur la situation qui régnait à Kald. Tout le monde était sain et sauf. Elle avait sans doute sous-estimé l'inquiétude qui la rongeait depuis l'attaque qu'ils avaient subie. Mais s'il était arrivé quelque chose aux habitants de Kald durant son absence, elle en aurait pris la pleine responsabilité.

Elle avait tout raconté en détail à son frère. Leur départ de Kald, l'embuscade qui leur avait été tendue, la façon dont Ash lui avait sauvé la vie par deux fois et la décision de foncer en direction de Braewood pour lever le *fyrd*. Elle avait juste omis quelques détails sans importance… À quoi bon lui raconter qu'elle était en train de tomber amoureuse, qu'elle avait échangé des baisers enfiévrés avec Ash et qu'elle ne s'était pas remise de l'intensité de leurs ébats amoureux…

Ash se trouvait de l'autre côté du feu. Elle l'observa à la dérobée. Il lui parut plus maussade et soucieux que jamais. La façon dont il l'avait froidement réprimandée un peu plus tôt lui avait glacé le sang. Elle savait qu'il lui en voulait de lui avoir désobéi. Elle en comprenait même les raisons. Mais elle continuait à lui en vouloir. Beaucoup. De l'avoir laissée à Braewood pour commencer, alors qu'elle avait bien le droit de participer au combat. Les propos blessants qu'il lui avait ensuite tenus dès son arrivée au campement n'avaient pas arrangé les choses.

Pensait-il réellement ce qu'il lui avait lancé à la figure ? Regrettait-il sincèrement tout ce qui s'était passé entre eux ?

Leurs regards se croisèrent par-dessus les flammes et Svea sentit aussitôt une douce chaleur lui embraser le corps. Ash se mit à caresser distraitement du bout du pouce la dent de lion de mer en pendentif qu'elle lui avait offerte. C'était le seul homme à ne pas boire de bière. Désormais, elle respectait la maîtrise dont il était capable, même si cela pouvait avoir un côté un peu assommant. Car la discipline et la retenue dont il faisait preuve l'avaient sans doute aidée à lui accorder sa confiance et à le laisser s'approcher d'elle. Était-ce pour cela qu'elle s'était sentie en sécurité lorsqu'il avait touché et exploré son corps ? Alors pourquoi avait-elle également terriblement envie de fracasser le mur d'autorité qu'il avait édifié ainsi que les règles et règlements en tous genres qui semblaient régir sa vie ? Elle aurait donné cher pour le voir perdre le contrôle en sa présence.

Des guerriers se mirent à raconter des histoires autour du feu. Comme elle aimait l'ambiance de franche camaraderie qui s'instaura alors ! Elle faisait à nouveau partie du clan des combattants. Elle remarqua d'ailleurs que Lord Fiske, qui se trouvait sur sa gauche, cherchait à l'impressionner en racontant des blagues plus fantasques les unes que les autres. Plus elle riait de bon cœur, plus il en rajoutait. Ash s'essuya tout à coup frénétiquement les paumes de main sur les cuisses puis se leva pour attiser le feu avec une vigueur parfaitement inutile avant de se rasseoir.

L'espace d'un instant, elle crut déceler un éclair de jalousie dans ses yeux.

Quelle torture c'était de ne pas pouvoir lui parler ni le toucher alors qu'il se trouvait à quelques mètres de distance à peine ! Elle aurait tellement aimé savoir à quoi il pensait. Même si cela lui en coûtait, elle reconnaissait volontiers qu'elle rêvait de se blottir à nouveau dans ses bras. Elle n'avait aucune idée de la façon dont les événements se dérouleraient le lendemain sur le champ de bataille. Elle eut tout à coup l'impression que chaque seconde comptait. N'avait-elle pas déjà perdu un temps précieux en s'isolant comme elle l'avait fait toutes ces années ?

Même si elle se réjouissait qu'il soit parvenu à rallier des troupes pour combattre, elle eut tout à coup très envie de se retrouver seule avec lui. Les sentiments qui la traversèrent à cette pensée n'avaient aucun sens. Comment pouvait-elle ressentir du désir pour cet homme tout en éprouvant une telle colère à son encontre ?

Elle se frotta doucement le visage et se sentit tout à coup accablée de fatigue. La journée risquait d'être longue le lendemain. Elle se leva promptement et prit congé de ses compagnons.

— Avez-vous besoin d'aide pour retrouver votre chemin dans l'obscurité ? demanda Lord Fiske en se levant à son tour. Je serais ravi de vous escorter jusqu'à votre tente.

À ces mots, tel un animal sauvage prêt à fondre sur sa proie, Ash se leva d'un bond. Brand l'attrapa aussitôt par l'épaule pour lui glisser quelques mots qui parurent l'apaiser un peu.

— Ne vous donnez pas cette peine, Lord Fiske, dit Brand en se levant calmement, je vais me coucher et en profiter pour accompagner ma sœur jusqu'à sa tente.

Svea glissa sa main sous le bras de son frère sans demander son reste et le laissa l'entraîner à l'écart du groupe à la recherche de la tente qui lui avait été attribuée. Mieux valait éviter que les lords comprennent la réaction quelque peu disproportionnée qu'avait eue Ash quelques instants plus tôt.

— Ça va aller ? lui demanda Brand, l'air soucieux tout à coup.

Elle était si heureuse de le savoir près d'elle. Cela la

conforta dans l'idée qu'elle avait eu raison de rejoindre les rangs des combattants. Elle pourrait enfin régler son compte à l'homme qui avait lâchement assassiné leur père et ils seraient vengés de l'immense tort que cette brute avait causé à leur famille.

Aussi loin que remontaient ses souvenirs, Brand n'avait jamais cessé de s'occuper d'elle. Elle lui était tellement reconnaissante. Elle savait qu'il se sentait toujours coupable des atrocités qu'elle avait subies à Termarth et regrettait de ne pas avoir pu la secourir. Quand allait-il se libérer enfin de ce poids ? N'avait-il pas lui aussi beaucoup souffert de la perte de leurs deux parents ? Mais cela ne l'avait pas empêché de prendre grand soin d'elle. Non seulement il lui avait appris tout ce dont elle avait besoin pour devenir une femme indépendante, mais il n'hésitait pas à lui exprimer l'amour qu'il avait pour elle chaque fois qu'il en avait l'occasion. Elle mesurait la chance qu'elle avait.

— Tout ira très bien, Brand, ne t'inquiète pas.

Elle le prit dans ses bras et le serra fort avant de lui souhaiter une bonne nuit.

Depuis la mort de leur père, Brand était le seul homme dont elle avait eu besoin. Elle s'aperçut soudain que les choses étaient sans doute en train de changer. Elle n'avait peut-être plus autant besoin de lui. Il était grand temps de le libérer de ses obligations envers elle. Il devait s'occuper d'Anne à présent. Et des enfants qu'ils auraient tôt ou tard. Il lui tardait d'avoir des neveux et nièces. Comme elle allait s'amuser avec eux ! Puisqu'elle-même n'aurait jamais d'enfants, elle chérirait ceux de son frère et de son épouse.

Brand avait déjà parcouru quelques mètres lorsqu'il s'immobilisa puis pivota tout à coup sur ses talons.

— Svea ? Je sais que cela ne me regarde pas, mais j'aimerais malgré tout te donner un petit conseil. Ne sois pas trop dure envers Lord Stanton. Je sais que tu lui en veux de t'avoir laissée à Braewood et d'avoir cherché à te tenir à l'écart du combat qui nous attend demain, mais je suis persuadé qu'il a à cœur de défendre tes intérêts.

— J'en ai parfaitement conscience, Brand.

Son frère lui avait assuré qu'Ash était un homme d'une bonté et d'une droiture exceptionnelles lorsqu'il lui avait demandé d'escorter le roi et ses hommes jusqu'à la forêt. Il lui avait même demandé d'être gentille avec lui. Elle savait que Brand faisait généralement preuve d'une grande justesse dans son jugement. Mais elle n'avait pu dissimuler la contrariété que lui causait la perspective d'escorter cet homme. Un Saxon, de surcroît. Elle avait même songé à se rebeller. Les choses avaient bien changé ! Sans doute parce que désormais elle connaissait ses craintes les plus secrètes. Elle savait également le plaisir intense qu'elle pouvait lui donner en le laissant prendre possession de son corps…

— Je sais que tu tiens à combattre, Svea. Et je n'ai pas l'intention de t'en empêcher. Nous avons besoin de nos meilleurs éléments. Mais je sais également à quel point je tiens à Anne et je ne crois pas que je supporterais de la savoir ici. Ce que j'essaye de te dire, Svea, c'est que je comprends exactement ce que Lord Stanton ressent.

— Je ne vois pas où tu veux en venir, Brand.

Son frère avait-il deviné la nature de la relation qu'elle entretenait avec Ash ?

— J'essaye juste de te faire comprendre qu'il a peut-être de bonnes raisons d'agir comme il le fait. Lorsque tu tiens à quelqu'un, tu fais tout ce qui est en ton pouvoir pour protéger cette personne. Ne reste pas fâchée contre lui trop longtemps. La vie est courte, tu sais.

La gorge nouée, elle acquiesça. Au fond, elle savait bien qu'il avait raison.

— Bonne nuit, Svea.

Elle le regarda s'éloigner puis poussa un profond soupir

avant de soulever la toile de sa tente. Une main s'abattit aussitôt sur son bras et la força à faire volte-face avant même d'avoir eu le temps de réagir.

Ash.

Un vif sentiment d'allégresse la saisit, mais elle masqua instantanément la joie qu'elle ressentit en le voyant. Elle ne voulait pas lui montrer comme elle était heureuse de le retrouver. Son amour-propre n'y était pas encore disposé.

— Que… ?

Il l'attira aussitôt contre lui, la serra fort dans ses bras avant de coller sa bouche contre la sienne. Elle savait qu'elle aurait dû le repousser, mais elle n'en trouva pas la force. Son étreinte lui fit aussitôt perdre pied. Il l'embrassa avec une telle fougue qu'elle comprit à quel point lui aussi avait besoin d'elle. Il lui fut impossible de lutter. Ses résolutions s'envolèrent en un clin d'œil et elle s'abandonna totalement à lui. C'était si bon de se retrouver à nouveau dans ses bras !

Lorsqu'ils reprirent enfin une bouffée d'air, elle comprit qu'elle devait à tout prix s'écarter de lui.

— Je vous en veux toujours, murmura-t-elle.

Mais il se plaqua contre elle avec un empressement plus vif que jamais. De toute évidence, il n'avait pas l'intention de la laisser partir.

— Moi aussi, répliqua-t-il en l'embrassant sur les lèvres. Mais j'ai très envie de vous faire à nouveau l'amour. Je ne pense qu'à cela depuis que je vous ai quittée. Cela me hante. Dites-moi que vous en avez également très envie, Svea, je vous en prie.

Il parla d'une voix rauque, à peine reconnaissable. Puis il posa les lèvres sur ses seins et elle ne put retenir un petit gémissement de plaisir.

— Je n'ai pas supporté de voir tous ces hommes vous tourner autour tout à l'heure, dit-il dans un souffle. Cela m'a rendu fou de jalousie.

Les paroles qu'il prononça lui allèrent droit au cœur. Les caresses qu'il lui prodigua ensuite achevèrent de la convaincre. Elle était si heureuse d'entendre qu'il s'intéressait à elle et la désirait follement. N'éprouvait-elle pas la même chose ?

— Svea, je suis désolé des horreurs que je vous ai dites tout à l'heure. Mais vous devez me croire lorsque j'essaye de vous expliquer que je ne supporterais pas qu'il vous arrive quelque chose. J'ai tellement peur de ne pas pouvoir vous protéger.

Ses doigts s'insinuèrent alors entre ses jambes très humides. Elle se contorsionna aussitôt contre sa main.

— Je ne vous ai jamais demandé d'assurer ma protection, Ash.

Tandis qu'il la caressait fougueusement à travers le tissu, Svea sentit ses genoux céder. Il avança aussitôt une cuisse musclée entre ses jambes.

— Je le sais bien, Svea, mais je vous protégerai, que vous me donniez ou non votre permission. Je vous ai regardée dormir cette nuit. Vous êtes trop précieuse à mes yeux pour que je vous emmène au combat. J'ai besoin de vous savoir en sécurité.

— Il faut savoir prendre des risques dans la vie, Ash. Comme je l'ai fait en m'abandonnant à vous.

— Vous aviez mal, ce matin ? demanda-t-il tout à coup en modérant un peu ses caresses.

— Non, au contraire, j'avais très envie de recommencer. Mais lorsque je me suis tournée vers vous, vous aviez disparu.

Il émit alors un petit grognement.

— Je vous en prie, Svea. Donnez-moi la permission de vous donner ce plaisir. Mettez un terme à mes souffrances et dites-moi que vous désirez que je m'introduise en vous…

L'entendre la supplier lui plut et lui redonna un peu confiance en elle.

Alors qu'elle rejetait les cheveux en arrière d'un mouvement de tête, il l'attira tout contre lui et posa une main sur son sein droit. Sa cotte de mailles les entravait. Elle poussa alors Ash sans ménagement sur le lit et, bien campée sur ses deux jambes, elle la détacha et la fit tomber par terre. Il tendit les bras en direction de sa ceinture qu'il dénoua en un éclair, puis, tirant sur les deux extrémités, il l'attira contre lui. L'instant d'après, sa bouche était déjà sur son ventre. Les baisers brûlants qu'il y déposa la firent aussitôt frissonner de plaisir.

Elle se débarrassa en toute hâte de sa tunique. Sa peau brûlait là où il posait ses lèvres. Comme c'était bon de pouvoir s'abandonner aux émotions qu'elle avait refoulées toute la journée, de le retrouver enfin et de voir qu'il la désirait toujours.

Il se redressa d'un bond pour lui embrasser les seins, mais elle le repoussa.

— Non. Ne me touchez pas, Ash. Je veux que vous me regardiez.

Elle avait envie de lui montrer que s'il s'était emparé de son corps la veille, c'était uniquement parce qu'elle l'avait autorisé à le faire. C'était son choix. Elle désirait qu'il comprenne qu'il pouvait bien essayer de la contrôler, ce serait toujours elle qui prendrait les décisions qui la concernaient.

— C'est votre punition. Pour m'avoir abandonnée à Braewood.

Visiblement interdit, il ne bougea pas d'un centimètre.

Elle se pencha en avant pour délacer lentement ses bottes et croisa son regard gourmand alors que ses seins oscillaient de droite à gauche. Elle dénoua ensuite le cordon de ses chausses qui tombèrent aussitôt sur ses chevilles et s'en débarrassa en un instant.

Svea était totalement nue. Elle vit les yeux d'Ash s'assombrir et sa respiration se fit plus saccadée. L'air devint tout à coup plus lourd. Comme elle aimait le sentiment de puissance qu'elle éprouva alors. Il semblait à sa merci. Elle se caressa les seins puis pressa ses mamelons durcis entre ses doigts. La bouche ouverte, des palpitations au niveau du cou, il roula des yeux exorbités dans sa direction.

— Svea…, la supplia-t-il.

Elle se remémora à quel point elle avait eu envie de lui ébouriffer sa chevelure impeccablement coiffée lorsqu'ils avaient traversé les marécages. Elle avait finalement gain de cause !

— J'ai parfaitement le droit d'être ici, Ash. Je ne suis pas comme les femmes saxonnes que vous côtoyez. Je suis maîtresse de mes propres désirs. Vous ne me dompterez pas !

Elle glissa ensuite une main entre ses cuisses légèrement écartées. À voir ses yeux dilatés et la formidable érection qui se devinait sous son pantalon, le spectacle lui plaisait. Il n'en perdait pas une miette.

— Je ne vous l'ai peut-être pas dit, mais je me suis caressée au même endroit lorsque j'ai pris mon bain à Braewood. En pensant à vous.

— Svea…, répéta-t-il d'une voix haletante.

— En ce moment, je suis en train d'imaginer que vous me touchez. Avez-vous envie d'explorer cette partie de mon corps, Ash ?

Elle n'eut pas besoin de réitérer son invitation. Il se jeta littéralement à ses genoux, plongea sa bouche affamée dans ses boucles blondes et lui empoigna les fesses pour la plaquer tout contre lui. Elle lui en fut reconnaissante, car le désir intense qui s'était emparé d'elle faillit lui faire perdre l'équilibre. Il fit alors glisser sa langue dans son intimité et lui mordilla légèrement. C'était exactement ce qu'elle désirait.

Le plaisir qu'elle éprouvait s'intensifia si rapidement qu'elle prit peur. Il était trop tôt pour s'abandonner complètement. Elle désirait lui laisser le temps de s'introduire en elle, tout au moins. Une idée précise en tête, elle le repoussa brusquement. Elle eut juste le temps de croiser son regard enfiévré avant de s'asseoir à califourchon sur ses cuisses et de lui saisir le menton pour l'embrasser à pleine bouche. Ivre de désir, elle se mit à tirer frénétiquement sur les pans de sa tunique et sur la cordelette qui retenait son pantalon. Elle désirait le voir nu. De toute urgence. L'érection monumentale qu'elle perçut alors la rendit folle de désir.

— Qu'ai-je donc provoqué ? murmura-t-il en étouffant un petit rire.

Une fois qu'il fut complètement déshabillé, elle s'empara de son sexe, comme il le lui avait montré la veille. Il posa son front contre le sien en laissant échapper un petit grognement, puis sa main s'insinua entre ses cuisses détrempées. Un duel s'engagea alors. C'était à celui qui donnerait le plus de plaisir à l'autre. Lorsqu'il introduisit un doigt en elle, puis deux, elle perdit totalement pied.

Elle se mit à onduler du bassin. Elle sut aux vagues successives de plaisir qui la submergèrent qu'elle n'allait plus pouvoir tenir longtemps. Une idée lui vint tout à coup en tête. S'il pouvait ainsi la tourmenter de la pointe de sa langue, peut-être pouvait-elle faire de même ?

À peine lui avait-elle donné un coup de langue qu'il émit un grognement sourd et lui empoigna les cheveux pour l'inciter à l'engloutir tout entier. Elle n'avait plus la moindre idée de ce qu'elle faisait. Tout ce qu'elle désirait, c'était lui infliger à son tour de délicieuses tortures, l'amener lui aussi au bord du précipice, le rendre fou… Alors qu'elle faisait glisser son sexe profondément dans sa gorge, il étouffa un juron. Manifestement, il était en train de perdre le contrôle…

D'un mouvement vif, il la fit basculer sur le dos et l'invita à écarter les cuisses.

— Tout va bien ? demanda-t-il d'une voix rauque.

Il vérifiait une nouvelle fois qu'elle lui accordait son consentement. Cette attention la toucha. Elle n'avait plus peur. Elle le désirait tant…

— J'ai envie de vous, Ash. Maintenant !

Elle lui passa les bras autour du cou pour l'inciter à s'allonger sur elle. En appui sur ses coudes, il se mit à frotter son sexe contre le sien tout en lui explorant la bouche d'une langue avide. Il la pénétra enfin, d'un seul coup de reins. L'intensité du plaisir qu'elle ressentit fut telle qu'elle lui mordit la lèvre pour étouffer ses cris. Il se mit à donner des coups de reins plus violents, plus saccadés, s'introduisant plus profondément en elle. Elle en voulait encore. Si seulement cela ne s'arrêtait jamais…

Elle lui empoigna les fesses et lui passa les jambes autour de la taille pour ne faire plus qu'un avec lui. Elle ne savait plus où étaient les limites de son corps ni qui elle était. Lorsqu'ils parvinrent simultanément à la jouissance suprême, celle-ci fut si puissante qu'ils pressèrent leurs bouches l'une contre l'autre pour étouffer leurs cris.

Quelques minutes plus tard, Ash la prit délicatement dans ses bras pour la déposer sur le lit où il se pressa ensuite tout contre elle. Il l'embrassa avec tendresse tout en lui caressant doucement le dos.

— Ash, allez-vous enfin me dire que vous êtes heureux de me voir ? dit-elle, la respiration encore légèrement saccadée.

— Ne me demandez pas l'impossible, Svea. Même si j'étais aux anges en vous voyant à l'entrée du campement, même si je ne pensais qu'à vous faire l'amour depuis mon départ de Braewood, et même si je n'avais encore jamais éprouvé un plaisir aussi intense, je ne pourrai jamais me réjouir de votre présence. N'oubliez pas que nous sommes sur le point de combattre des hommes d'une extrême brutalité. Maintenant que je vous ai dit le fond de ma pensée, je vous promets d'être votre bouclier demain sur le champ de bataille.

— Et moi, je serai le vôtre, Ash.

Chapitre 9

À son signal, la centaine de guerriers qu'il avait sous ses ordres se mirent tous en ligne pour former un mur de boucliers censé impressionner leurs ennemis. Ash aurait préféré se trouver de l'autre côté des immenses remparts en pierre qui se dressaient devant eux et qui assuraient la protection du château, mais, même si cela lui parut tout à coup totalement incongru, il devait à présent trouver le meilleur angle d'attaque pour prendre d'assaut la forteresse dont il assurait habituellement la défense. Jamais il n'aurait imaginé vivre un tel cauchemar.

Il n'osa penser aux habitants de Termarth qui s'étaient sans doute retranchés quelque part dans l'enceinte du château. Il les avait abandonnés. Il avait pourtant juré de les protéger. Comment avait-il pu laisser le royaume sans défense ? Si seulement il avait suivi son intuition et n'avait pas escorté le roi à Kald pour les noces de sa fille ! Il était bien placé pour savoir qu'il était impossible de gérer quoi que ce soit à distance. C'était cet éloignement qui avait creusé un fossé infranchissable entre ses parents et lui. Il suffisait de constater comment tout était parti à vau-l'eau à Braewood et Termarth dès qu'il s'était absenté.

À peine avait-il eu le dos tourné que des rebelles saxons s'étaient emparés de la forteresse. Quant au roi et à ses sujets, ils avaient été pris en otage ! Les frères Crowe avaient-ils causé des dommages irréparables ? Ash poussa un profond soupir. Il n'était pas certain que Termarth se remettrait des combats qui s'annonçaient. En voyant les murailles sombres du château se profiler à l'horizon, il réprima tant bien que mal le sentiment de catastrophe imminente qui s'empara de lui. Deux options s'offraient à eux. Assiéger Termarth pour secourir le roi. Ce qui impliquait de lourdes pertes de part et d'autre. Ou entrer en pourparlers avec le camp ennemi. Ce qui signifiait négocier avec l'homme qui avait semé la zizanie au sein de son propre clan – et peut-être aussi avec celui qui avait violé la femme dont il était éperdument tombé amoureux, si celui-ci avait été libéré entre-temps. Aucune de ces options ne l'enchantait particulièrement.

Les chefs du *fyrd* ainsi que Brand et Svea étaient tous tombés d'accord au petit matin. Ils préféraient tenter la diplomatie avec les frères Crowe dans un premier temps. Pour entendre leurs requêtes, mais également pour éviter un bain de sang dans leurs rangs respectifs. Ash était de leur avis. Mais s'il avait l'occasion de planter son épée dans l'un des rebelles, il le ferait sans l'ombre d'une hésitation.

Il tourna la tête en direction de Svea qui chevauchait à ses côtés. Il aurait donné cher pour savoir à quoi elle pensait dans un moment pareil. Couverte de peintures de guerre, sa chevelure savamment relevée en une double couronne tressée, elle inspirait immédiatement la crainte. Il savait de quoi elle était capable. Ne l'avait-elle pas mis à genoux la nuit précédente ? Il espéra soudain de tout cœur que les lieux ne lui rappelaient pas de douloureux souvenirs. Oublierait-elle un jour les terribles sévices qu'elle avait subis à Termarth ? Sans parler de la mort tragique de son père ! Les images des moments délicieux qu'ils avaient partagés pourraient-elles effacer ce cauchemar ?

Le croassement strident des corbeaux qui battaient des ailes au-dessus de leurs têtes attira soudain son attention.

Svea se tourna vers lui. Ils échangèrent alors un regard entendu. Ces oiseaux symboles d'Odin étaient-ils de bon augure ? Son cœur se mit à battre plus vite et les muscles de son corps se tendirent comme un arc. Il devait les mener à la victoire, il n'avait pas le choix.

— Promettez-moi d'être prudente, dit-il en la couvant des yeux.

Il valait mieux ne pas penser à tout ce qui pouvait mal tourner au cours de la journée. Il devait chasser les doutes atroces auxquels il était une nouvelle fois en proie et se concentrer sur le combat qui s'annonçait. Mais il eut beau faire, il regretta amèrement d'avoir permis à Svea de faire ses propres choix et de venir combattre à leurs côtés.

Celle-ci leva les yeux au ciel, parut hésiter, puis lança :

— Je serai prudente, Ash. Promettez-moi de faire également très attention à vous.

Il hocha la tête d'un air grave.

Cela avait été un déchirement de s'arracher de ses bras et de se glisser hors de son lit aux premières lueurs du jour afin que personne ne puisse les surprendre. Il l'avait longuement observée alors qu'elle dormait, nue sous les peaux de bête. Elle représentait tout ce dont il avait toujours rêvé. C'était bien la première fois qu'il quittait le lit d'une femme le cœur gros. D'ordinaire, il ne passait jamais plus d'une nuit avec celles qu'il séduisait. Il ne tenait pas à partager la moindre confidence avec elles ou à créer des liens plus intimes. Avec Svea, c'était si différent. Ils semblaient faits l'un pour l'autre.

Il éprouvait un besoin instinctif de la protéger et n'aimait pas s'éloigner d'elle. Comment pourrait-il prendre sa défense s'il n'était pas à ses côtés ? Il n'avait pourtant pas le choix, songea-t-il en éperonnant les flancs de son cheval alors qu'il fonçait en direction de la porte de la forteresse pour parlementer avec Cecil Crowe. Il devait se concentrer sur la façon dont il allait entrer en pourparlers. Il demanderait à voir le roi et les autres otages pour commencer. C'était le préalable à toute négociation.

Son regard tomba soudain sur le grand chariot que les hommes de Crowe étaient en train de faire rouler dans sa direction. Il plissa les yeux et posa instinctivement la main sur le pommeau de son épée. Avec des brigands pareils, tout était possible. Il n'aurait guère été étonné qu'ils lancent une attaque sans sommation.

Rien n'aurait pu le préparer à l'horreur du spectacle qui s'offrit brusquement à lui. Il voulut détourner la tête mais n'y parvint pas. Pétrifié, il tenta en vain de donner un sens à cette abomination. Un véritable massacre. Voilà ce dont il s'agissait.

Il s'obligea alors à regarder les corps sans vie de ses hommes qui gisaient dans un enchevêtrement monstrueux. Il s'agissait de ses meilleurs soldats. De ses amis… Kar et Sten, les guerriers danois auxquels Svea tenait tant, faisaient également partie des victimes. Certains avaient reçu de multiples coups de couteau, d'autres avaient été pendus. En voyant leurs yeux exorbités et leur visage tordu par la douleur, il fut pris d'une nausée si soudaine qu'il porta instinctivement la main à sa bouche.

Il était responsable de cette hécatombe.

Il avait demandé à Svea de lui accorder sa confiance et lui avait juré qu'il porterait secours à leurs hommes. Non seulement il n'était pas parvenu à les protéger lors de l'embuscade qu'ils avaient essuyée dans les marécages, mais il avait trop tardé à rallier d'autres guerriers à sa cause.

Le hurlement de douleur que Svea poussa, derrière lui, lui glaça le sang. Le temps qu'il tourne la tête dans sa direction, elle descendait déjà de cheval, son épée à la main. Elle n'allait tout de même pas s'élancer vers les cadavres de leurs amis ? Brand, qui avait sans doute pressenti sa réaction, la rejoignit en un temps record. Il la prit aussitôt dans ses bras pour étouffer ses cris.

Un cuisant sentiment d'échec parcourut Ash de part en part. Tout cela était sa faute. Il l'avait laissée tomber elle aussi. Il n'avait plus qu'à en accepter les conséquences.

Il posa une nouvelle fois les yeux sur la scène atroce qui s'étalait devant lui. Svea avait raison. Certains hommes étaient foncièrement mauvais. Danois. Saxons. Peu importait le sang qui coulait dans leurs veines. Il sentit soudain ses narines se dilater et ses poings se serrer. Il ne devait pas s'appesantir sur la douleur qui l'étreignait. Cela viendrait plus tard. C'était la rage qui montait inexorablement en lui qu'il devait laisser exploser.

Il jeta aussitôt un regard en direction des lords et des guerriers, et obtint leur accord tacite. Il n'y aurait *aucune* négociation. À l'unisson, ils lancèrent alors un cri de ralliement qui résonna jusque dans la vallée. Ils allaient se battre pour leur roi et venger ceux qui avaient injustement perdu la vie.

Un éclair vint tout à coup déchirer le ciel, bientôt suivi d'un roulement de tonnerre. Svea ouvrit alors les hostilités en jetant une lance en direction de la porte du château. Ce n'était plus le moment de mettre au point une stratégie perfectionnée ou de jouer aux plus rusés. Ils allaient donner l'assaut et ne feraient pas de quartier.

Bouclier contre bouclier, les soldats avancèrent en direction de la forteresse en poussant des cris de guerre plus effrayants les uns que les autres puis se mirent à escalader les murailles fortifiées. Un déluge de pierres se déversa au même moment sur eux pour tenter de mettre un terme à leur ascension. Ash prit la tête de la charge de cavalerie avec l'assistance de Brand. Ils tranchèrent la gorge de tous les soldats qui s'interposèrent, puis s'emparèrent d'un bélier pour tenter d'enfoncer la porte de la forteresse.

Tout lui sembla irréel tout à coup. Il avait participé à de multiples batailles et à des confrontations en tous genres, mais il ne s'était encore jamais battu sur les terres du roi. Quant à assiéger sa propre demeure… S'il était toujours en vie, le roi lui pardonnerait-il un jour ? Son corps ne figurait pas parmi les cadavres qui avaient été entassés dans le chariot. Cela lui avait redonné un mince espoir. Peut-être avait-il encore un rôle à jouer. Il avait abandonné Svea et ses hommes, mais peut-être n'avait-il pas encore totalement fait défaut à Termarth…

Ash connaissait si bien les points faibles du mur d'enceinte qu'il le franchit sans encombre, suivi de près par ses hommes. Puis ils convergèrent vers l'intérieur du château et se joignirent à la mêlée indescriptible qui s'y était engagée. C'était une scène de carnage et de confusion difficile à décrire. D'innombrables victimes souffrant de blessures atroces étaient disséminées un peu partout. Il y avait également de nombreux guerriers engagés dans des combats d'une extrême violence. Quant aux habitants de Termarth, ils étaient pris de panique et couraient dans tous les sens en poussant des hurlements de terreur. Ash mit aussitôt ses mains en cornet devant sa bouche pour leur crier de se mettre à l'abri. Il crut percevoir une lueur d'espoir dans le regard de certains et en profita pour demander aux volontaires de rejoindre leurs rangs.

C'était probablement la bataille la plus sanglante et la plus brutale qu'il ait jamais connue. Chaque fois que des hommes se présentaient à lui pour lui demander quelle aide ils pouvaient apporter, il les envoyait défendre les points stratégiques. Il s'aperçut pourtant qu'il commençait à manquer de concentration. Commander une opération de cette envergure tout en gardant un œil sur Svea n'était pas de tout repos. Elle combattait comme une véritable lionne et il lui était particulièrement difficile de suivre ses moindres faits et gestes. Il ne supporterait pas qu'il lui arrive quelque chose. Même si, après ce qui était arrivé à ses amis, il avait compris qu'il ne la méritait plus. S'était-il, du reste, jamais montré digne d'elle ?

Il aurait donné cher pour que cette bataille sans merci cesse enfin. Il ne comptait plus les départs d'incendie responsables de l'épaisse fumée noire qui se propageait partout et qui faisait tousser les combattants à en cracher leurs poumons. Les flèches pleuvaient par volées et il n'était pas rare de voir des corps sans vie dégringoler des murailles. L'âme du royaume pourrait-elle être sauvée après un tel cataclysme ?

Une flèche enflammée vint soudain se planter dans le chariot remisé juste derrière lui. Celui-ci s'embrasa aussitôt, créant un mouvement de panique parmi ceux qui s'y étaient réfugiés. Alors qu'il leur portait secours, Ash s'aperçut que sa cotte de mailles commençait elle aussi à prendre feu. Il n'y avait pas une minute à perdre. Il la détacha aussi vite que possible et se débarrassa également de sa tunique roussie qui commençait à lui coller douloureusement à la peau. C'était un juste retour des choses. Il méritait bien pire…

Alors qu'il était encore agenouillé sur le sol, quelques rebelles s'approchèrent de lui. Ils ne pouvaient pas plus mal tomber ! Une fureur indescriptible venait de s'emparer de lui. Sans doute parce que le combat était en train de tourner en leur faveur. Il ne leur fit pas de cadeaux et se débarrassa rapidement de ses adversaires.

Mais où donc était Svea ? Elle avait disparu de son champ de vision depuis quelques minutes. Ash fouilla aussitôt du regard la cour du château, le cœur battant à tout rompre contre sa poitrine. Comment avait-il pu la quitter des yeux pendant un laps de temps aussi long ?

Lorsqu'il repéra enfin sa silhouette gracile sur le pont, son sang se figea. Une expression féroce sur le visage, elle brandissait son épée face aux frères Crowe. Que ressentait-elle confrontée à celui qui l'avait molestée des années plus tôt ? Il devait à tout prix la rejoindre et lui prêter main-forte. De toute urgence. Même si le courage dont elle faisait preuve l'impressionnait beaucoup, il fallait regarder la vérité en face. Pensait-elle réellement pouvoir se mesurer à deux guerriers connus pour la brutalité extrême dont ils faisaient preuve au combat ? Cette femme était décidément indomptable ! Et ce n'était pas la pluie battante qui s'abattit soudain sur eux qui allait lui venir en aide.

Brand semblait avoir fort à faire, quant à lui. Alors qu'il tentait de repousser deux assaillants, il supplia Ash d'un hochement de tête d'aller porter assistance à sa sœur.

Le souffle court, Ash dévala immédiatement les marches en pierre qui menaient au pont. Il s'aperçut alors que Svea était en mauvaise posture. Il n'arriverait jamais à temps ! Il saisit aussitôt une lance qui traînait sur le sol et la lança de toutes ses forces. Cecil Crowe tenta d'esquiver le projectile en le voyant fondre sur lui, mais il n'en eut pas le temps. Il s'effondra sur le sol dans un fracas épouvantable. Raide mort. Ash laissa échapper un petit soupir de satisfaction. C'était moins une… Svea tourna la tête dans sa direction et lui jeta un regard admiratif qui lui fit chaud au cœur.

Mais elle n'était pas au bout de ses peines. En voyant son frère étendu par terre, Lord Crowe devint fou de rage et lui porta un coup d'une telle violence qu'elle lâcha son épée. Il en profita alors pour l'empoigner. Ash s'interposa alors que Svea se débattait comme un beau diable. Il était enfin à ses côtés. Exactement là où il aurait toujours dû être.

— Lâchez-la, ordonna-t-il en dirigeant la pointe de son épée vers Lord Crowe.

Il croisa alors brièvement le regard de Svea et s'étonna de n'y déceler qu'une colère immense. Elle ne semblait pas avoir peur. Ce n'était pourtant pas la première fois qu'elle se retrouvait aux prises avec ce monstre.

— Je vais vous massacrer ! hurlait-elle en lui donnant tous les coups qu'elle pouvait.

En voyant les mains de cette brute posées sur elle, un voile noir passa devant les yeux d'Ash et des images atroces lui vinrent alors à l'esprit. Lord Crowe allait mourir. Ce qu'il avait fait à Svea était à la fois abject et impardonnable.

— Lord Stanton ! Je croyais que nous étions alliés, lança Crowe dans un ricanement tout en malmenant Svea. Vous n'allez tout de même pas prendre le parti d'une païenne ? Je suis votre ami. Si vous laissez tomber votre arme, je l'épargnerai peut-être. Je veux juste un peu m'amuser avec elle. Nous pourrions même nous la partager…

— Jamais !

Les cheveux dénoués, le torse nu recouvert de motifs guerriers, Ash prit soudain conscience de son apparence. Il ressemblait à un Viking. Plus que jamais. Il n'avait plus honte de ses origines, à vrai dire. L'heure était venue d'accepter qui il était.

— Vous êtes un traître à votre peuple, Stanton ! lança Crowe d'un air dégoûté.

— Vous faites fausse route. Je suis un Viking et j'en suis très fier !

Il jeta alors un rapide coup d'œil en direction de la cour. Brand était venu à bout de ses opposants et avait déjà allumé quelques flèches. Ash lui adressa un hochement de tête pour lui signaler qu'il se tenait prêt. Le roi leur pardonnerait-il ces nouvelles destructions ?

— Svea, écartez-vous ! hurla-t-il aussitôt.

Svea se dégagea de l'emprise de Crowe en un quart de seconde. Déstabilisé par le violent coup de coude qu'elle venait de lui assener dans les côtes, ce dernier s'affala par terre de tout son long en proférant un torrent de jurons. Ash bondit pour empoigner Svea et la mettre à l'abri. À peine s'étaient-ils éloignés de quelques mètres qu'une volée de flèches enflammées s'abattit sur le pont. L'entrée principale de Termarth s'embrasa aussitôt.

Le sol se mit à trembler et la muraille s'effondra juste après dans un grondement assourdissant, emportant avec elle les corps des frères Crowe.

La bataille qui faisait rage depuis plusieurs heures était enfin terminée.

— Tout va bien ? lui demanda Ash en l'examinant de la tête aux pieds.

— Oui, répondit-elle d'une voix mal assurée.

Svea était encore sous le choc. Tout était allé si vite. Son ennemi juré était-il bel et bien mort ? L'homme qu'elle aimait venait-il de lui sauver la vie pour la troisième fois en l'espace de quelques jours ?

Il lui tapota le torse, les bras, les jambes, comme pour s'assurer qu'elle n'était pas blessée.

— Je vais bien, Ash, je vous assure.

— Que vous est-il encore passé par la tête, Svea ? la réprimanda-t-il. Pensiez-vous réellement sortir victorieuse de ce combat ? Seule contre deux brutes sanguinaires ? Vous ne changerez donc jamais.

Elle haussa les épaules, le corps brusquement tout engourdi.

— Je ne sais pas ce qui m'a pris, murmura-t-elle. Je ne pouvais tout de même pas les laisser s'en tirer à si bon compte. Je devais absolument les arrêter.

Elle serra la mâchoire tout à coup. Ash allait-il une nouvelle fois lui expliquer qu'elle n'était pas à sa place ? Elle était pourtant la seule à avoir intercepté les frères Crowe alors qu'ils prenaient lâchement la fuite ! Qui les aurait arrêtés ?

— Il faut que je parte à la recherche du roi, dit-il en tournant les talons. J'espère qu'il est en vie…

Svea sentit un froid glacial l'envahir. Il l'abandonnait

déjà. Elle avait tellement envie qu'il la réconforte un peu ! N'éprouvait-il pas lui aussi le besoin de revenir sur les événements qui venaient de se produire ? Elle le regarda s'éloigner, la mort dans l'âme. Il paraissait si distant, si détaché. Était-il blessé ?

Alors qu'il se dirigeait à grandes enjambées en direction du château, il s'immobilisa tout à coup et se tourna vers elle.

— Et tâchez de ne pas vous attirer d'ennuis pendant mon absence ! lança-t-il d'un ton cassant.

La gorge serrée, elle se contenta de hocher la tête. Était-il arrivé quelque chose dont elle n'aurait pas eu connaissance ?

Elle jeta un regard désespéré autour d'elle et prit la mesure de l'ampleur des dégâts. Consternée par le chaos indescriptible qui s'offrit à son regard, elle se laissa tomber à genoux et se prit la tête dans les mains. Elle ne s'était pas préparée à ce spectacle insoutenable de mort et de désolation. Le sol était jonché de cadavres. Il y avait également de nombreux blessés. Elle se boucha les oreilles pour ne pas entendre leurs petits gémissements. Lorsqu'elle se redressa enfin, une vague de nausée lui monta aux lèvres.

Termarth n'était plus qu'un champ de ruines.

Quand elle reprit finalement ses esprits, elle se concentra tant bien que mal sur la victoire qu'ils venaient de remporter. Ils avaient réussi. Ils étaient venus à bout des frères Crowe. Et avaient repris le château. Exactement comme ils l'avaient prévu quelques jours plus tôt.

Malgré tout, elle ne parvint pas à se réjouir. Les lourdes pertes qui leur avaient été infligées lui brisaient le cœur. S'en remettrait-elle un jour ?

Ash s'était comporté en véritable héros. Le sang-froid et la détermination dont il avait fait preuve l'impressionnaient tellement ! Les hommes qu'il était parvenu à rallier à sa cause ne s'y étaient pas trompés. Ils lui faisaient tous entièrement confiance.

Ash lui avait une nouvelle fois adressé des remontrances. Il avait sans doute raison. Elle fonçait tête baissée sans réfléchir. En voyant les frères Crowe prendre la fuite, son sang n'avait fait qu'un tour. Il lui était impossible de les laisser se tirer d'affaire après ce qu'ils avaient fait. Ce qui ne justifiait nullement l'imprudence dont elle avait fait preuve. Comment pensait-elle s'en sortir ? Deux contre un ! Elle aurait dû attendre qu'on puisse lui prêter main-forte.

Elle s'en voulut tout à coup. Pourquoi s'était-elle laissé déborder par les sentiments qu'elle gardait généralement enfouis au plus profond de son cœur ? Une peur tenace. Et une immense colère. Voilà ce que ces deux brutes lui inspiraient. Plus encore lorsqu'elle avait compris qu'elle avait surestimé ses forces et risquait d'être une nouvelle fois brutalisée. Ash avait alors surgi de nulle part pour la sauver.

Svea sentit son estomac se contracter douloureusement. Son intrépidité avait bien failli lui coûter la vie. Elle devait cesser de prendre des risques inconsidérés. Ash ne l'avait-il pas mise en garde sur ce point à plusieurs reprises ?

Elle n'en revenait toujours pas. Crowe et son frère n'étaient plus de ce monde. Elle allait enfin pouvoir se libérer de ce poids. Jamais plus ils ne s'en prendraient à elle ! Son père avait enfin été vengé. Tout était allé si vite. Elle n'avait pas eu le temps de remercier Ash. Ni d'enfouir son visage au creux de son épaule pour y puiser des forces. Ash avait certes pris soin de s'assurer qu'elle allait bien, mais il ne l'avait pas prise dans ses bras pour la serrer fort contre lui. Il ne l'avait pas embrassée non plus.

Quelque chose clochait. Elle comprenait que le roi soit sa priorité du moment, mais il n'était pas à quelques secondes près. Peut-être était-il simplement en colère contre elle ? Peut-être qu'il lui en voulait d'avoir mis sa propre vie en danger ?

Elle scruta alors désespérément les alentours. Mais elle eut beau plisser les yeux, elle n'aperçut nulle part l'imposante silhouette qu'elle souhaitait tant reconnaître. Brand surgit tout à coup d'un épais nuage de fumée. En découvrant peu à peu son visage inexpressif, elle retint son souffle. Était-il porteur de bonnes nouvelles ?

— Le roi est vivant, annonça-t-il en s'agenouillant à ses côtés, le visage ruisselant de pluie.

Elle ressentit aussitôt un immense soulagement.

— Nous avons fouillé le château de fond en comble, reprit Brand en la prenant par les épaules. Nous l'avons découvert enfermé à double tour dans un cachot. Il est indemne mais très ébranlé par les événements de ces derniers jours. Il nous a tous remerciés. Il nous est très reconnaissant de lui avoir sauvé la vie. Et d'avoir défendu son royaume.

Le roi était sain et sauf ! Malgré les lourdes pertes qu'ils avaient essuyées, Svea sentit une douce allégresse s'emparer d'elle. Kar et Sten n'étaient donc pas morts en vain. Ash devait quant à lui se sentir un peu plus léger. Elle savait à quel point la culpabilité le rongeait depuis l'embuscade qui leur avait été tendue. Il s'en voulait tellement d'avoir laissé le roi aux mains de ces malfrats ! Il n'y avait aucune raison de continuer à se flageller. Ash n'était pas responsable de ce carnage. Les rebelles saxons qui avaient survécu ne pouvaient pas en dire autant. Combien de victimes auraient-ils sur la conscience ?

— Viens, lui dit doucement son frère.

Il l'aida à se relever puis la prit tendrement dans ses bras avant de l'emmener au milieu des décombres à la recherche des blessés. Malgré le froid et la pluie qui s'infiltraient dans chaque interstice de leurs vêtements, ils se réjouirent des trombes d'eau qui éteignaient les incendies les uns après les autres.

Épuisée par les longues heures passées à déblayer et à secourir les blessés, Svea se laissa lourdement tomber sur un banc. Quelle journée interminable elle avait vécue… Le roi avait insisté pour organiser un festin dans la grande salle afin de célébrer leur victoire. Mais les convives étaient tous d'humeur bien sombre. Les épreuves qu'ils avaient endurées les avaient exténués. Sans parler des amis chers qu'ils avaient tous perdus au cours des combats.

Malgré l'extrême fatigue qui l'accablait, Svea observa la grande salle d'un œil émerveillé. Quelle splendeur ! Les murs ornés de peintures et de dorures ainsi que les somptueux tissus d'ameublement étaient un tel ravissement pour les yeux qu'elle en oublia un instant les moments tragiques qu'elle venait de vivre. Pour autant, la magnificence de ces lieux n'était rien comparée à celle de l'homme qui faisait battre son cœur.

Ash était assis en bout de table, à la droite du roi. Elle ne l'avait pas vu de la journée. Pas depuis qu'il lui avait sauvé la vie. Elle mourait d'envie de lui parler, de le toucher, de le remercier, de l'aimer… Comment se sentait-il ? Il avait perdu tant d'amis au cours de cette folle bataille. Son corps en portait les stigmates. Elle lui aurait volontiers soigné ses blessures. Mais elle n'avait pas eu l'occasion de l'approcher. Il était à nouveau au service du roi et son monarque avait manifestement besoin de lui.

Le roi était un homme de grande taille, aux cheveux gris et à la barbe fournie. Il avait gardé son port altier mais semblait au bord de l'épuisement. Un gobelet à la main, il se leva brusquement et frappa quelques coups sur la table pour demander le silence. Les voix se turent instantanément. Les yeux brillants de fierté et la voix empreinte d'émotion, il remercia chaleureusement ses guerriers et ses sujets pour leur courage et l'abnégation dont ils avaient fait preuve. Il les félicita également d'avoir contrecarré le plan diabolique des frères Crowe, porta un toast en l'honneur des vaillants soldats et de leur chef puis rendit un hommage vibrant aux malheureuses victimes.

Debout, les convives l'applaudirent à tout rompre en poussant toutes sortes d'exclamations puis levèrent leurs gobelets en chœur en direction du roi. Ash pouvait être fier de lui. Svea profita de l'agitation générale pour jeter un coup d'œil discret dans sa direction. Pourquoi arborait-il ce visage déconfit ? Hermétique à l'euphorie ambiante, il regardait droit devant lui, comme s'il n'était nullement concerné par la victoire qu'il venait de remporter.

Elle réprima un frisson. Ash était redevenu l'homme de confiance du roi. Sérieux. Efficace. Et distant. Celui qu'elle avait fui lors du repas de noces de son frère. Il lui parut alors tellement inaccessible qu'elle se sentit tout à coup mal à l'aise.

Elle savait bien qu'il manquait de temps et qu'il avait certainement une multitude de tâches à accomplir. Et il allait sans doute s'y consacrer corps et âme pour éviter de penser à tous les hommes qu'il avait perdus et de se laisser submerger par le chagrin. Il ne montrerait rien à personne et dissimulerait les émotions qui le traversaient. Comme il l'avait toujours fait. N'était-il pas expert en la matière depuis sa plus tendre enfance ? L'amour qu'il n'avait jamais reçu de ses parents l'avait durablement marqué. Mais pourquoi ne venait-il pas lui parler ? Il avait bien quelques minutes à lui consacrer. N'en avait-il pas envie ? Ne souhaitait-il pas s'assurer qu'elle allait bien ?

Elle avait tellement envie de lui parler, de son côté ! De ce qui était arrivé pendant la journée, du dur combat qu'ils avaient mené, des sentiments qui l'avaient traversée lorsqu'elle s'était retrouvée face à Crowe. Elle avait envie de tout partager avec lui. Mais il n'avait pas regardé une seule fois dans sa direction. Il lui donnait l'impression de se replier sur lui-même et de l'éviter. Il évitait tout le monde, à vrai dire. Comme s'il tenait absolument à rester seul. C'était à n'y rien comprendre.

Son indifférence la rendit furieuse tout à coup. Elle venait de perdre deux frères d'armes pour lesquels elle avait une profonde affection et elle avait besoin de lui pour essayer de surmonter sa peine. Elle savait qu'elle trouverait le réconfort qu'elle recherchait au creux de ses bras. Et dans son lit. Ne le comprenait-il pas ? Cela lui était peut-être égal, après tout.

En croisant une nouvelle fois ses yeux dénués de la moindre émotion, elle sentit l'appréhension la gagner. L'homme qui se tenait à présent à l'autre bout de la table n'était pas celui qui l'avait emmenée se baigner en mer, ni celui qui l'avait tant fait rire en lui jetant de la farine à la figure. Et où était donc passé celui qui lui avait passionnément fait l'amour la nuit précédente ? L'homme qui se tenait à quelques mètres de distance semblait au contraire porter le poids du monde sur les épaules. Ne se rendait-il pas compte qu'il avait accompli sa tâche avec succès ? Qu'il était le héros du royaume ? *Son* héros ?

Elle allait bien trouver un moyen d'attirer son attention. Mais elle eut beau se creuser la tête pendant quelques minutes, rien ne lui vint à l'esprit. À moins d'un miracle, il ne viendrait pas la voir et continuerait à l'ignorer. Une image terrible lui vint alors à l'esprit. Celle d'un drakkar à la dérive en pleine mer, et elle était la lanterne qu'on allumait en haut de la falaise pour attirer l'attention de l'homme à la barre. Peine perdue. Ce dernier avait manifestement la tête ailleurs…

Svea se tourna et se retourna dans son lit sans parvenir à trouver le sommeil. Quelle nuit cauchemardesque ! Le lit dans lequel elle était étendue était pourtant d'une taille et d'un confort exceptionnels. Mais chaque fois qu'elle fermait les paupières, c'était Ash qu'elle voyait. Ses grands yeux de braise. Puis elle se remémorait le mépris avec lequel il la traitait depuis qu'il l'avait arrachée aux griffes de Crowe. Vaincue par la fatigue, elle finissait parfois par s'endormir. Mais à peine s'assoupissait-elle qu'elle se réveillait en sursaut. Quand les premières lueurs de l'aube filtrèrent enfin par la fenêtre, un terrible pressentiment lui serra la poitrine. Mieux valait se lever que de continuer à se torturer comme elle le faisait.

Alors qu'elle s'apprêtait à demander en quoi elle pouvait se rendre utile, Brand vint lui annoncer qu'il allait faire le tour du château aux côtés du roi et lui proposa de les accompagner. Le monarque souhaitait évaluer en personne l'ampleur des dégâts. Ses hommes étaient à pied d'œuvre depuis deux bonnes heures déjà et avaient fait des progrès significatifs. L'entrée de la forteresse était presque dégagée à présent.

Mais Svea fut incapable de se concentrer sur les explications qu'on lui donnait. Elle n'avait vu Ash nulle part. Il semblait s'être littéralement volatilisé. Lui était-il arrivé quelque chose ? Les blessures qui lui avaient été infligées étaient-elles plus sérieuses qu'elles ne lui avaient paru ? Peut-être qu'elles s'étaient infectées. Ash était-il cloué au lit par une forte fièvre ? Il avait besoin d'elle, dans ce cas !

Comment savoir ? Elle se trompait peut-être. Ils avaient accompli la mission dont ils étaient investis. Il n'avait peut-être simplement plus besoin d'elle. Ou ne la désirait plus. Malgré tout ce qu'ils avaient partagé, il s'était peut-être lassé. Cette idée la fit aussitôt frémir.

Elle se remémora alors le banquet qui avait été organisé la veille au soir pour célébrer leur victoire. Ni les mets délicieux qu'on lui avait servis, ni l'hydromel délectable, ni la musique charmante qui avait été jouée en fin de repas n'étaient parvenus à l'égayer un tant soit peu. Lorsqu'ils s'étaient tous retirés pour la nuit, Svea avait poussé un ouf de soulagement. La chambre qui lui avait été attribuée était certes d'une splendeur et d'un luxe inégalés, mais, pour autant, elle aurait mille fois préféré dormir dans la chambre qu'occupait Ash à Braewood. Elle se languissait tellement de lui ! Au moindre petit craquement, son cœur s'était mis à battre à tout rompre. Elle avait espéré toute la nuit qu'il viendrait gratter à sa porte pour la rejoindre dans son lit.

Mais il n'était pas venu.

Pourquoi ne lui parlait-il pas ? Pourquoi l'évitait-il ? Elle crut se sentir mal subitement. Elle n'allait tout de même pas s'évanouir aux pieds du monarque ? Elle n'avait pas fermé l'œil de la nuit. Son corps avait sans doute besoin de repos après tout ce qu'elle avait traversé depuis son départ de Braewood. Où diable Ash était-il passé ? Elle ne put en supporter davantage tout à coup. Elle devait obtenir des réponses aux questions qui la taraudaient.

— Roi Eallesborough, j'espère que vous ne m'en voudrez pas de vous poser cette question, dit-elle d'une voix mal assurée, mais j'aimerais savoir si vous avez vu Lord Stanton aujourd'hui.

Brand lui fit aussitôt les gros yeux, probablement pour lui faire comprendre que la question qu'elle venait de poser au roi était contraire aux usages, mais elle préféra l'ignorer et se concentrer sur la réponse que lui ferait le monarque saxon. S'il comprenait sa détresse, peut-être aurait-il pitié d'elle.

Il se tourna aussitôt vers elle, le regard soucieux.

— Non, Svea, je suis désolé, répondit-il. Je ne l'ai pas vu aujourd'hui.

Il s'assit sur un tas de décombres et secoua tristement la tête. Que lui arrivait-il donc ?

— Tout va bien, Votre Majesté ? s'enquit Brand en

s'avançant vers lui. Voulez-vous que je vous envoie un guérisseur ?

— Je vais bien, je vous remercie. C'est juste que… Vous pensez connaître quelqu'un sur le bout des doigts, puis finalement… je ne sais pas… c'est comme si vous aviez fait fausse route depuis le départ. Voilà l'état d'esprit dans lequel je me trouve ce matin. C'est extrêmement déconcertant.

— Que s'est-il passé ? demanda Svea en s'approchant de lui, le cœur battant.

Les propos du roi n'étaient guère rassurants. Elle n'aurait su l'expliquer, mais elle eut aussitôt le pressentiment que tout cela avait un rapport avec Ash.

Le roi poussa un profond soupir.

— Lord Stanton est venu me parler dans mes quartiers privés après le banquet. Il m'a demandé de le libérer de son serment de fidélité. C'est un coup dur pour moi. Cela fait de longues années qu'il me sert avec la plus grande loyauté.

Svea en eut le cœur tout retourné. De toute évidence, le roi avait lui aussi une haute opinion de l'homme qu'elle aimait. À quoi Ash jouait-il donc ?

— Il pense m'avoir laissé tomber et se sent responsable de tout ce qui est arrivé. Je lui ai dit que ce n'était pas ainsi que je voyais les choses, mais il n'a rien voulu entendre. Il répète que tout cela n'aurait jamais dû arriver et qu'il a le sang de ses hommes sur les mains.

À ces mots, Svea sentit ses muscles se contracter douloureusement. Comment Ash pouvait-il envisager les choses sous cet angle alors qu'il avait sauvé Termarth ?

— Il m'a également confié que son vrai père était danois, reprit le roi. Je me demande comment j'ai fait pour ne pas m'en apercevoir plus tôt. Maintenant que je suis au courant, cela me paraît plutôt évident. Il suffit de vous regarder tous les deux, ajouta-t-il, une esquisse de sourire aux lèvres, en désignant de la main leurs corps charpentés et les motifs sombres qui leur ornaient la peau.

Svea repensa à ce qui s'était passé la veille. Lorsqu'il s'était battu torse nu sur les remparts, Ash lui avait paru presque surhumain. Un demi-dieu. Était-ce en raison de son extraordinaire musculature ? Du motif qu'elle lui avait peint ? Ou de sa bravoure ? Ash était à la fois saxon et danois, peut-être cela lui conférait-il une force particulière ?

— Lord Stanton devrait pourtant savoir que ses origines ne me posent aucun problème. Ma propre fille ne vient-elle pas d'épouser un Danois ? rappela-t-il en se levant pour poser une main affectueuse sur l'épaule de Brand.

Svea retint son souffle. Ash avait enfin ouvert son cœur au roi qu'il servait depuis des années. Mais pourquoi se sentait-il seul responsable des lourdes pertes que leurs troupes avaient subies ?

— C'est un homme d'une grande bonté, reprit le monarque d'une voix grave. Mais visiblement, il n'assume pas tout à fait ses origines. Il pense que cela compromettra la place qu'il occupe auprès de moi si les gens viennent à l'apprendre. Il croit également que cela compliquera les choses pour les soldats et les habitants du royaume, car ces derniers ne sauront plus de quel côté il se trouve. Cela n'a pas de sens. J'ai l'impression qu'il a honte de l'homme qu'il est.

Svea accusa le coup. Les paroles que le roi venait de prononcer lui martelèrent le corps. Ash avait certes quelques inquiétudes au sujet du sang qui lui coulait dans les veines, mais jamais elle n'aurait pensé qu'il en avait honte ! N'était-elle pas parvenue à le convaincre qu'il n'avait rien d'un monstre ? Elle comprenait qu'il était difficile d'être le fruit d'un viol et que les agissements monstrueux de son père le mettaient dans un embarras terrible. Mais cela n'expliquait en rien qu'il puisse avoir honte d'être danois. Et si tel était bien le cas, cela signifiait également qu'il avait honte de ce qui les liait tous les deux. Avait-il également honte d'elle ?

Elle se sentit à la fois blessée et incrédule. Éprouvait-il une certaine gêne en sa présence ? L'évitait-il en raison du grand nombre de personnes qui gravitaient autour d'eux depuis leur départ de Braewood ? Dans ce cas, il ne lui avait peut-être pas dit la vérité lorsqu'il lui affirmait qu'il ne se marierait jamais et ne voulait pas d'enfants. Voulait-il simplement dire qu'il n'épouserait jamais *une Danoise* ? Elle, en l'occurrence.

— Il a l'intention de retourner à Braewood, poursuivit le roi. Son père est souffrant et a besoin de lui. C'est du moins ce qu'il m'a expliqué.

Une douleur fulgurante transperça aussitôt la poitrine de Svea. C'était *elle* qui avait besoin de lui ! Son père passait son temps à le rejeter et à lui mettre des bâtons dans les roues ! Ne le comprenait-il pas ?

— Lord Stanton est convaincu que les hommes capables de le remplacer au pied levé ne manquent pas et que je trouverai sans peine quelqu'un de confiance. Il est le seul héritier de Braewood, en revanche, et donc le seul habilité à prendre la suite de son père. Vous conviendrez avec moi qu'il s'agit d'un argument imparable. Lord Stanton est donc sur le départ.

Svea eut tout à coup l'impression de manquer d'air. Comme si sa cage thoracique avait subitement rétréci. Ash allait abandonner le roi après tout ce qu'ils avaient enduré. Cela signifiait qu'il allait sans doute également disparaître de son existence. Allait-il réellement la laisser derrière lui ? Quelle idiote elle faisait ! À quoi s'attendait-elle donc ? Ash ne lui devait rien. Il ne lui avait fait aucune promesse. À part celle de lui donner un maximum de plaisir. Et on pouvait dire qu'il avait tenu parole… Mais cela avait si rapidement tourné court ! Cela valait-il les souffrances qu'elle allait à présent endurer ?

— Il n'a cessé de répéter qu'il devait essayer de réparer ses torts, ajouta encore le roi. Je sais que son père veut absolument le voir épouser une lady saxonne et prendre la place qui lui revient à Braewood. Il va terriblement nous manquer.

Bouleversée, Svea fit son possible pour refouler les larmes qui menaçaient de lui monter aux yeux. Ash l'avait couchée dans son lit et allait quitter Termarth sans lui donner la moindre explication. Comment pouvait-il se conduire de la sorte ? Et pourquoi acceptait-il désormais de répondre favorablement aux exigences de son père ? Envisageait-il d'épouser Lady Edith ? Une femme qui pourrait lui donner des enfants, voilà ce dont il avait besoin. Elle en eut soudain la nausée. Lui ferait-il au moins ses adieux ?

L'amertume lui brûla la gorge. Elle savait que les différences qui les séparaient étaient insurmontables. Comment avait-elle pu croire une seconde qu'ils pourraient un jour vivre ensemble ? Elle avait complètement perdu la tête. Le père d'Ash ne permettrait pas une telle union. Jamais. Pas tant qu'il était en vie, tout au moins. Les doux rêves qu'elle avait un temps caressés étaient en train de s'effondrer. Ash était sur le point de la quitter. *Encore.* Mais elle ne partirait pas à sa poursuite cette fois. Le contexte était bien différent. Elle n'était pas à sa place à Braewood. Il fallait le laisser partir. Mais le supporterait-elle ?

Une douleur atroce lui vrilla le cœur. Elle crut un instant s'évanouir, mais un sursaut de fierté lui permit de rester debout.

La bataille qu'ils avaient livrée la veille était sans doute la pire de son existence, mais la victoire qu'ils avaient remportée ne diminuait en rien le mépris qu'il éprouvait envers lui-même. Perdu dans ses pensées, Ash traversait la cour dévastée du château dans l'intention de parler à Svea.

De nombreux habitants de Termarth le félicitèrent sur son passage et louèrent le courage dont il avait fait preuve. Victoire ! Victoire ! Ils n'avaient que ce mot à la bouche. Il hocha la tête en guise de remerciement et refréna l'envie de leur hurler qu'il ne voyait pas de quelle victoire ils voulaient parler. Contrairement à tous ceux qu'ils croisaient depuis la mort des frères Crowe, il n'avait nullement l'étoffe d'un vainqueur. Loin de là. Ne comprenaient-ils pas qu'il avait au contraire été vaincu ?

Le roi était au courant de la situation, désormais. Ash lui avait confié qu'il se sentait rongé par la culpabilité depuis qu'ils avaient été pris en embuscade après leur départ de Kald et qu'il ne se pardonnerait jamais de ne pas lui avoir porté secours. N'était-ce pas sa mission première ? Contre toute attente, le roi Eallesborough n'avait rien voulu entendre et l'avait même couvert de louanges. Ash savait qu'il ne méritait nullement ses égards. Cette faveur injustifiée avait même davantage renforcé sa détermination. Il devait quitter Termarth au plus vite et affronter le destin qui lui était promis à Braewood.

Quel incroyable gâchis ! Il ne pouvait pourtant s'en prendre qu'à lui-même. S'il n'avait pas eu la bêtise de succomber au désir que Svea lui inspirait depuis leur première rencontre, rien de tout cela ne serait arrivé. S'il s'était concentré sur son serment d'allégeance à la Couronne au lieu de chercher à l'impressionner, les brigands qui leur avaient tendu un véritable guet-apens n'auraient peut-être jamais intercepté leur convoi. Et s'il avait été un peu plus rapide à lever le *fyrd*, ses hommes ne se seraient peut-être pas fait massacrer. Et qui sait, il aurait pu sauver aussi les Danois. Mais il avait préféré séduire une jolie guerrière. Il était même parvenu à la convaincre de lui accorder sa confiance alors qu'elle avait une peur bleue des hommes qui tentaient de s'approcher d'elle. Cela ne l'avait pas empêché de la laisser tomber elle aussi juste après.

Mais ce n'était peut-être pas le pire. Dorénavant, tout le monde savait qu'il leur avait menti.

Ses origines lui gâchaient l'existence depuis toujours. Combien de fois s'était-il demandé ce qui se produirait si le roi venait à apprendre le secret qui entourait sa naissance ? Lui aurait-il repris les terres qu'il lui avait accordées ? Sans parler de son titre honorifique et de sa fierté… Ash s'était longtemps figuré que s'il laissait la vérité éclater, l'honneur de sa famille serait irrémédiablement entaché. Enfant, il avait désespérément recherché le regard approbateur de ses parents, mais ces derniers l'avaient rejeté avec une constance qui avait bien failli le rendre fou. Son père et sa mère pouvaient être fiers d'eux : les graines de la honte qu'ils avaient semées en lui s'étaient si bien épanouies qu'elles avaient donné un arbre d'une envergure stupéfiante.

Mais lorsqu'il s'était retrouvé torse nu la veille, exposant à la vue de tous les motifs vikings que Svea lui avait incrustés dans la peau, c'était comme si cet arbre avait brutalement perdu toutes ses feuilles. Du sang danois lui coulait dans les veines et il ne lui était plus possible de le dissimuler plus longtemps. La vérité avait enfin éclaté. Il s'en réjouissait. Il se sentait un peu plus léger à l'idée de cesser de porter ce terrible secret. Toutes ces années de faux-semblants l'avaient épuisé. Le temps était venu d'assumer qui il était.

Le roi avait écouté son histoire avec la plus grande attention. Exactement comme Svea l'avait fait à Braewood. Ash avait alors attendu la sentence qui lui serait infligée, mais le souverain s'était contenté de passer longuement sa main dans sa barbe avant de lui dire qu'il comprenait la situation. Il lui avait simplement demandé quel clan Ash choisirait s'il devait prendre parti entre les Saxons et les Danois. Ash n'avait pas hésité un instant. Il privilégierait le clan qui ferait son possible pour maintenir la paix.

Ash avait ensuite annoncé au roi qu'il allait quitter ses fonctions. Comment ses hommes pourraient-ils le respecter s'il avait honte de lui-même ? Plus personne ne lui accorderait sa confiance. Quant à se faire de nouveaux alliés, c'était désormais chose impossible. Jamais il ne se pardonnerait ce qui était arrivé. Par ses actes, il avait tout perdu. Son amour-propre. Ses hommes. Et la femme qu'il aimait.

Il perdrait bientôt son père également. Voilà pourquoi il avait pris la décision de rentrer chez lui. Il devait reprendre son existence là où elle avait commencé. En divulguant son secret, il délestait enfin son père de ce fardeau. Cela l'aiderait sans doute à aplanir les différends qui les opposaient. Le temps était compté désormais. Il savait à présent qu'il devait poser les fondations qui lui permettraient de bâtir un futur dont il serait fier.

Puisant dans ses dernières réserves pour trouver le courage dont il avait besoin, il franchit les quelques mètres qui le séparaient encore de Svea. Lui dire qu'il partait était un tel déchirement ! Il lui devait bien cela. Il s'était promis de bien faire les choses cette fois. Même si cela risquait de l'anéantir.

Lorsqu'elle leva la tête dans sa direction, elle n'afficha pas le sourire qu'il espérait encore. Le regard glacial qu'elle lui lança acheva de le déstabiliser. Non seulement elle le méprisait, mais elle ne lui accorderait pas son pardon. Tout était bel et bien fini.

— Vous partez.

Ce n'était pas une question mais une affirmation. Et elle avait parlé d'une voix monocorde et dénuée de la moindre émotion.

Même si elle s'était retroussé les manches pour s'activer

plus à son aise, la robe qu'elle portait lui allait à ravir. Quelle femme incroyable… Toujours prête à aider son prochain. Et d'une beauté à couper le souffle. Cesserait-il un jour de la désirer follement ? Le désir éperdu qu'elle lui inspirait l'avait submergé au premier regard. Il avait pourtant fait de son mieux pour combattre les sentiments qu'il éprouvait envers elle. Mais la résolution qu'il avait prise n'y avait rien changé. Il n'était pas de taille. Il en connaissait la raison désormais. Il l'aimait. Il l'aimerait toujours. Mais les événements de ces derniers jours exigeaient de lui ce sacrifice. Il devait partir.

— Oui, je rentre à Braewood. J'ai décidé d'assumer mes obligations familiales. Il est grand temps que je prenne les responsabilités qui m'incombent vis-à-vis de mon peuple.

Elle se contenta de hocher la tête tout en continuant à ramasser les débris qu'elle entassait dans un tonneau, comme si ce qu'il était en train de lui dire lui importait peu, comme s'il lui était à nouveau totalement indifférent. Son cœur de pierre le terrassa. Il aurait donné cher pour qu'elle s'avance vers lui, se jette dans ses bras et lui murmure des mots gentils comme elle l'avait fait l'autre soir. Cela lui aurait sans doute redonné un peu de courage. Pourquoi ne le suppliait-elle pas de ne pas partir ? De ne pas la quitter ? Ne comprenait-elle pas qu'elle avait encore le pouvoir de le faire fléchir ?

Mais elle garda le silence. Exactement comme il l'avait prévu.

Contrairement à la promesse qu'il lui avait faite, il n'avait pas sauvé ses hommes. Et il avait bien failli la perdre elle aussi. Il s'était pourtant juré de la protéger. Par ailleurs, pourquoi s'était-elle mesurée seule aux frères Crowe ? De toute évidence, elle n'avait pas confiance en lui.

Un silence pesant s'installa entre eux. Décontenancé, il se mit à frotter le bout de sa botte contre le sol.

— Combien de temps comptez-vous rester à Termarth ? demanda-t-il brusquement.

Quelle question idiote ! Il eut aussitôt envie de rentrer sous terre.

— Quelques jours tout au plus. Brand veut rentrer le plus vite possible à Kald. Il a hâte de retrouver Anne.

À peine avait-elle prononcé le nom de son frère que celui-ci apparut comme par magie devant eux, ce qui fit un peu baisser la tension.

— Vous rentrez à Braewood, Lord Stanton ?

— Oui.

Ash et Brand s'agrippèrent alors par les coudes avec ferveur.

— Je vous souhaite un bon voyage de retour, dans ce cas, dit Brand. Ce fut un honneur de combattre à vos côtés. Je voulais également vous remercier d'avoir pris soin de ma sœur en mon absence. Et de l'avoir protégée.

À ces mots, Ash déglutit tant bien que mal. Non seulement il n'avait pas très bien assuré la protection de Svea, mais il l'avait couchée dans son lit afin d'assouvir ses plus bas instincts. Regarder Brand droit dans les yeux lui parut insurmontable, tout à coup. Ils avaient certes combattu côte à côte, mais il y avait une différence notable entre eux. Brand savait qui il était et ce qu'il défendait. Ash s'était quant à lui perdu quelque part en chemin. Il ne savait plus vraiment où était sa place. L'avait-il seulement jamais su ? Svea lui avait fait entrevoir des pans inconnus de sa personnalité. Mais la route était encore longue. Et avec elle, il avait tout gâché.

— Il faudra venir nous rendre visite, dit Brand en les regardant à tour de rôle.

Ash hocha poliment la tête. Ils savaient tous que cela ne se produirait jamais.

— J'ai demandé à mes hommes de rester ici quelque

temps pour aider le roi à reconstruire Termarth, lança-t-il, ne sachant pas trop quoi dire tout à coup.

Il se sentit soudain terriblement honteux à l'idée d'abandonner le roi au moment où celui-ci avait tant besoin de lui.

Lorsque ses hommes reviendraient s'installer dans la forteresse de son père, peut-être pourraient-ils alors l'aider à reconstruire Braewood et à lui redonner sa gloire d'antan ?

C'était sans doute la dernière occasion de parler à Svea seul à seule. Mais comme elle ne semblait nullement disposée à discuter avec lui, il ne lui restait plus qu'à mettre un terme à cette conversation.

— Je vous remercie de nous avoir aidés à reconquérir le château et à porter secours au roi, Brand, assura-t-il d'une voix solennelle. J'ai peine à croire que vos noces avec la princesse ont été célébrées il y a moins d'une semaine, ajouta-t-il en secouant la tête. Il s'est passé tant de choses en l'espace de quelques jours ! J'espère que vous pourrez rapidement reprendre votre lune de miel. Comme j'aimerais pouvoir remonter le temps et changer le cours des choses… Je suis sincèrement désolé de ce qui est arrivé à vos hommes. Je sais que c'est une énorme perte pour vous. Je vous présente en toute humilité mes excuses les plus profondes pour le rôle que j'ai pu jouer dans cette tragédie.

— N'y pensez plus, je vous en prie. Nous avons tous fait de notre mieux, dit Brand.

En voyant Svea lui tourner le dos pour se remettre à déblayer les gravats, Ash sentit tout à coup une douleur intolérable lui oppresser la poitrine. Elle ne lui ferait donc pas ses adieux. Jamais il n'avait autant souffert.

Il salua Brand d'un signe de tête puis tourna les talons. Svea venait de sortir de son existence pour toujours. La vie aurait-elle encore un sens ?

Chapitre 10

Svea posa un panier rempli de poissons sur la table de la grande salle à Kald. Elle s'empara ensuite d'une petite hache et se mit à leur couper la tête avant de les ouvrir en deux pour les vider.

Elle avait parfaitement conscience de la présence de Brand qui était assis à l'autre bout de la table. Les mains jointes devant lui, il la regardait d'une mine amusée.

— Qu'y a-t-il ? demanda-t-elle.

À quoi son frère jouait-il donc ? Ne voyait-il pas qu'elle n'était pas d'humeur à plaisanter ?

— Tu as fait bonne pêche ?

— Qu'en penses-tu ?

— Ça m'en a tout l'air. J'aimerais seulement savoir pourquoi tu reportes ta colère sur ces pauvres poissons sans défense.

— Ils sont morts. Ils ne sentent plus rien, objecta-t-elle en maniant la hachette avec une plus grande violence encore.

— Je devrais sans doute me réjouir du répit que tu m'accordes. Cela fait un bon moment que tu décharges ton agressivité sur moi. Pourquoi arbores-tu constamment cette mine renfrognée ? Pourquoi es-tu toujours d'aussi mauvaise humeur, Svea ? Tu veux m'en parler ?

— Non.

Brand poussa un profond soupir.

— Svea, l'hiver ne va pas tarder à s'installer. C'est une période difficile pour nous tous ici, alors je te demanderai de ne pas en rajouter. Je suis désolé de te le dire, mais tu es insupportable avec tout le monde. Cela ne te ressemble pas. Tu es d'un naturel fougueux et nous savons qu'il t'arrive d'être d'humeur maussade. Nous en connaissons les raisons et l'acceptons. Mais cela dure depuis si longtemps ! Crowe est mort. Tu devrais t'en réjouir et vivre une existence plus sereine. Tu sembles au contraire plus morose que jamais.

Elle s'essuya les mains sur son tablier et enroula un peu plus son châle autour de ses épaules. Elle frissonna malgré elle. Brand avait raison. Il faisait de plus en plus froid. L'hiver risquait d'être rude.

— Un messager s'est présenté à la porte de la forteresse aujourd'hui, poursuivit-il.

— Ah ?

Elle aurait tant aimé qu'il cesse de parler. La seule chose qui l'intéressait pour le moment, c'était de préparer le dîner. Elle n'avait vraiment pas envie d'échanger des banalités.

— Le messager venait tout droit de Braewood.

À ces mots, elle crispa un instant la main sur la hache. Elle ignora le vif élancement qui lui transperça soudain la poitrine et s'empara d'un autre poisson dont elle trancha la tête avec vigueur. Sa main trembla un peu néanmoins. Elle ne voulait pas penser à Braewood. Elle ne voulait pas penser à Ash. C'était trop douloureux. Cela faisait déjà quelques mois qu'ils s'étaient quittés pour toujours. Il était grand temps de l'oublier.

— Tu ne veux pas savoir ce que le messager a dit ? demanda Brand en l'interrogeant du regard.

Ash… Un flot d'images l'envahit aussitôt. Ses grands yeux sombres qui la scrutaient, notamment. Comme il lui manquait ! Éprouverait-elle un jour à nouveau le sentiment de bien-être qu'elle avait ressenti au creux de ses bras protecteurs ? Elle avait pourtant appris à prendre soin d'elle toute seule avant de le rencontrer. Mais après son départ, elle avait dû tout réapprendre… Qu'il soit maudit !

Elle réprima tant bien que mal l'envie qui la prit subitement de faire les cent pas ou de fracasser quelque chose.

— Pas vraiment, mais je vois bien que tu brûles de m'en parler.

— Le père de Lord Stanton est décédé la semaine dernière.

Un courant d'air glacial traversa Svea de part en part et elle frissonna de plus belle. Malgré les bonnes flambées dans les cheminées de la grande salle ainsi que les joncs de mer qui recouvraient le sol en terre battue, cette pièce demeurait difficile à chauffer. Les gelées hivernales avaient été plus précoces qu'à l'accoutumée et le fond de l'air était également bien plus âpre. Höðr, le dieu de l'hiver et des ténèbres, était proche. Elle le sentait. Peut-être était-ce lié à ses états d'âme ? Elle avait fermé son cœur à double tour et enfoui ses sentiments au plus profond d'elle-même afin d'apaiser un peu son tumulte intérieur. Tout lui semblait si morne depuis quelque temps. Pourtant, curieusement, en entendant son frère lui parler de Braewood, elle eut l'impression de sortir un peu de sa torpeur. Elle n'avait nullement l'intention de plaindre Ash. Il ne méritait pas qu'elle s'apitoie sur son sort. Mais elle espérait néanmoins qu'il se portait bien.

— L'enterrement aura lieu après-demain. Seule la famille proche y assistera. Mais Lord Stanton organise un banquet en l'honneur de son père après ses funérailles. Nous y sommes invités. Je pense que nous devrions y aller pour lui apporter le soutien dont il a besoin dans cette épreuve.

La hache lui glissa des mains et retomba avec fracas sur la table.

— Non !

Brand ne pensait pas *sérieusement* ce qu'il venait de

dire ? Il n'était pas question qu'elle retourne là-bas. Pas après la façon dont Ash l'avait quittée sans même lui offrir une explication. Pas après avoir découvert qu'il avait honte de ses origines. Ce qui signifiait qu'il avait également honte d'elle. Sans parler de l'humiliation que cela représenterait pour elle de le voir en compagnie de sa future épouse. Cette dernière devait être en outre d'une beauté à faire pâlir de jalousie toutes celles qui s'approchaient d'un peu trop près.

— Nous irons à ce banquet, Svea, dit Brand en se levant de son siège pour la rejoindre.

— Tu peux y aller sans moi.

— Cela risque fort de lui déplaire.

— Je me moque de ce qu'il pense, répliqua-t-elle d'un ton exaspéré.

Ash ne s'était guère soucié de ce qu'elle ressentait lorsqu'il l'avait abandonnée après l'avoir couchée dans son lit deux nuits d'affilée ! Comme elle regrettait d'avoir goûté aux plaisirs dont elle ne soupçonnait même pas l'existence auparavant et qui lui manquaient désormais terriblement. Comment avait-elle pu avoir la naïveté de croire qu'il l'aiderait à guérir ses blessures ? Depuis son départ, elle était plus dévastée que jamais. Elle exagérait sans doute. Mais peu lui importait, au fond. L'accabler de reproches l'aidait à attiser la colère qu'elle ressentait à son encontre et à refouler le désir qu'il lui inspirait toujours malgré son absence.

— Je ne pense pas que ma présence soit indispensable. Je ne suis plus qu'un lointain souvenir.

— Arrête cette comédie, Svea ! Je sais que tu ne crois pas un mot de ce que tu viens de dire. Tu lui dois bien cela, après tout

— Que dis-tu ?

Une rage d'une intensité effroyable la traversa brusquement.

— Je t'en prie, Svea, ne fais pas semblant de ne pas

comprendre. Tu sais très bien ce que je veux dire. Ash était au comble du désespoir lorsqu'il est venu te faire ses adieux à Termarth. Tu l'as traité si durement !

— C'est ma faute, en plus, maintenant ?

— Tu étais parfaitement consciente de ce qui n'allait pas, Svea. Lord Stanton se sentait responsable de la mort de ses hommes et de celle de nos amis. Et toi, tu es restée muette comme une carpe. Non seulement tu ne lui as pas adressé la parole, mais tu lui as littéralement tourné le dos alors qu'il n'avait pas encore pris congé de nous. Jamais je ne me suis senti aussi mal à l'aise.

Les reproches que Brand venait de lui lancer à la figure lui coupèrent le souffle. Pourquoi cherchait-il tout à coup à lui donner mauvaise conscience ?

Mais à le voir s'agiter ainsi devant elle, il n'en avait visiblement pas fini.

— Comment pourrait-il t'oublier, Svea ? Il pense à toi dès qu'il pose les yeux sur son torse ! Le motif que tu lui as peint sur le corps est indélébile, tu es bien placée pour le savoir. C'est de loin le meilleur que tu aies jamais réalisé, par ailleurs. Mais là n'est pas la question. Cet homme ne pourra jamais t'oublier.

C'était la première fois que Brand lui parlait avec une telle véhémence. Pourquoi se mettait-il dans un état pareil ? Elle devait bien reconnaître toutefois que les récriminations de son frère lui avaient apporté un peu de baume au cœur. Ash ne pourrait jamais se débarrasser du tatouage qu'elle lui avait fait. Le souvenir qu'il avait d'elle perdurerait ainsi à jamais, gravé dans sa propre chair. Il l'avait bien cherché ! Pourquoi aurait-elle été la seule à souffrir, après tout ?

— Tu as manifestement pris parti pour lui. Tu peux me dire depuis quand cela dure ? demanda-t-elle sans parvenir à contenir sa hargne.

— Je n'ai pris le parti de personne, Svea. Je te rappelle que Lord Stanton est en deuil.

Et que faisait-il du deuil qu'elle ne parvenait pas à faire, de son côté ?

— Nous savons tous les deux à quel point il est difficile de perdre un parent, ajouta Brand. Lord Stanton aura d'autant plus besoin de notre soutien que, le jour des funérailles, les vieux sages vont se réunir en conseil pour décider qui sera le prochain chef de Braewood.

Svea se tourna brusquement vers son frère. Pourquoi les vieux sages se réunissaient-ils ? Ash n'était-il pas le fils héritier ? Elle se sentit tout à coup incapable de continuer à vider les poissons. L'odeur lui retourna l'estomac et lui donna subitement la nausée.

— Si j'ai bien compris, son père a menacé de le déshériter s'il n'était pas marié avant sa disparition. Visiblement, Lord Stanton n'a pas respecté ses exigences. Ne me dis pas que tu n'es pas au courant.

Svea secoua vigoureusement la tête en se mordillant la lèvre inférieure. Elle avait refusé d'entendre quoi que ce soit à son sujet depuis qu'elle était rentrée à Kald en compagnie de son frère. Elle n'aurait pas supporté d'imaginer Ash dans les bras d'une autre femme. Elle pensait qu'il s'était plié aux injonctions de son père après son retour à Braewood et qu'il avait épousé la lady saxonne qui avait été choisie pour lui. C'était bien mal le connaître. N'était-il pas l'homme le plus obstiné qu'elle ait jamais rencontré ? Dans ce domaine, il ne lui arrivait certes pas à la cheville, mais elle était du genre à placer la barre très haut… Il lui avait dit et répété qu'il ne voulait pas se marier. Elle aurait dû le croire. Pourquoi avait-elle mis ses paroles en doute ?

— Lord Stanton a refusé d'épouser Lady Edith, reprit Brand, et son père est resté sur ses positions. Lord Stanton doit maintenant renoncer à son titre et à ses terres.

Elle fut tout à coup prise de vertige. Comme ses jambes risquaient de se dérober sous elle, elle se laissa tomber sur un siège.

— Tu te sens bien ?

Elle se sentait si fatiguée depuis quelque temps. Même ses passe-temps habituels ne l'amusaient plus guère. Aller faire du cheval ou nager en mer lui demandait de gros efforts. Et cuisiner pour de grandes tablées l'épuisait littéralement. Tout s'était ralenti ces dernières semaines. Elle finissait même par se demander si elle n'était pas malade.

— Je vais bien, Brand, je t'assure.

— Si tu le dis… Lord Stanton a été déshérité, reprit-il. Il est sur le point de tout perdre. Il ne tenait vraiment pas à se marier, de toute évidence. Pas à une femme saxonne en tout cas. Je me demande bien pourquoi, ajouta-t-il en lui jetant un regard entendu.

— Mais comment son père a-t-il pu faire une chose pareille ? s'exclama-t-elle.

Elle préféra ignorer le regard pénétrant que son frère darda sur elle ainsi que le commentaire lourd de sous-entendus qu'il venait de faire.

— Je ne comprends pas, Brand, dit-elle d'une voix vibrante de colère. Ash est l'héritier légitime. Il est chez lui à Braewood. C'est à lui de succéder à son père.

Sans compter qu'il ferait un excellent chef. Tous les hommes qu'il était parvenu à rallier n'avaient-ils pas combattu à ses côtés ? Elle, elle l'aurait suivi au bout du monde s'il le lui avait demandé.

— Je sais tout cela, Svea. Mais Lord Stanton se pense-t-il digne de prendre la succession de son père ? Les vieux sages ne voteront pas en sa faveur s'ils ont un doute sur sa légitimité. Je me demandais justement si Lord Stanton n'aurait pas grand besoin que quelqu'un lui confirme que cette place lui revient de droit.

— Que veux-tu dire par là, Brand ? J'espère que tu ne t'es pas mis en tête que je suis la personne dont tu viens de parler ?

Son cœur se mit à battre plus fort.

— Je te rappelle qu'il a honte de ses origines danoises. Et honte de moi, par ricochet.

— Est-ce vraiment ce que tu crois ? demanda Brand en se rapprochant un peu d'elle. Je ne partage pas du tout ton avis. Ne laisse pas tes propres peurs prendre le dessus, Svea. Après notre victoire contre les frères Crowe, Lord Stanton m'a donné l'impression d'avoir enfin accepté qui il était. La honte qu'il ressentait n'était absolument pas liée à ses origines. Il ne supporte pas d'avoir menti à tout le monde. Il est également persuadé d'avoir perdu la confiance de ses hommes. Et *la tienne*. Manifestement, il ne savait pas comment rectifier le tir.

Elle leva la tête, les yeux emplis de larmes.

Brand avait-il vu juste ? Avait-elle laissé ses propres angoisses prendre le dessus ? Son obstination l'avait-elle retenue de tendre la main à Ash ? Aurait-elle pu l'empêcher de partir ?

Elle se sentit perdue tout à coup. Et honteusement ridicule. Elle manquait tellement d'expérience dans ce domaine ! S'était-elle trompée sur toute la ligne ? Les sentiments qu'elle éprouvait envers lui étaient si différents de ceux qu'elle avait connus jusqu'alors.

— Oh ! Brand, je ne lui ai laissé aucune chance ! Est-ce bien ce que tu essayes de me faire comprendre ?

Le souffle court, elle se couvrit les yeux de ses mains. Comment avait-elle pu tout gâcher ainsi ? Pourrait-elle un jour se pardonner son entêtement ?

— Je crois que j'ai été aveuglée par mes propres blessures, reconnut-elle en sanglotant. Je n'ai pas voulu voir ce qu'il endurait.

Son frère hocha la tête puis l'attira contre lui pour la réconforter. C'était si bon d'être à nouveau dans les bras de quelqu'un. Svea prit une profonde inspiration et laissa une partie de sa colère s'en aller.

— Il n'est jamais trop tard pour bien faire, Svea. Je crois toujours que Lord Stanton est un homme digne de confiance. Je veux ton bonheur, tu sais. Et si c'est cet homme qui fait battre ton cœur, ne laisse pas passer ta chance. Tu es une guerrière, Svea. Tu t'es toujours battue pour obtenir ce que tu désirais. Et tu n'as encore jamais rien laissé se mettre en travers de ton chemin. Tu sais ce qu'il te reste à faire, maintenant.

Svea se mit à entrevoir une petite lueur d'espoir. L'heure était peut-être venue de prendre quelques risques. Ash ne désirait pas se marier, c'était un fait, et il avait été très clair sur ce point. Elle ne parviendrait peut-être pas à le faire changer d'avis, mais elle pouvait au moins lui expliquer qu'elle ne lui tenait pas rigueur de ce qui était arrivé et qu'elle pensait sincèrement qu'il était un homme d'une grande bonté. Il *devait* succéder à son père. C'était de loin le meilleur chef que les habitants de Braewood pouvaient espérer. Mais trouverait-elle le courage de lui dire qu'elle se tiendrait toujours à ses côtés ? Elle ne se comporterait pas comme les parents d'Ash. Elle ne le laisserait pas tomber. Elle serait toujours là pour lui.

Elle l'aimait. De manière inconditionnelle.

Brand s'écarta un peu et la regarda avec une infinie douceur.

— Que décides-tu, Svea ? Dois-je répondre par l'affirmative à l'invitation de Lord Stanton ?

Chapitre 11

Les yeux rivés sur les eaux limpides de l'océan qui bordait Braewood, Ash se tenait devant le gigantesque tumulus où reposait désormais son père, feu Lord Aethelbard. Il avait revêtu ses plus beaux habits pour l'occasion. Il portait néanmoins ses longs cheveux noirs détachés et n'avait pas taillé sa barbe depuis bien longtemps. Tant pis si c'était contraire aux codes que son père avait tenté de lui inculquer. Avec le temps, Ash avait fini par accepter qu'il n'était pas toujours possible de lui faire plaisir.

La gorge serrée sous le coup de l'émotion, il trouva un peu de réconfort à l'idée que ses parents étaient enfin réunis pour l'éternité. L'observaient-ils depuis les cieux ? Étaient-ils fiers de l'homme qu'il était devenu ? Il ne le saurait probablement jamais. Peu lui importait, au fond. L'essentiel, c'était le regard qu'il portait sur le chemin qu'il avait parcouru. Ne pouvait-il pas en être fier ?

En révélant l'histoire de ses origines au roi le lendemain de leur victoire contre les frères Crowe, Ash avait ressenti un immense soulagement. Désormais, il n'avait plus à trembler à l'idée que son père révèle son secret au plus grand nombre, et ce dernier n'avait plus eu le pouvoir de jouer avec ses nerfs en affirmant qu'il allait mettre ses menaces à exécution. Ash avait également éprouvé un incroyable sentiment de liberté. Il ne devait plus dissimuler sa véritable identité. Les gens le voyaient dorénavant tel qu'il était en réalité. Il avait parfois l'impression que ses chaînes s'étaient enfin brisées. Il s'était préparé à être rejeté mais, curieusement, ce n'était pas ainsi que les choses s'étaient passées. En apprenant la vérité, les habitants de Braewood s'étaient au contraire immédiatement ralliés à lui. Le soutien indéfectible qu'ils lui avaient apporté l'avait beaucoup encouragé à s'accepter. Grâce à eux, il commençait même à apprécier l'homme qu'il était devenu.

Il ne regrettait pas d'être rentré à Braewood pour être aux côtés de son père alors que les jours de ce dernier étaient comptés. Il avait accompli son devoir et cela lui donnait à présent une force inestimable. Même s'ils n'avaient jamais été proches, Ash avait fait de son mieux pour apaiser les inquiétudes qui tourmentaient encore son père. Il ne comptait plus les concessions qu'il avait faites pour satisfaire ses exigences, à dire vrai. À une exception près…

L'enterrement avait été particulièrement lugubre. Seuls le prêtre et quelques membres de la maisonnée y avaient assisté. Ash avait hâte à présent de retourner au château pour le banquet qu'il avait organisé en l'honneur de celui qui avait dirigé Braewood pendant tant d'années.

C'était peut-être la dernière nuit qu'il passerait dans la forteresse. Tout cela lui parut étrange tout à coup. Comme si la boucle était désormais bouclée. Il était le fruit d'un viol, il avait eu une enfance malheureuse au sein d'un monastère où on le martyrisait, et lorsqu'il était revenu au château à l'âge adulte, conforme à l'image que ses parents attendaient de lui, ces derniers lui avaient une nouvelle fois réservé un mauvais accueil.

Pourtant, lorsqu'il était rentré à Braewood après son départ précipité de Termarth, il n'avait pas ressenti l'aversion que ce lieu lui inspirait autrefois. Jusqu'alors, les immenses palissades et les murailles qui entouraient la forteresse lui avaient donné l'impression de le retenir prisonnier ou de le maintenir en exil. Quant aux tourelles en partie calcinées, elles symbolisaient naguère à ses yeux la noirceur de son âme. Mais ce jour-là, lorsqu'il avait posé son regard sur elles, le cœur gonflé d'espoir, il s'était senti investi d'une toute nouvelle détermination. Le moment était venu de reconstruire Braewood. Ne devait-il pas enfin tourner la page ?

Même si sa naissance était entourée d'un effroyable climat de violence, Braewood n'en demeurait pas moins la demeure de ses ancêtres. *Sa* demeure. Et n'était-ce pas dans l'enceinte de ces murs qu'il avait trouvé l'amour et le réconfort ? Jamais il n'oublierait la nuit enfiévrée qu'il avait passée avec Svea. Leur histoire avait certes été de courte durée, mais les souvenirs qu'il en avait l'accompagnaient chaque jour.

Il ne savait pas quelle décision les vieux sages prendraient d'ici quelques heures, mais il accepterait son destin de bonne grâce. Qui allaient-ils choisir pour succéder à son père ? Peut-être qu'ils lui retireraient ses prérogatives, mais cela ne l'affecterait pas particulièrement. Il était en paix désormais. Ce qui devait advenir adviendrait.

Il était sûr d'une chose, néanmoins. Qu'il soit ou non reconduit dans ses fonctions, il irait rapidement rendre visite à Svea. Il tenait à reconnaître ses torts et à s'excuser auprès d'elle. L'apaisement, voilà ce qu'il recherchait. Il ne pouvait pas rester dans l'état d'agitation dans lequel il se trouvait depuis qu'ils s'étaient quittés sans même se faire leurs adieux. Il fallait absolument qu'il la revoie. Pour essayer de se réconcilier avec elle. Qu'avait-il à perdre ?

En apercevant au loin les fortifications de Braewood, Svea écarquilla les yeux. Quels changements il y avait eu depuis son dernier séjour ! Même si la forteresse était enveloppée d'une épaisse brume hivernale, elle remarqua rapidement que les tourelles noircies du donjon avaient été nettoyées et reconstruites. Elles étaient au nombre de quatre désormais. Quant à l'élévation des murailles, qui semblait tant obséder Lord Aethelbard, elle semblait s'être momentanément arrêtée. Il n'y avait par ailleurs nulle trace de campements danois devant le mur d'enceinte.

Malgré le froid mordant qui sévissait et avait rendu le trajet particulièrement pénible, Svea sentit une douce chaleur l'envahir. Son moral remonta lui aussi brusquement en flèche. Sans doute était-ce lié à la nuit magnifique qu'elle avait passée entre ces murs. Cet endroit garderait à jamais une place un peu spéciale dans son cœur. Depuis sa conversation avec Brand, elle avait également des papillons dans le ventre. Mais que pouvait-elle réellement espérer ?

La mince couche de neige qui commençait à recouvrir les sols gelés avait particulièrement ralenti leur progression. Son frère avait de surcroît privilégié l'itinéraire le plus long. Celui qui contournait la forêt. Elle s'était bien gardée de contester son choix. C'était même au contraire avec un certain soulagement qu'elle avait accueilli cette décision.

Elle ne tenait pas spécialement à revoir les lieux où ils avaient essuyé une embuscade, ni à raviver les souvenirs qui s'y rattachaient. Elle ne voulait pas non plus se remémorer les bons moments qu'elle avait partagés avec Ash au cours de cette expédition. Comme le paysage avait changé ! Non seulement les arbres avaient perdu leurs feuilles, mais toutes les couleurs semblaient également avoir été lessivées et emportées au loin. À l'image du bonheur qu'elle avait connu et qui s'était finalement évaporé ?

En descendant de sa monture dans la cour de la forteresse, elle se mit à frissonner de plus belle. Elle était à la fois impatiente d'aller se réchauffer au coin du feu et terriblement inquiète.

— Tu viens ? lui demandèrent en chœur Brand et Anne.
— J'arrive, répondit-elle en traînant les pieds.

Même s'ils avaient reçu un accueil extrêmement chaleureux à la porte du mur d'enceinte, rien ne disait qu'il en serait de même à l'intérieur. Ash ferait-il preuve du même enthousiasme ?

Plus nerveuse que jamais, elle se remémora son arrivée rocambolesque au campement, la veille de la bataille de Termarth. Où avait-elle trouvé le cran de se comporter de la sorte face à tous ces hommes qui la reluquaient de la tête aux pieds ? Elle le savait pourtant très bien : elle aurait fait n'importe quoi pour retrouver Ash ce jour-là. Après la nuit qu'ils avaient passée ensemble, il lui avait semblé impensable de rester à l'attendre.

L'arrivée au même moment du roi Eallesborough et de sa garde rapprochée l'obligea à reprendre contact avec la réalité. Revoir le père d'Anne en bonne forme la réjouit. Il lui avait fait si forte impression lors de son court séjour à Termarth ! Peut-être que l'annonce de sa venue détournerait quelque peu l'attention. Elle pourrait alors passer inaperçue...

Tandis qu'ils s'approchaient des portes de la grande salle, un vent de panique lui comprima la poitrine. Elle n'aurait peut-être pas dû venir. Et si l'invitation qui leur était parvenue était uniquement adressée à Brand et à la princesse Anne ? Que se passerait-il si Ash était contrarié par sa présence et la traitait avec rudesse ? À moins qu'il ne se contente de l'ignorer. Ce qui serait pire encore.

Et si Brand s'était trompé ? Ash avait pu changer d'avis en l'espace de quelques mois. Il désirait peut-être se marier, à présent. Après tout ce qu'elle avait déjà enduré, elle se sentit tout à coup incapable d'en supporter davantage. Elle n'avait plus vraiment le choix, à vrai dire. Elle devait prendre son courage à deux mains et franchir ces portes. Si elle ne se confrontait pas à la réalité, si elle refusait d'entendre ce qu'il avait à lui dire, elle ne saurait jamais à quoi s'en tenir. Peut-être qu'il la désirait toujours mais craignait qu'elle n'éprouve pas les mêmes sentiments ? Quelle effroyable tragédie ce serait ! Elle tenta de se raisonner une dernière fois. S'il n'avait pas voulu qu'elle accompagne son frère et sa jeune épouse, Ash l'aurait probablement spécifié dans le message qu'il leur avait adressé.

Elle prit une profonde inspiration pour essayer de calmer son agitation intérieure. Alors qu'ils poussaient les portes de la grande salle, elle fut agréablement surprise par le brouhaha inhabituel qui y régnait et par le nombre de convives qui s'y trouvaient. Saxons et Danois mélangés. Quel contraste avec le dîner aux chandelles qu'elle avait partagé dans cette pièce avec Ash ! Elle se remémora alors le fou rire qui les avait secoués lorsqu'on leur avait apporté une tarte aux mûres. Un large sourire lui étira aussitôt les lèvres.

À peine était-elle entrée dans la grande salle que les Danois avec lesquels elle avait lié connaissance se précipitèrent à sa rencontre. La voix pleine d'excitation, ils lui parlèrent des nouvelles fermes qui avaient été édifiées à leur intention, grâce à l'intervention de Lord Stanton. Ils travaillaient la terre désormais et possédaient leurs propres animaux. Ils semblaient si heureux !

Elle aperçut alors Ellette qui la prit aussitôt dans ses bras et la serra si fort qu'elle crut un instant étouffer. Cela lui fit chaud au cœur. Un flot d'émotions contenues monta soudain en elle, qu'elle peina à réprimer.

— Vous avez l'air fatiguée, ma belle, lui dit Ellette d'une voix douce.

C'était sans doute un peu ridicule, mais Svea sentit ses yeux s'emplir de larmes. Pourquoi ressentait-elle un tel élan envers une personne qu'elle n'avait que très peu côtoyée ? Sans doute était-ce la période à laquelle cela la renvoyait qui expliquait cet excès de sensibilité. Ce n'était pas uniquement cela, à vrai dire. Elle n'oublierait jamais le dévouement avec lequel Ellette s'était occupée d'elle lors de son séjour à Braewood.

Elles échangèrent ensuite quelques mots. Ellette lui apprit que les choses s'étaient beaucoup améliorées depuis le retour d'Ash. Svea s'en réjouit mais n'osa pas lui poser les questions qui lui brûlaient les lèvres. Comment allait Ash ? Et où était-il ?

— Croisez les doigts pour Lord Stanton, ma chère Svea, lui murmura Ellette d'un air complice. Nous espérons tous que les vieux sages feront le bon choix tout à l'heure. Cela aura un grand impact sur notre existence à tous, ajouta-t-elle avant de retourner en cuisine au pas de course.

Svea aurait tant voulu la suivre pour lui donner un coup de main ! Et pour se cacher. Elle repensa aussitôt à la nuit où Ash lui avait fait l'amour pour la première fois et à la façon dont elle avait essayé de soustraire son corps à sa vue. Il lui avait alors fait promettre de ne plus jamais chercher à se cacher en sa présence. Elle ne pouvait plus faire marche arrière à présent. N'avait-elle pas trouvé le courage de venir jusque-là ? Elle n'allait pas abandonner si près du but. Elle avait même revêtu une robe pour l'occasion. Par respect pour feu Lord Aethelbard. Et dans l'espoir de plaire à celui qui avait organisé ce banquet…

Mais où diable était-il ? Lorsqu'il se couchait le soir dans son lit, se rappelait-il lui aussi toutes les choses qu'ils s'étaient dites ? Tout ce qu'ils avaient fait ensemble ? De son côté, elle avait beau essayer de ne plus penser à lui, elle échouait chaque fois misérablement.

Svea ne se sentait pas vraiment à sa place au milieu de tous ces gens. C'était Ash qu'elle était venue voir. Mais ce dernier était introuvable. Elle chercha alors son frère d'un regard anxieux. Lorsqu'elle repéra enfin la table où Brand et Anne s'étaient installés, elle les rejoignit d'un pas pressé et prit place à leurs côtés. Mais malgré les efforts qu'elle déploya pour rester concentrée sur leur conversation, elle s'aperçut rapidement qu'elle était extrêmement distraite et n'avait aucune idée des sujets qu'ils avaient abordés en sa présence.

Alors qu'elle commençait à s'ennuyer ferme, Ash apparut comme par magie à ses côtés. L'espace d'un instant, elle crut que son cœur allait exploser dans sa poitrine. Ash commença par souhaiter la bienvenue au roi, à Brand et à la princesse Anne, puis il la regarda droit dans les yeux et lui dit simplement :

— Bonjour, Svea.

Elle entrouvrit les lèvres pour prendre une petite inspiration. Ash ! Elle le revoyait enfin... Il portait ses longs cheveux détachés désormais. Comme il était beau ! Dans un élan d'amour, elle eut soudain envie de se lever pour se jeter dans ses bras. Elle aurait voulu lui dire ce qu'elle ressentait à son égard et qu'elle regrettait amèrement de l'avoir laissé partir.

Mais au lieu d'écouter ce que son cœur lui conseillait de faire, elle resta assise à ne rien dire. Elle était incapable de bouger. Elle savait qu'elle aurait dû lui présenter ses condoléances, mais aucun son ne sortit de sa bouche. Elle eut tout à coup l'impression d'avoir été transformée en statue.

— Nous sommes désolés pour votre père, Lord Stanton, dit Brand qui vola gentiment à son secours.

Svea sentit la panique monter en elle. Comment pourrait-elle lui parler des sentiments qu'elle éprouvait à son égard et combler le fossé qui s'était creusé entre eux si elle ne parvenait même pas à le saluer ?

Ash hocha la tête, les remercia collectivement d'être venus, puis, après avoir posé les yeux sur elle quelques instants, tourna les talons sans demander son reste. Il passa ensuite de convive en convive pour échanger quelques mots avec chacun d'entre eux. Svea sentit son cœur s'affoler contre sa poitrine. Était-ce ainsi que les choses allaient se passer ? Ash n'avait-il rien d'autre à lui dire ? Il était certes venu la saluer. Et elle n'était même pas parvenue à lui adresser la parole.

Sa présence ne lui faisait-elle ni chaud ni froid ? Elle l'observa alors avec attention. Il semblait tellement à l'aise ! Il donnait l'impression d'être enfin devenu lui-même. Comme s'il était enfin en paix avec son physique et avec l'homme qu'il était. Son cœur se mit à saigner. Elle aurait aimé qu'il revienne et qu'il la regarde à nouveau. Elle ne voulait plus jamais le perdre de vue.

Une très jolie jeune femme vint tout à coup aborder Ash. Elle lui posa une main sur le bras et se pencha vers lui pour lui glisser quelque chose à l'oreille. En les voyant se mettre à rire tous les deux, Svea blêmit. Jamais elle n'avait été en proie à un tel sentiment de jalousie. Elle n'aurait pas dû venir. Ash venait de perdre son père. Elle était venue lui présenter ses condoléances, comme l'exigeaient les convenances en pareilles circonstances, et s'assurer qu'il allait bien. De toute évidence, elle pouvait être rassurée sur ce point. Elle pouvait partir à présent. Elle avait tellement envie de rentrer chez elle ! Mais c'était impossible. Brand et Anne ne la laisseraient jamais quitter Braewood sans eux.

— Qui est-ce ? demanda-t-elle discrètement à la jeune épouse de son frère.

— C'est Lady Edith Earlington, répondit Anne.

Quelle idiote ! Elle aurait dû s'en douter. Dire qu'elle avait fait tout ce trajet dans l'espoir de se réconcilier avec Ash. Elle n'était plus à une humiliation près ! Elle s'excusa auprès de son frère et de son épouse, et sortit précipitamment de table. Elle ne resterait pas une minute de plus à regarder Ash se pavaner devant les jolies femmes qu'il croisait. Il semblait si heureux ! De toute évidence, il se passait aisément de sa présence et semblait au mieux de sa forme. Elle ne pouvait pas en dire autant. Elle était si fatiguée ! Non seulement elle avait pris du poids, mais elle se sentait littéralement diminuée depuis quelques semaines. Sans parler du manque qu'elle ressentait. Chaque seconde qui passait lui rappelait à quel point elle était incapable de vivre sans lui. Insoutenable, voilà le mot qui résumait son existence désormais.

Accablée par un accès de désespoir soudain, elle se dirigea discrètement vers la porte qui menait à l'arrière-salle.

— Puis-je me rendre utile ? demanda-t-elle lorsqu'elle trouva enfin Ellette.

Svea eut tout à coup l'impression de se trouver au beau milieu d'une ruche. Ellette coordonnait tout ce beau monde et semblait ne plus savoir où donner de la tête.

— Non, ma belle, pas aujourd'hui, répondit Ellette en secouant énergiquement la tête.

Svea sentit soudain une main se poser fermement sur son avant-bras.

— Qu'est-ce que vous avez en tête, Svea ? Vous n'avez rien à faire ici !

Ash ?

Elle venait à peine de quitter la grande salle. Comment savait-il qu'elle se trouvait là ? Était-il en train de l'observer à son insu ? L'avait-il suivie ? Cette simple pensée lui mit un peu de baume au cœur.

— J'espère que vous n'aviez pas l'intention de donner un coup de main en cuisine. Vous êtes mon invitée, Svea.

La main qu'il avait posée sur son avant-bras lui brûla la peau tout à coup.

— Je voulais juste participer un peu au service, bredouilla-t-elle. Je ne pouvais pas rester assise à vous regarder parler à…

Il plissa les yeux puis plongea son regard dans le sien.

— Venez avec moi.

Il l'entraîna alors vers l'arrière-cuisine. Exactement comme il l'avait fait la nuit où ils avaient mangé du miel et s'étaient amusés à se jeter de la farine au visage. Comme elle aurait aimé revivre ce merveilleux moment. Quelle délicieuse insouciance elle avait ressentie ! Une pointe de culpabilité l'assaillit tout à coup. Malgré la promesse qu'ils avaient faite à Ellette, ils n'avaient jamais nettoyé derrière eux. Il faudrait qu'elle lui présente ses excuses.

— Où m'emmenez-vous ?

Ash la tenait un peu trop fermement par le bras, mais malgré la légère douleur que cela lui provoqua, elle préféra ne rien dire. Ash était là. Ils étaient seuls. Elle aurait voulu qu'il ne la lâche jamais ! Elle n'aurait probablement pas été capable de marcher sans son soutien, par ailleurs. Pourquoi ses jambes flageolaient-elles ainsi ?

— À la plage.

— Vos convives ne vont-ils pas s'inquiéter lorsqu'ils remarqueront votre absence ?

— Ils peuvent bien se passer un peu de moi.

— Je n'ai pas l'intention d'aller me baigner, si c'est cela que vous avez en tête.

À ces mots, il s'immobilisa et l'attira vers lui. Ils n'étaient plus qu'à quelques centimètres l'un de l'autre. Elle était si heureuse d'être à nouveau en sa compagnie, de sentir ses mains sur sa peau, mais cela la rendait aussi incroyablement nerveuse.

— Que faites-vous ici, Svea ?

— Je pensais que vous m'aviez invitée. Je croyais que ma venue vous ferait plaisir…

— C'est effectivement le cas. Mais je ne pensais pas que vous viendriez, pour être tout à fait franc avec vous.

— Je tenais à venir vous apporter mon soutien. Je suis vraiment désolée pour votre père, Ash.

Visiblement apaisé par les paroles réconfortantes qu'elle venait de lui adresser, il l'entraîna à sa suite et desserra un peu la pression qu'il lui exerçait sur le bras. Qu'avait-il en tête ? N'y tenant plus, elle lui jeta un regard à la dérobée. Les sourcils froncés, il paraissait excessivement soucieux. Elle remarqua alors qu'il portait toujours le collier qu'elle lui avait offert ! Dehors, il faisait un froid glacial, mais elle s'en moqua. Ash était à ses côtés. Enfin.

Dès qu'ils débouchèrent sur la plage de sable, il se tourna vers elle. L'hiver, il émanait de l'océan une beauté sauvage qui lui coupa le souffle. Mais cela n'était rien comparé à celle de l'homme qui se tenait devant elle. Ash continuait-il à se baigner en mer pendant les mois les plus froids de l'année ? Elle imagina alors ses bras musclés fendre les vagues. Elle aurait tant aimé savoir ce qu'il avait fait depuis qu'ils s'étaient quittés. Lui avait-elle manqué ?

— Êtes-vous parvenu à régler les différends qui vous opposaient à votre père avant sa disparition ? demanda-t-elle dans un souffle.

Mais la véritable question qu'elle brûlait de lui poser était bien plus personnelle. Ne regrettait-il pas d'avoir quitté Termarth sans elle ? Cela en valait-il le coup ?

— Mon père et moi avions bien trop de désaccords pour pouvoir remédier à chacun d'entre eux. Mais je suis heureux d'être revenu à Braewood. Il fallait que je sois à ses côtés. J'ai fait tout ce que j'ai pu pour l'aider à s'apaiser. C'était important pour moi.

Elle hocha la tête pour lui signifier qu'elle comprenait très bien ce qu'il voulait dire par là. Puis elle se tourna en direction de la forteresse.

— Les choses ont bien changé ici depuis votre retour. Le donjon a repris une apparence majestueuse et les habitants semblent tous très heureux.

— J'essaye simplement de rattraper mes échecs antérieurs, dit-il en esquissant un sourire douloureux. Vous savez comment je suis. J'ai besoin d'être occupé.

« Vous savez comment je suis. » À ces mots, son cœur se serra. L'allusion à peine déguisée à l'intimité qu'ils avaient partagée la peina. À l'époque, elle pensait effectivement le connaître. Peut-être s'était-elle trompée sur ce point ? Elle voulait tout savoir de lui à présent.

Il desserra son emprise sur son bras pour lui saisir le poignet, puis il lui prit timidement la main. Comment sa peau pouvait-elle lui paraître si chaude alors qu'il faisait un froid glacial ?

— Svea, j'aimerais vous parler de ce qui s'est passé à Termarth. Je vous dois des excuses. Je regrette de ne pas avoir pu sauver vos hommes. Vous n'imaginez pas à quel point cela me désole. Lorsque j'ai vu ce chariot s'avancer vers nous et me suis aperçu que Kar et Sten faisaient partie des victimes, j'ai senti une lourde porte en bois se refermer sur ma vie. J'ai immédiatement eu l'impression de vous avoir laissée tomber, tout comme je les avais laissés tomber.

Elle secoua la tête, les larmes aux yeux.

— Vous n'êtes pas responsable de leur mort. Personne n'aurait pu les sauver, Ash. Ni vous ni moi. Je sais que vous pensez avoir leur sang sur vos mains, mais il n'en est rien, je vous assure. Je vous en prie, ne mettez pas la barre à un niveau que personne ne vous demandera jamais d'atteindre.

Il la dévisagea alors de ses grands yeux sombres.

— Je ne comprends pas. Lorsque j'ai quitté Termarth, vous étiez terriblement en colère contre moi. J'avais l'impression que vous me méprisiez. Vous ne m'avez même pas dit au revoir.

Ne comprenait-il pas qu'il lui avait été impossible de lui faire ses adieux ? Cela l'aurait sans doute anéantie.

— Oui, j'étais très en colère contre vous. Mais pas pour les raisons que vous croyez.

— Que me reprochiez-vous dans ce cas ? demanda-t-il, l'air troublé.

Elle baissa la tête et ferma les paupières quelques instants. Puis elle se remémora ce qu'il lui avait dit la première fois qu'ils avaient fait l'amour. Qu'elle ne pouvait pas s'enfoncer la tête dans le sable et faire comme s'il ne s'était rien passé. Pas cette fois.

— Le roi Eallesborough m'avait informée de votre départ avant que vous me l'annonciez en personne. Il m'a confié que vous lui aviez appris ce qui était arrivé à votre mère et que vous aviez honte de vos racines danoises. Mais cette partie de vous est également en moi, Ash. Cela m'a profondément blessée. Je voyais bien que vous aviez pris vos distances avec moi. J'en ai conclu que vous aviez honte de moi et que ce qui s'était passé entre nous vous embarrassait. Lorsque vous êtes venu me dire au revoir, j'avais le cœur en mille morceaux. J'étais bien trop fière pour vous demander de rester. J'en mourais pourtant d'envie.

— Vous touchez là au cœur du problème, Svea, dit-il en s'avançant vers elle. J'ai toujours eu peur d'avoir un mauvais fond. J'ai essayé de l'éradiquer par tous les moyens et de garder cela sous contrôle. J'avais besoin de tenir à distance cet acte barbare qui a modelé toute mon existence. Aussi loin que remontent mes souvenirs, je me suis isolé afin de protéger mes proches. Mes parents. Mon peuple. Puis vous. Cela faisait si longtemps que je me considérais comme un monstre. Je croyais dur comme fer que c'était également ainsi que les autres me voyaient. Le Danois qui sommeille en moi et la noirceur qui hante mon âme depuis toujours ont sans doute fini par se mélanger dans ma tête.

— Je vous ai pourtant expliqué que je ne vois aucun monstre en vous, Ash.

— Je le sais bien. Ne voyez-vous pas ce que j'essaye de vous faire comprendre ? J'ai été élevé dans la détestation des Danois. On a également tout fait pour que je me déteste. Puis je vous ai rencontrée. Je ne voulais surtout pas m'éprendre de vous, Svea. J'ai combattu de toutes mes forces les sentiments que j'éprouve à votre égard.

Elle comprit sans peine ce qu'il lui disait. Elle ne pouvait pas lui en vouloir, par ailleurs. N'avait-elle pas réagi exactement de la même manière ? Elle avait juré de haïr tous les hommes saxons, lui y compris. Lui tout particulièrement, même. La vérité lui éclata brusquement à la figure. Elle avait fait tout ce qui était en son pouvoir pour le détester parce qu'elle l'avait aimé au premier regard et les sentiments qui l'avaient envahie l'avaient aussitôt emplie d'effroi.

Il lui prit le menton dans la main.

— Il a fallu que je tombe amoureux d'une Danoise pour que j'accepte enfin la vérité. Mes parents avaient tort. C'est vous qui aviez raison. Chaque être humain peut être bon ou mauvais. Et peu importe qu'il soit saxon ou danois. Grâce à vous, je me suis mis à espérer. J'ai même commencé à croire que j'étais une bonne personne. Jusqu'à ce que je laisse tomber tout le monde.

— Vous n'avez laissé tomber personne, Ash.

— Le jour où nous avons combattu les frères Crowe, j'ai compris que j'en avais assez de m'excuser d'être qui je suis. Une honte indicible s'est emparée de moi. J'avais toujours menti à tout le monde. J'ai soudain eu l'intuition que pour avoir une chance de vivre à vos côtés, il fallait assumer l'héritage qui allait m'être laissé. J'avais besoin de revenir ici pour réaliser ce rêve. Il fallait que je revienne à mes origines pour pouvoir enfin me trouver. J'avais besoin de faire la paix avec moi-même avant de laisser quelqu'un m'aimer. Avant de venir vous chercher. J'ai compris que la façon dont j'avais été mis au monde n'avait plus la moindre importance. Ce sont mes actes qui me définissent. Rien d'autre.

Leurs corps se touchaient presque à présent.

— Mon père m'a intimé l'ordre d'épouser une Saxonne. Et il m'a menacé de me retirer mon titre et mon héritage si je refusais de me plier à ses exigences.

À ces mots, Svea sentit sa gorge se nouer.

— Lady Edith est très belle.

— C'est probablement ce que pensent de nombreux hommes. Ce n'est pas la femme qu'il me faut, toutefois. J'ai clairement expliqué à mon père que je n'épouserais jamais Lady Edith. Comment le pourrais-je puisque je suis amoureux de vous ?

Il lui caressa la joue du bout du pouce.

— Mon père n'a rien voulu savoir, reprit-il. Il a cherché à me forcer la main en me demandant de choisir entre mon héritage et les sentiments que j'éprouve à votre égard. Je n'ai pas hésité une seule seconde. C'est vous que j'ai choisie. Je sais ce que je vous dois. C'est grâce à vous que je sais désormais qui je veux être, Svea.

— Et qui voulez-vous être, Ash ? demanda-t-elle d'une voix émue.

— L'époux de Svea Ivarsson, guerrière de Kald, répondit-il sans hésiter. Si elle veut bien de moi, ajouta-t-il en posant son front contre le sien. Je ne sais pas ce que le conseil des sages va décider cet après-midi. Dans quelques heures, je serai peut-être le nouveau lord de Braewood et je devrai alors diriger cette forteresse du mieux que je pourrai. Mais rien n'est moins sûr. On va peut-être me sommer de quitter les lieux et je partirai alors avec quelques effets personnels pour unique bagage. Mais la décision qui va être prise d'un moment à l'autre m'importe peu, Svea. Si vous acceptez de m'épouser, je serai le plus heureux des hommes…

Elle le regarda au fond des yeux et sentit leurs souffles chauds se mêler à l'air froid. Voilà des années qu'elle s'était fait la promesse de ne jamais appartenir à un homme et d'assurer au mieux la protection de Kald, et ce jusqu'à la fin de ses jours. Mais Ash avait fait voler toutes ses certitudes en éclats. C'était la maîtrise dont il faisait preuve en toutes circonstances qui lui avait fait baisser la garde. Ainsi que son calme et sa gentillesse. Sans oublier son incroyable bravoure. Elle avait une confiance inébranlable en lui. Oui, elle avait très envie de devenir sa femme et le suivrait jusqu'au bout du monde s'il le fallait.

— Si j'accepte, cela veut-il dire que vous êtes finalement parvenu à me dompter ? demanda-t-elle dans un murmure.

— Certainement pas ! Votre naturel un peu sauvage me plaît bien trop pour que je cherche à le faire disparaître, dit-il en lui adressant un large sourire.

Pourtant, elle avait profondément changé depuis leur rencontre. Elle n'était plus la jeune femme ombrageuse et particulièrement imprudente qu'elle était encore quelques mois auparavant. Ash lui avait appris à prendre un peu de recul et à modérer ses accès de rage. Il était même parvenu à la convaincre de laisser tomber son armure. Et à la faire accéder à des plaisirs qu'elle n'aurait jamais soupçonnés. Elle voulait lui appartenir et vivre à ses côtés. Pour toujours.

— J'accepte de vous épouser, Ash, déclara-t-elle enfin d'une voix tremblante. Puisque je vous aime !

Une voix forte en provenance du haut de la colline interrompit net le regard enamouré qu'ils échangèrent.

— Lord Stanton, vous êtes demandé de toute urgence dans la grande salle ! Le conseil des sages s'est réuni et a pris sa décision. Venez vite, je vous en prie !

L'estomac de Svea se contracta douloureusement. Les vieux sages avaient-ils pris la bonne décision ? Ash était de loin le mieux placé pour assurer le futur radieux que les habitants de Termarth appelaient de leurs vœux. Mais peu lui importait le résultat du vote, en fin de compte. Ils allaient traverser cette nouvelle épreuve ensemble et elle serait à ses côtés pour l'épauler en cas de coup dur.

Alors qu'elle s'élançait déjà en direction du chemin qui menait à la forteresse, Ash l'attrapa par la taille et la serra tout contre lui.

— Vous ne voulez pas aller entendre ce que le conseil a décidé ?

— Cela peut bien attendre un peu, dit-il en collant ses lèvres aux siennes.

Il l'embrassa d'abord tendrement sur la bouche puis mêla sa langue à la sienne avec une sensualité qui la fit aussitôt chavirer. Comme il lui avait manqué ! Il approfondit ensuite son baiser avec une telle passion qu'elle fut prise de vertige. Pantelante et folle de désir, elle se colla tout contre lui, oubliant où ils se trouvaient et ce que les convenances lui dictaient de faire.

— Nous pouvons y aller à présent, lui murmura-t-il alors au creux de l'oreille en se détachant d'elle.

Le sourire satisfait et plein de promesses qu'il lui adressa la fit aussitôt chanceler. C'était un jeu dangereux auquel elle acceptait volontiers de jouer avec lui. Il ne perdait rien pour attendre ! La nuit allait être longue…

Un tonnerre d'applaudissements accueillit la nouvelle. Ash avait finalement été choisi pour succéder à son père ! Il devenait ainsi le nouveau lord de Braewood. Au comble du bonheur, Svea battit des mains avec ferveur. Elle était certaine qu'avec Ash à leur tête, Saxons et Danois vivraient en harmonie.

Le conseil avait estimé qu'il était l'homme de la situation. Non seulement il possédait l'autorité nécessaire aux fonctions qu'il exercerait, mais il inspirait également le respect indispensable pour diriger une telle forteresse. Les vieux sages avaient ensuite loué le courage dont il faisait preuve au combat ainsi que l'abnégation avec laquelle il traitait indifféremment les habitants du royaume, qu'ils soient danois ou saxons. Ils l'avaient également félicité pour sa grande sagesse et sa clairvoyance en prenant la décision de lever le *fyrd* afin de réprimer la rébellion qui avait bien failli renverser le roi Eallesborough. Qui aurait pu rivaliser avec Ash après que toutes les qualités dont il était pourvu avaient été énumérées ? Le vote avait été unanime. Ash pouvait être fier de lui. Le roi en personne intervint ensuite brièvement pour faire l'éloge de « Lord Stanton, le plus formidable des hommes qu'il ait jamais eu l'honneur de rencontrer ».

Svea ne se tenait plus de joie. Ash était enfin récompensé pour sa loyauté ! La foule en liesse acclama de plus belle l'homme qu'elle aimait. Jamais Svea n'aurait cru éprouver un jour une telle fierté. Alors que la cérémonie touchait à sa fin, Ash prit la parole pour remercier chaleureusement l'assemblée, puis, à la surprise générale, il annonça également qu'il allait se marier.

— Qui est l'heureuse élue ? lança un convive.

Ash invita alors Svea à le rejoindre. La tête dans les nuages, elle s'avança timidement vers lui. Il la serra aussitôt dans ses bras, la présenta aux invités extatiques puis lui déposa un tendre baiser sur la tempe en témoignage de l'amour qu'il éprouvait pour elle. En entendant des hourras fuser de toutes parts, Svea sentit une immense joie lui emplir le cœur.

C'était le plus beau jour de sa vie. Tout était parfait. Enfin, presque. Quelque chose la tracassait encore… Mais alors que les invités se pressaient les uns derrière les autres pour les féliciter et leur souhaiter beaucoup de bonheur, elle relégua cette inquiétude dans les recoins de son esprit. Cela pouvait bien attendre un peu. Pour rien au monde elle n'aurait voulu gâcher ce moment.

Brand était aux anges. Il se mit même à tourner autour

d'elle comme une toupie en lui répétant qu'il était très heureux pour elle. Puis il emmena Ash un peu à l'écart pour discuter des modalités d'organisation. En les voyant bras dessus, bras dessous, comme des frères, Svea sentit son cœur se gonfler de bonheur.

Les invités continuèrent à boire et à s'amuser jusque tard dans la soirée, puis chacun se retira dans ses appartements ou dans sa ferme, hormis quelques personnes qui s'étaient assoupies sur les bancs ou s'étaient roulées en boule devant les cheminées.

Ash plongea alors son regard de braise dans le sien puis l'emmena par la main en direction du couloir qui menait à sa chambre. Les papillons qu'elle avait dans le ventre redoublèrent aussitôt d'intensité. La porte était à peine refermée derrière eux qu'ils se jetèrent dans les bras l'un de l'autre et s'embrassèrent à pleine bouche tout en se déshabillant avec empressement.

Dans la précipitation, Ash faillit même lui déchirer sa robe. Il lui murmura à l'oreille qu'il mourait d'envie de la prendre nue dans ses bras. Svea se mit à rire nerveusement. Un de ses seins s'échappa du tissu. Ash lui maintint les mains derrière le dos et posa sa bouche à la base de son cou avant de descendre vers sa poitrine gonflée de désir. Puis elle sentit son membre se raidir contre son ventre. Comme il lui avait manqué ! Il allait enfin assouvir le désir fou qu'il lui inspirait.

Mais alors que ses lèvres provocantes lui parcouraient le corps, la pensée qui la tourmentait lui revint brusquement en mémoire. Elle ne pouvait pas s'abandonner à lui. Pas encore.

— Attendez, Ash, dit-elle en essayant de se dégager de son étreinte.

— Que se passe-t-il ? demanda-t-il, posant sur elle des yeux lubriques.

— J'ai une question à vous poser.

— Maintenant ?

— Oui. C'est très important.

— De quoi s'agit-il ?

— Vous vous souvenez du jour où nous sommes tombés dans une embuscade et de la conversation que nous avons eue dans les bois la première fois que nous nous sommes retrouvés seul à seule ? Nous avons parlé de mariage et vous m'avez alors confié que vous ne vouliez pas d'enfants, rappela-t-elle dans un souffle.

— Je m'en souviens parfaitement.

Il parut tout à coup comprendre qu'elle désirait lui parler sérieusement.

— Pour quelle raison ? demanda-t-elle d'une voix plus inquiète qu'elle ne l'aurait voulu.

— Que voulez-vous dire ?

— Pourquoi ne désirez-vous pas devenir père ? Pourquoi ne voulez-vous pas d'enfants ?

Il fronça les sourcils et se frotta le visage avec vigueur.

— Je pensais sincèrement que je ne me marierais jamais. Alors vous imaginez bien qu'avoir des enfants était le cadet de mes soucis. Mon père m'a tellement mis la pression ! Il ne cessait de me menacer à ce propos. Il voulait absolument que je perpétue la lignée des Stanton. Il se disait sans doute que si j'épousais une jeune femme saxonne, le sang de celle-ci permettrait de diluer l'héritage danois de mon enfant. Lorsque nous avons abordé ce sujet ensemble dans les bois, je ne voulais surtout pas donner naissance à un enfant qui risquait de connaître un destin similaire au mien. Mais pourquoi me posez-vous cette question à cet instant précis, Svea ?

— Vous rappelez-vous ce que je vous ai raconté ? dit-elle en se mordillant la lèvre. Au sujet des prédictions de la guérisseuse qui s'est occupée de moi après mon agression ?

Il acquiesça, les sourcils plus froncés que jamais.

— Elle vous a dit qu'elle n'était pas certaine que vous puissiez un jour avoir des enfants après ce qui s'était passé à Termarth.

Svea acquiesça doucement.

— Cela ne me pose aucun souci, Svea, assura-t-il en lui prenant doucement le visage entre ses mains. Vous êtes tout ce dont j'ai besoin.

Il l'embrassa alors sur les lèvres avec tendresse, puis d'un geste il l'attira contre lui.

— Où en étions-nous déjà… ?

— Le fait est que…, commença-t-elle en posant les mains sur son torse pour le repousser doucement.

Elle ouvrit la broche qui maintenait encore sa robe sur son épaule droite, laissa ensuite le vêtement retomber autour de sa taille puis le fit glisser au sol.

— Je n'ai aucune certitude, mais je pense que je suis peut-être…

— Enceinte, dit-il, les yeux rivés sur son ventre rond.

Il eut tout à coup l'air totalement hébété.

— J'avais si peur de vous en parler, sachant ce que vous m'aviez dit de la paternité.

Il plongea ses yeux dans les siens et elle les vit aussitôt scintiller d'admiration et d'amour. Il lui passa alors les bras autour de la taille et l'attira contre lui.

Puis il déposa un tendre et chaste baiser sur son ventre légèrement proéminent.

— C'était ce que je pensais à l'époque, Svea. Les choses ont bien changé depuis.

— Vous n'êtes pas en colère ?

— En colère ?

Il la regarda d'un air incrédule puis éclata d'un rire franc et joyeux.

— Non, je ne suis pas en colère, Svea. Je suis ravi. Je suis…

Sa voix se mit tout à coup à trembler, puis les larmes lui montèrent aux yeux.

— Je suis bouleversé. Fou de joie ! Mes rêves les plus fous sont en train de se réaliser. J'ai exactement tout ce que je souhaitais. Je me demande bien ce que j'ai pu faire pour mériter tout cela.

Il l'entraîna sur le lit, s'allongea à ses côtés et se mit à nouveau à l'embrasser doucement, tendrement… partout. Elle se sentit alors la plus heureuse des femmes, chérie par celui qu'elle aimait plus que tout au monde.

— C'est la meilleure nouvelle que je pouvais entendre, Svea. Le plus beau cadeau que vous pouviez me faire après avoir accepté de m'épouser.

Il caressa ses seins gonflés, puis ses mains se dirigèrent vers son ventre.

— Comment vous sentez-vous ? Avez-vous la nausée ?

— Je suis fatiguée. Et grosse. Mais je me sens bien ! ajouta-t-elle en riant.

— Je n'arrive pas à croire que vous avez fait tout ce trajet à cheval dans votre état, dit-il. Et dans un froid glacial !

Il posa alors les mains de manière possessive sur le renflement de son ventre. Sur leur enfant. Un enfant qui avait été conçu par amour.

— Je ne suis pas malade, Ash, rappela-t-elle en levant les yeux au ciel, le sourire aux lèvres.

— Non, mais vous m'êtes si précieuse, Svea. Je ne veux plus que vous preniez le moindre risque. Vous comprenez ce que j'essaye de vous dire ?

— Parfaitement.

Son sourire se fit plus large encore. Elle adorait qu'il se fasse ainsi du souci pour elle, qu'il s'occupe d'elle. Elle ferait de même pour lui. Jusqu'à la fin de ses jours.

Lorsqu'il roula sur le côté et s'introduisit enfin en elle,

il fut incroyablement doux et d'une telle lenteur que cette véritable torture lui parut passionnément romantique.

Une fois en elle, il s'interrompit tout à coup, les yeux plongés dans les siens.

— Cela représente-t-il un risque ? demanda-t-il, l'air soucieux. Pour vous ou pour le bébé ?

— Non, Dieu merci ! répondit-elle en riant. Parce qu'il est hors de question que vous ne me touchiez pas pendant si longtemps !

Un large sourire aux lèvres, il se remit à onduler au-dessus d'elle, profondément, intimement.

— Je vous remercie pour l'aide que vous m'avez apportée, Svea. Grâce à vous, j'ai appris à m'accepter. Je veux que vous sachiez que cet enfant sera aimé, autant que vous le serez, et ce pour toujours.

Épilogue

— Nous allons faire une petite surprise à maman, mon trésor, dit Ash à Bearn qui s'accrocha tendrement à son cou.

Svea s'interrompit aussitôt. Elle se trouvait dans la pièce où les chroniques de Braewood étaient entreposées. Désormais, c'était elle qui illustrait les grands livres chargés de retracer l'histoire de la forteresse. Ash lui fit aussitôt remarquer que la vignette sur laquelle elle travaillait ressemblait beaucoup aux motifs qu'elle lui avait récemment peints sur le corps. Il loua une nouvelle fois son incroyable talent.

Les chroniques de Braewood avaient bien changé depuis qu'elle s'en occupait. Elles ne regorgeaient plus de batailles sanguinaires ou d'images sombres et inquiétantes. Elles racontaient à présent l'histoire d'un héros magnifique qui avait su gagner le cœur d'une guerrière danoise un peu sauvage. Et également d'un petit garçon aux yeux noirs et aux cheveux qui bouclaient sur les pointes, particulièrement par temps de pluie. Un petit garçon plein de vie qui avait constamment le sourire aux lèvres.

Ash lui répétait sans cesse que leur enfant était sa plus grande œuvre d'art, mais elle secouait chaque fois la tête pour exprimer son désaccord. C'était à lui que revenait cet honneur.

Lorsque Bearn l'aperçut enfin, il tendit les bras vers elle

en souriant. Svea se précipita à leur rencontre et les serra tous les deux contre elle.

— Vous avez l'odeur de la mer, tous les deux, remarqua-t-elle doucement.

— Nous avons fait de grandes forteresses de sable sur la plage, dit Ash en couvant Bearn des yeux.

— Il va bientôt devenir comme son père !

Elle songea alors au merveilleux campement qu'il avait construit à Braewood.

— Bearn va créer de grandes choses, murmura-t-elle. Qui sait, vous les ferez peut-être ensemble ?

— Je l'espère, dit Ash en esquissant un sourire. Ellette va donner son bain à Bearn. Il fait très beau. Une soirée idéale pour une petite promenade, tu ne trouves pas ?

— D'accord. Laisse-moi juste quelques instants, le temps de finir.

Le soleil commençait à décliner à l'horizon et teintait le ciel de magnifiques nuances de rose et d'orange. Alors qu'elle se dirigeait naturellement en direction du sentier qu'ils empruntaient d'ordinaire pour aller se promener sur la plage ou prendre un bain de minuit, Ash lui prit doucement la main pour l'emmener vers un autre chemin. Ils marchèrent une bonne dizaine de minutes lorsque, n'y tenant plus, elle demanda :

— Où allons-nous ?

— J'ai fait quelque chose pour toi.

Elle leva la tête vers lui, un large sourire aux lèvres. Elle était tellement impatiente !

— De quoi s'agit-il ?

— Viens par ici, je vais te montrer, dit-il en l'entraînant derrière un muret de pierres qui dissimulait un champ.

Elle en eut aussitôt le souffle coupé.

Devant elle s'étalait un champ rempli de centaines de magnifiques fleurs de tournesol, tels des visages heureux tournés vers eux alors que le soleil rougeoyait au lointain. Cela avait dû lui demander des heures pour planter toutes ces graines ! Sans parler du temps qu'il avait fallu pour les cultiver. Au beau milieu de toutes ces fleurs, elle remarqua alors un très vieil arbre de toute beauté. La réplique exacte de celui qu'elle s'était peint dans le cou.

— Quelle splendeur ! s'exclama-t-elle sans pouvoir détacher son regard de ces centaines de soleils.

— Ce champ est à ton image, Svea. Je voulais que tu comprennes ce que je ressens lorsque je te regarde.

Elle se tourna vers lui, les yeux emplis de larmes.

— Je les ai regardés pousser, ajouta-t-il. Cela paraît à peine croyable, mais ces fleurs se tournent naturellement vers le soleil.

— Comme je le fais en me tournant vers toi ?

Tout sourire, il lui prit la main et l'emmena en direction d'un petit sentier qui traversait le champ de fleurs jusqu'au pied de l'arbre géant où il avait disposé une couverture ainsi que des coupelles remplies de mûres.

— Je me disais que cela te plairait sans doute de célébrer l'anniversaire de notre rencontre.

Ils s'allongèrent sous les branches de l'arbre multiséculaire. Aveuglée par la lumière du soleil qui filtrait à travers les feuilles, elle ferma les paupières. Ash lui déposa dans la bouche de délicieuses baies dont il lécha le jus qui lui coulait sur les lèvres.

— Ash, cet arbre ressemble à celui que j'ai peint dans mon cou. C'est l'arbre de vie.

— Je sais.

— Comment l'as-tu trouvé ?

— Lorsque je suis rentré à Braewood après la bataille de Termarth, je suis venu ici pour réfléchir. Je suis tombé sur ce très vieil arbre et j'ai compris la raison pour laquelle j'avais toujours ressenti une telle attirance envers toi, dit-il en faisant glisser ses doigts sur le motif qui lui ornait le cou. J'ai pris conscience que nous étions liés l'un à l'autre et que tu étais le point d'attache que je cherchais.

Il lui fit alors passionnément l'amour, et tandis qu'il l'amenait à l'apogée du plaisir, Svea eut le sentiment que la nouvelle graine qu'il venait de semer en elle deviendrait à son tour un merveilleux soleil qui illuminerait leur vie. Ils donneraient naissance à des générations et des générations de sang-mêlé. Danois et saxons. Quel mélange admirable cela ferait… Il suffisait de regarder Bearn !

Alors qu'elle flottait encore dans un état de plénitude absolue, Svea observa d'un regard empli de tendresse le vieil arbre qui les surplombait. Elle lui envia ses innombrables racines qui s'enfonçaient profondément dans la terre et toutes ses ramifications qui s'élevaient majestueusement vers le ciel. Que de souvenirs il devait avoir ! Quel héritage laisseraient-ils, Ash et elle, en quittant ce monde ? Il y avait certes les chroniques qu'elle peaufinait à l'intention des générations futures. Mais là n'était pas le plus important, songea-t-elle en plongeant les yeux dans ceux de l'homme qu'elle aimait plus que tout au monde. Leurs descendants seraient tous le fruit de l'amour, et c'était sans doute le plus bel héritage qu'ils pouvaient laisser derrière eux.

Vous avez aimé ce livre ? Découvrez très bientôt *L'esclave du Viking*, le nouveau roman de Caitlin Crews, dans votre collection Les Historiques.

Les Historiques

HARLEQUIN

Retrouvez prochainement, dans votre collection

Les Historiques

L'esclave du Viking, de Caitlin Crews - N°978

ROYAUME VIKING D'YORK, X^E SIÈCLE

Elle l'a fait. Eithne, l'insignifiante esclave, s'est affranchie du joug d'Ulfric, ce sulfureux guerrier norrois dont elle était la captive. Dans son élan désespéré pour se libérer de ses chaînes, elle l'a même blessé de sa dague, laissant la marque indélébile de sa rébellion sur son beau visage sombre. Désormais, Eithne en est bien consciente, Ulfric la pourchassera jusqu'au bout du monde pour se venger d'elle ! Si le Viking entend lui rappeler combien il est dangereux de désobéir à son maître, Eithne doit résister à l'attrait qu'il exerce encore sur elle. Pas question pour elle d'abandonner sa liberté si chèrement acquise, pour l'homme détestable qui sait si bien faire éclore en elle ce désir indécent…

Noces à l'écossaise, de Jenni Fletcher - N°979

SÉRIE : ALLIANCES DANS LES HIGHLANDS - TOME 2

ÉCOSSE, DÉBUT DE L'AUTOMNE 1360

Coira est désespérée. Pour éviter une guerre entre son clan et celui des Campbell, la voici contrainte de se marier… avec Fergus MacMillan, l'homme qu'elle a abandonné devant l'autel six ans auparavant ! Au simple souvenir de ce fiancé aussi attirant qu'effrayant, Coira ne peut s'empêcher de frissonner. Quel sombre traitement lui réservera-t-il, après sa trahison ? Fergus, sous ses airs de guerrier intraitable, est-il capable de lui pardonner ? Une chose est sûre : à l'idée de le revoir, Coira sent soudain son cœur battre très fort…

Le baiser du chevalier, de Ella Matthews - N°980

SÉRIE : LES CHEVALIERS DU ROI - TOME 3

ANGLETERRE, XIVE SIÈCLE

Lorsqu'il s'éveille, Alewyn est subjugué. Une véritable beauté à la chevelure de feu se tient à son chevet. Elle dit s'appeler Lady Johanne et lui confie l'avoir mis à l'abri après l'avoir trouvé inconscient près du château de Brae. Lady Johanne… la femme soupçonnée de haute trahison qu'il est censé espionner pour le compte du roi ! Pour Alewyn, qui désire tant prouver sa valeur face aux chevaliers d'élite auxquels il appartient, ce tête-à-tête avec la douce lady représente une chance inespérée de mener à bien sa mission. Mais parviendra-t-il à jouer un double jeu auprès de Johanne, tout en résistant à l'attirance extrême qu'elle exerce sur lui ?

Les Historiques

HARLEQUIN

Pour le cœur d'un duc, de Ann Lethbridge - N°981

LONDRES, XIXE SIÈCLE

Il n'est jamais trop tard… pour devenir duchesse ?

Depuis le décès de son époux trois ans plus tôt, Amelia offre ses services de marieuse à la bonne société londonienne. Et elle est fière de sa réputation ! Elle veut donc le meilleur pour ses protégées, qui font leurs débuts dans le monde. Mais sa belle assurance s'envole lorsque, à l'occasion d'un bal huppé de la capitale, elle se retrouve face au très convoité duc de Stone. Cet homme insaisissable n'est autre que le diable au charme ravageur qui a autrefois anéanti tous ses espoirs… Maintenant qu'elle n'est plus une jeune fille innocente, Amelia saura-t-elle contrôler les émotions qu'éveille en elle ce duc au cœur de pierre ?

Les feux de la passion, de Denise Lynn - N°982

POITIERS, 1169

Mariée adolescente à un tout jeune homme qui s'est enfui sitôt après les noces, Adrienna a grandi sans jamais connaître ni rechercher le feu de la passion. Jusqu'au jour où, à la cour d'Aliénor d'Aquitaine, l'arrivée d'un chevalier diaboliquement séduisant fait très vive sensation. Un seul regard de l'étranger… et Adrienna se sent consumée, animée d'une faim nouvelle qui, désormais, ne va plus lui laisser de repos. Et, tandis qu'elle rêve en secret de se donner à lui, voilà qu'elle découvre avec stupeur que ce prétendu étranger n'est, en réalité, pas un inconnu pour elle. Il s'agit… de son époux, Hugh de Ryebourne, plus viril, plus impressionnant qu'autrefois, et qu'elle croyait ne plus jamais revoir !

Un Viking pour défenseur, de Meriel Fuller - N°983

Angleterre, 1069

Libérée des sables mouvants par un inconnu aux yeux de glace, Lady Gisela – déguisée en paysanne saxonne – ne peut que lui obéir. Elle consent donc à cheminer aux côtés de ce Viking pour l'aider à retrouver le bourreau de sa sœur s'il accepte en contrepartie de lui prêter main-forte pour libérer son frère, Richard, retenu au château de Pagenal. S'expose-t-elle à une menace supplémentaire en faisant confiance à cet homme dont elle ignore tout, ou s'assure-t-elle la protection d'un guerrier aussi puissant qu'attirant ?

VOTRE COLLECTION PRÉFÉRÉE DIRECTEMENT CHEZ VOUS

Vous souhaitez découvrir nos collections ? Une fois votre 1er colis à prix mini reçu, si vous souhaitez continuer à recevoir nos livres, cela se fera automatiquement. Vous n'avez aucune obligation d'achat et cette offre est sans engagement de durée !

Dans votre 1er colis, 2 livres au prix d'un seul
+ en cadeau le 1er tome de la saga *La couronne de Santina*.
8 tomes sont à collectionner !

☛ COCHEZ la collection choisie et renvoyez cette page au
Service Lectrices Harlequin – CS 20008 – 59718 Lille Cedex 9 – France

Collections	Prix 1er colis	Réf.	Prix abonnement (frais de port compris)
❑ **AZUR**	4,75€	AZ1406	6 livres par mois 31,49€
❑ **BLANCHE**	7,30€	BL1603	3 livres par mois 24,85€
❑ **LES HISTORIQUES**	7,30€	LH1202	2 livres par mois 17,49€
❑ **PASSIONS**	7,80€	PS0903	3 livres par mois 26,49€
❑ **BLACK ROSE**	7,90€	BR0013	3 livres par mois 26,79€
❑ **HARMONY***	5,99€	HA0513	3 livres par mois 20,76€
❑ **SAGAS***	7,99€	SG2303	3 livres tous les 2 mois, 29,46€
❑ **VICTORIA**	7,80€	VI2115	5 livres tous les 2 mois 42,09€
❑ **GENTLEMEN***	7,50€	GT2022	2 livres tous les 2 mois 17,95€
❑ **NORA ROBERTS***	7,90€	NR2402	2 livres tous les 2 mois prix variable**
❑ **HORS-SÉRIE***	7,70€	HS2812	2 livres tous les 2 mois 18,45€

*livres réédités / **entre 18,35€ et 18,75€ suivant le prix des livres

F23PDFM

N° d'abonnée Harlequin (si vous en avez un) |_|_|_|_|_|_|_|

Mme ❐ Mlle ❐ Nom : ____________________

Prénom : ____________________ Adresse : ____________________

____

Code Postal : |_|_|_|_|_| Ville : ____________________

Pays : ____________________ Tél. : |_|_|_|_|_|_|_|_|_|_|

E-mail : ____________________

Date de naissance : ____________________

Date limite : 31 décembre 2023. Vous recevrez votre colis environ 20 jours après réception de ce bon. Offre soumise à acceptation et réservée aux personnes majeures, résidant en France métropolitaine, dans la limite des stocks disponibles. Prix susceptibles de modification en cours d'année. Vous pouvez demander à accéder à vos données personnelles, à les rectifier ou à les effacer. Il vous suffit de nous écrire en nous indiquant vos nom, prénom et adresse à : Service Lectrices Harlequin CS 20008 59718 LILLE Cedex 9. Service Lectrices disponible du lundi au vendredi de 9h à 17h : 01 45 82 47 47.